浙江文化名人
传记丛书

清季淳儒

俞樾传

马晓坤——著

浙江人民出版社

图书在版编目（CIP）数据

清季淳儒 ：俞樾传 / 马晓坤著. —杭州 ：浙江人民出版社，2021.8

（浙江文化名人传记丛书）

ISBN 978-7-213-10228-8

Ⅰ. ①清… Ⅱ. ①马… Ⅲ. ①传记文学-中国-当代 Ⅳ. ①I25

中国版本图书馆CIP数据核字(2021)第141212号

清季淳儒：俞樾传

马晓坤 著

出版发行：浙江人民出版社（杭州市体育场路347号 邮编 310006）

市场部电话：(0571)85061682 85176516

责任编辑：余慧琴

营销编辑：陈雯怡 陈芊如

责任校对：戴文英

责任印务：刘彭年

封面设计：毛勇梅 杨荣明 赵潇琪

电脑制版：杭州天一图文制作有限公司

印 刷：浙江海虹彩色印务有限公司

开 本：880毫米×1230毫米 1/32 印 张：10.5

字 数：208千字 插 页：6

版 次：2021年8月第1版 印 次：2021年8月第1次印刷

书 号：ISBN 978-7-213-10228-8

定 价：78.00元

目录

引　言　乌巾山下旧居家

在山明水秀的浙江省德清县城关镇附近，有一座葱茏苍翠、充满勃勃生机的江南小山，这就是乌巾山，又称乌山。山虽不高，却钟灵毓秀，充满了引人无限遐思的神奇色彩。传说古代有一个名叫乌巾的人居住在这里，善酿美酒，便以此名山。也有人说乌巾山之名与三国时的张宏有关。他好学不仕，篆隶皆精，飞白（又称“草篆”，篆貌隶骨，笔画呈枯丝平行，转折处笔路毕显）尤其入神，因常着乌巾所以号“乌巾”。王羲之、王献之父子曾学习过他的书法作品，王羲之在吴兴做太守时曾在升山建吴亭纪念他。升山距这里不过百里之遥，张乌巾曾驻此游历，所以号“乌巾山”。[①]在乌巾山南麓有一个平静祥和的小村子——南埭村，村子的前面有一条河逶迤而过，河道宽敞，水流平缓，清澈见底，游鱼倏忽而动，嬉戏于水草细石之间。山水灵气孕育出人文之盛，道光元年十二月初二（1821年12月

① 这两个故事是俞樾在《题乌山土神庙壁》一诗中所提到的。

25日），清末经学大师俞樾就出生在这里。

德清俞氏家族先世微寒，并无谱牒传世，后来参考新昌、上虞俞氏家谱，才知道他们的十八世祖希贤公在元代迁居到德清东门外乌巾山南埭村，三世以后不可考。而清康熙初年明远公是俞樾的高祖，以佃耕为生，生子六人，年纪最小的天因公是俞樾的曾祖，也是务农为生。其子俞廷镳，也就是俞樾的祖父，一改世代务农的家风，耕读并重，学文有成。俞廷镳，字昌时，号南庄，自幼聪慧过人，四岁时大人教他唐诗，便能出口成诵；六岁进私塾读书时便自觉努力，刻苦学习，后来补博士弟子员，入县学学习，但因生活所迫，只能在耕作之余卖文写字以维持生计，夫人戴氏则以养蚕纺织来补贴家用之不足，生活清贫。他虽砥学砺行，然而一生偃蹇，直到七十岁时才中举，名列第一。但主考官想到以他的年纪，皇帝可以恩赏举人，所以就游说他把名额让给了别人，结果皇上只恩赏了一个副榜。旧时乡试和会试因名额限制，没有能够列于正榜而文字优良者，于发榜时别取若干名，列其姓名于正榜之后，便称为“副榜”，并不能算作是真正中举。当主考官向他表示歉意时，他却坦然豁达地说：“留此以贻子孙，不更优乎？”这样的人品与气度在当时被传为美谈。俞廷镳有手稿《四书评本》，后来俞樾亲自校订出版，并请曾国藩题写书名。俞樾的父亲俞鸿渐已经以读书为业，不事耕作，纯穆和易，不苟言笑，最重承诺，常能急人之急，又善于奖掖后进，乡居于家时虽然从不疾言厉色，却在乡邻中有很高的威望，在嘉庆二十一年（1816）中举后一直失意于科场，一生以授馆为生。有《印雪轩诗钞》十六卷、《印雪轩文钞》三卷、《印雪轩随笔》四卷、《读三国志随笔》一卷等流传于世。

俞樾出生之时，父亲正在京城。俞氏老屋有鹊喜楼，之所以叫鹊喜楼，是因为楼后面有一棵枝丫纵横的百年老樟树，树上有几个喜鹊窝，每天傍晚时分都能听到喜鹊归巢后“叽叽喳喳”的鸣叫声。这天晚上，整个鹊喜楼灯火通明却悄无声息，出出入入的身影透露出紧张的气氛。半夜时分，一声婴儿的啼哭声终于打破了寂静，小俞樾来到人间，忙碌的人们也松了一口气。第二天，家里便派人向千里之外的俞鸿渐报喜。《曲园自述诗》中曾说道：“乌巾山下旧居家，鹊喜楼头静不哗。一夜春风吹喜气，迢迢千里到京华。”俞樾出生之时虽已是十二月初二，但因为还没有到小寒节气，星命家认为还是十一月，不能算作腊月，而十一月为元枵月，《尔雅》中注元枵为“虚也”，俞樾因此认为自己一生虚名无实都与此有关。母亲姚氏出身仁和望族，知书达理，因为过度操劳，产后三天便开始生病，几乎危及生命，二十几天都没有下床，但想到小俞樾满月之日要戴的帽子还没有准备好，于是强打精神，靠在被子上亲手为儿子做了一顶小帽子。很多年后当俞樾回忆起这件事时还满怀感慨地说：“儒门淡泊候严寒，最是劬劳母氏难。”

转眼间，俞樾已经四岁了。这几年还是和以前一样，父亲常年在外授馆应试，母亲在家里操持一切。父亲虽然不在家里，但还是时刻关心两个孩子的成长。这时俞樾的哥哥俞林已经十二岁了，由母亲在家事之余教他认字并读一些简单、常见的书。在当时要参加科举考试必须在老师的指导下系统读书，而乡居闭塞，找一个好老师很困难。俞鸿渐对这种状态深表忧虑，和夫人商量后斟酌再三，终于决定举家迁至仁和县的临平镇，也就是姚夫人的娘家。临平距杭州很近，信息灵便，有比较好的学习条件。另外，俞鸿渐考虑到自己常年在外，母子几个的生活也可以受到娘家人的照应。这一年，四岁的俞樾尚在懵懂之中，对家乡也没有特别的留恋。自这次离开德清后，终其一生，俞樾都没有再回家乡居住，只是在两次战乱时回乡避乱，或回乡祭祖。

移居临平后的童年生活无忧无虑且充满乐趣。当时的临平比德清要繁荣热闹得多，俞樾印象最深的是每年元宵赏灯时的情景。当时他们在史家埭赁戴家的房子居住，史家埭以史尚节翰林而得名，史尚节是康熙丙戌年的翰林，史家本来是乡里大族，在当地有很高的声望。俞家所租住的房子在潘桥附近，正好有一座临街的小楼，每年元宵节一家人都会兴致勃勃地登楼观灯，这时在外忙碌一年的父亲也已经回家，举家团圆，母亲这个时候心情也格外的好。更何况这个时候，舅舅家的几个小表姐都会一起来看灯玩耍，小楼里热闹祥和，处处欢声笑语。俞樾最喜欢看上下翻滚、蜿蜒而行的龙灯，无论青龙灯还是白龙灯都动感十足，最不喜欢的是毫无特色的滚球灯。这样的情景在他幼年的脑海中留下了深刻的印象，很多年以后当他回忆这段生活时还提道："年年史埭度元宵，笑倚楼头兴最饶。"后来他的学生张小云曾把他生平所游历的四十件事绘成一本图册，取名为《云萍录》，而《史埭春灯》便是第一幅图。

童年还有一件让他很开心的事，那便是随母亲到外婆家去玩。外婆家在赭山港，距他们所住的史家埭不到一里路。母亲常常带小俞樾回娘家。舅舅和舅妈曾有过一个男孩，后来夭折了，只剩下四个女儿。他们都非常喜欢这个聪慧懂事的小外甥，于是在俞樾七岁时又亲上加亲，把四女儿姚文玉许配给俞樾。姚文玉比俞樾大一岁，定了娃娃亲的孩子们依旧懵懵懂懂，并不了解这意味着什么，俞樾只是单纯地喜欢这个与他年龄相当的小表姐。虽然订了亲，但乡间并没有许多规矩，大人们也不刻意强调这一点。两人青梅竹马，两小无猜，经常在一起嬉戏玩耍，以后数十年的伉俪情深当与此不无关系。当时他们最喜欢玩的是鸠车竹马的游戏。骑竹马主要是男孩子玩的，拿一根竹竿放在两腿中间，后头着地，前面用手把牢，指挥着它奔跑或停止。另外，汲水和泥，捏成各种各样的小动物，再比比看谁的最像。或者就在家里捉迷藏，猜谜语。当时一起玩的，除了几个表姊妹之外，还有一个年龄相当的叫凤云的小婢女。他们还自创了一个游戏。外婆的老房子后是一条小河，在后门处正好有一座小桥，叫戴家桥，每天傍晚，桥上人来人往，络绎不绝，斜斜的夕阳把桥上的人影投射到桥畔人家的墙壁之上。他们几个最喜欢坐在后门的门槛之上，看对面墙壁上来来往往的人影，像是写意画，又像是皮影戏，随着时间的流逝，墙壁上的人影也越拉越长，令他们开心不已。

在临平安顿下来后，哥哥俞林便正式入私塾随老师读书，小俞樾跟随母亲在家。俞樾六岁时在父亲的主持下开蒙，之后便开始在母亲的教导下学习“四书”。父亲为生计常年奔波在外，母亲独自在家里操持，辛苦自是不言而喻，但在这种情形下她还是时刻关注孩子的成长与教育。在俞樾的记忆里，每天早晨天刚蒙蒙亮母亲便起床了，汲水生火烧饭收拾停当以后，便口授“四书”教他认字读书解经。因父亲不在身边，母亲既是慈母又是严父，不过，在教学上母亲基本上采取顺其自然的态度，并没有过多的苛刻要求。九岁的俞樾已经显露出著述的天分，他把纸剪成书册的形状，然后在上面写字，自注其下。时光飞逝，一晃三年过去了，俞樾在愉悦的氛围中完成了《论语》《孟子》《大学》和《中庸》的学习。有了这样的基础，母亲便把他送进了私塾，继续读书。

十岁的俞樾第一次踏入私塾的大门，就读于临平孙竹荪家的砚贻楼。孙家为东湖望族，孙氏是乾隆年间的大学士，与文靖公（孙士毅，字智治，号补山，谥“文靖”。乾隆时期为太子太保、文渊阁大学士）是近族。当时私塾的老师请的是戴贻仲先生，戴先生是俞樾祖母戴太夫人的侄孙。孙家砚贻楼距俞樾所住的史家埭不到半里地，俞樾每天吃过早饭就去砚贻楼读书，午饭在孙家搭伙，有时也会在路边买个烧饼充饥，晚饭前回家。当时随戴先生一起学习的还有三五个儿童，先生对俞樾很关心，不知不觉五年过去了。每年的束脩（学费）才三枚银圆，俞樾随之读了五年书，按月而计不足三百钱，后来俞樾常自言一生读书只花了这十五枚银圆。

童稚之年的俞樾已经显示出与众不同的聪颖与见识，有些人在当时即已对他抱有很高的期许。《春在堂随笔》中记载了两则逸事，一件是俞樾七岁时父亲为其向舅父求婚，当时舅母还有些犹豫，因为正好有个官宦人家也来求婚。处士黄公是舅母的弟弟，知道这件事后对姐姐说：“这么好的女婿还犹豫什么，错过了以后打着灯笼也难找呀。”这番话打消了舅母的疑虑，欣然把女儿许配给俞樾。另一件事发生在砚贻楼读书时，有一次俞樾与主人孙竹荪先生一起吃饭。席间孙先生不住地夸赞俞樾，在席的孙先生的侄子说：“两俞兄弟同样出色，日后肯定都可以出人头地的。”俞樾的哥哥俞林当时已与孙公的女儿订了亲。没想到孙公听后严肃地说：“小俞并不仅仅是官场中的富贵之人，乃当代学脉的传人呀。”期许之高，自不待言。当时俞樾刚开始学习八股文，正为科举考试做准备，总担心不合于程式，更不知可传者为何物，但还是能够感受到他们的殷殷期许。

在孙家随戴先生读书五年之后，父亲正好离开京城，开始在客居常州的新安汪家做私塾老师，所以就把十五岁的俞樾带到身边，亲自督促他学习。也正是在随父读书的这段时间，俞樾开始粗通经义。父亲把他们所住的三间书屋题为“醉经书屋”，取意潜心经典、沉浸其中之意。对俞樾来讲，第一次离乡的日子充满了新奇之感，他还记得自己刚到那里的第二天便和父亲的两个弟子一起到当地的城隍庙里去玩，还买了一棵桂花树带回“醉经书屋”，栽到了窗前，次月这株树就开了满满一树的桂花。那年秋天，他每天都是在淡淡的香气中入眠，早晨醒来后最先感受到的也是似有似无的桂花香。

当时父亲所任教馆的主人姓汪，名君樵，他喜酒好客，每至菊花盛开之时都有赏菊之会，然后分题选韵，各赋菊花诗，有《兰陵菊花社诗》刊行于世。在常州城有一个专门种菊卖菊的老人，他的菊花在当时颇负盛名，那一年的赏菊之会便在老人城外的花圃之中进行。俞樾随父亲一同前往，在这里，他见到了许多名贵的菊花品种，如霓裳、金线、满天星等，即兴而作《兰陵菊花歌》一首，第一句最有气势："秋风秋雨兰陵城，绕城菊花如云平。"[①]穿行于菊花丛中，把酒临风，衣襟上也沾满花瓣："归去不知满袖香，但惊飞满黄蝴蝶。"这首诗是俞樾平生第一首正式创作的诗歌，所以编为《春在堂诗编》第一首。后来在回想起这件事时，他认为这可能是一生的预兆，开篇赋诗便是咏菊花，预示着自己未来一生多有秋天的萧瑟凄清之气。

---

① 俞樾.春在堂全书:春在堂诗编(乙甲编)[M].清代光绪年间刻本.另,以下所引诗歌全部出于《春在堂全书》,不再一一注出,只在诗歌后以括弧形式标出诗题。

第一章 初踏名场望已殷

因为要参加第二年春天的童试，少年俞樾便在当年冬天，也就是道光十五年（1835）冬天和父亲从常州回到了临平。回来后父亲决定迁居，于是他们从住了十几年的史家埭迁到了马家弄，租赁孙氏房屋而居。曾着籍诂经精舍的端木国瑚先生还曾为此屋题“印雪轩”，俞樾父亲的文集也以此为名，称《印雪轩集》。

道光十六年（1836）春天，十六岁的俞樾初踏名场，参加了县里的童试。清代的科举考试有常科和特科两种。常科又有文科和武科的区别，文科考选主要分童试、乡试、会试、殿试四级。童试包括县、府、院三个阶段的考试，俗称“小考”，应试士子称为“童生”或“文童”，被录取者称为“秀才”。院试由各省学政主持，学政又名提督学院，故称这级考试为院试。院试合格者称生员，然后分别分往府、州、县学学习。乡试是省级的考试，被录取者称为“举人”，录取名额大省百数十人，小省四五十人。会试为中央考试，集合全国举人在京师考试，于乡试的第二年三月举行，所以也称“春闱”。会试中式者称为“贡士”或“中式进士”，录取名额约三百人。殿试于会试发榜后十日举行，由皇帝亲临保和殿策问，分三甲录取。但清代殿试后须经过朝考（清制规定，殿试后的二、三甲进士仍须参加朝考，专为选拔翰林院庶吉士而设，成绩优异者入翰林院，其余授以六部主事、内阁中书、知县等）才可授以官职。

童试是步入仕途的基础，发榜时俞樾一家人都在外祖母家等候消息，因为外祖母家的后门正好临河，可以更早地知道结果。这一天家里人都紧张地守候在门口楼头，敲锣打鼓的报喜船只纷纷而过，却毫无停留之意。已到了黄昏掌灯时分，家里人都遗憾地说这次可能没有什么希望了。望着油灯映在墙壁上晃动的人影，少年俞樾第一次有了强烈的怅然若失之感。恰在这时，报喜的人却从前门高呼而入，恭喜他已中了秀才，被当时的学使史蘅塘先生录取入县学读书。失望过后的惊喜给俞樾留下深刻的印象。在《曲园自述诗》中他还说道：“髫年采得泮池芹，初踏名场望已殷。记得黄昏灯下坐，报船惊听过纷纷。”

入县学的第二年俞樾就参加了乡试，这一次虽没有高中举人，但也中了副榜第十二名。虽然没有实际的意义，不可以参加会试，但也是一种荣誉。经过这次考试，俞樾开始认真地学习时文，作八股文字。这时的他对自我有很高的期许，对未来也充满了希望：“独念男儿耻迟暮，青云努力争先路。他日终当傲沈崧，我亦月宫游两度。”（《己酉春日寄壬甫兄》）

道光十九年（1839）有恩科乡试，十九岁的俞樾赶到湖州参试，虽没考中，但他心中没有丝毫的沮丧之意，因为在这年冬天他终于迎娶了青梅竹马、意气相投的表姐姚文玉。多年夙愿得偿，心中自是无限欣喜；少年意气风发，年轻的心中充满了激情与自信。他相信未来的道路洒满了阳光，自己终可以一举成名，所以有“但得登堂得佳妇，何妨攀桂缓明年”之语。

婚后，俞樾在印雪轩闲居读书以备考，但道光二十年（1840）的科举考试因生病而错过。对此，他并没有特别的惋惜之意，因为就其个性而言他并不喜欢科举考试要经常练习的八股文，对所谓的科举考试所用的约定俗成的官方书体——工整的小楷书法也没什么兴趣，他更喜欢浑厚朴拙的汉隶。在后来他给大女婿王康侯的信中便明确地提出八股文只是科举高中的敲门砖，其本身并没什么大的价值，一旦高中便可丢弃。俞樾更喜欢读一些确有发明的训诂之作，这一年他病中闲居之时便抛掉了八股文字，开始读顾炎武的《日知录》。《日知录》是顾炎武穷三十年读书笔记汇集而成的一部百科全书式的著作，记事必求贯通，引证浩繁，精严过人。俞樾在阅读时，一方面感叹《日知录》的博大精深，另一方面也把自己的感想与不同看法记了下来。现在《曲园杂纂》中有《日知录小笺》一卷，便是他那个时候所做的笔记。他在绪言中说：“妄有笺识，积有数十条，补苴罅漏不能成书，姑钞撮为一编，以皆小小者，故曰小笺。”这也可以说是俞樾著述之始，奠定了他后来著述的基本模式。当时俞樾虽还没有成为举人，但学问道德在当地已有了一定的名气，所以乡里有沈氏兄弟二人跟随他在印雪轩读书，哥哥名叫沈兰舫，后来曾在俞樾任教三十一年的诂经精舍任校官、监院达十年之久，对他异常尊敬。沈兰舫经常自豪地对人说："我是曲园先生的开门大弟子。"

此时是道光二十一年（1841），鸦片战争已经爆发，这一年战事继续向纵深发展。秋天，英军攻破镇海、宁波等重镇，与临平仅相距一百余里。战争打破了乡间平静的生活，一时间人心惶惶。大家都说这些"红毛鬼子"的坚船利炮非常厉害，杭州也可能会失守，临平距杭州这么近，肯定有危险，还是早一点出去避难为好。在这种情形之下，俞樾便和家人一起回到相对较为偏僻的德清老家避难，又住进了乌巾山下南埭村的老房子里。但这里也能够感觉到战争的紧张气氛，经常有县官下乡间通报局势，安定人心，并且动员大家起来自卫。各村民众也的确自发地组织起来备战，"小市铸剑戟，健儿集舆台。聚柝夜数辈，磨盾日几回"（《闻戒篇》）。因为乡居闭塞，俞樾对当时局势及战争性质并没有特别清醒的认识，他在战争中所感受到的一方面是对昔日和平生活的向往，另一方面是回归故里后面对宗族亲眷油然而生的亲切之感。当时秋收刚过，村民们采菱刈稻，伐薪钓鱼，迎来了一个五谷丰登的好年景。听说俞樾一家人来了，农闲时分常有人送来一些当年的新米，还有人来请俞家人去品尝新酿造的谷酒。对俞樾来讲，他在这里感触最深的是乡居生活之乐。在这样轻松惬意的生活中，日子转瞬即逝，战争似乎已成为遥远的事。后来，当他回忆这段日子时，唯一记起的是"家家招致尝新谷，不晓江干有鼓鼙"。

新年过后战事也渐渐远去，俞樾一家又回到了印雪轩居住。这时父亲失馆在家，就主持俞氏兄弟分爨而食。分家后，俞樾不得不为家庭生计而奔波。春天时他开始去杭州武林蔡氏家馆任教，每年可有四万钱收入以补贴家用。四万钱在当时并不是一笔很大的数目，所以家中的日子总是过得紧巴巴的。因为没有房子，只好借住在舅父即岳父家里的东西厢房之内，局促不堪。俗语说“贫贱夫妻百事哀”，夫人姚文玉却勤勉持家，毫无怨言，把家事安排得井井有条，还经常宽慰俞樾说：“我们靠自己的能力一定可以创出一个很大的家业来。”这样的信任与鼓励让俞樾觉得温暖安心。当时他经常徒步到崇文书院去应考课，中途往往会在西泠桥下小憩片刻，欣赏春日里充满生机的西湖美景——柳风拂面、烟波画船，常有流连忘返之感。世事难料，在当时他怎么也想不到有朝一日自己会暂作湖山之主，就在这个地方筑室而居，啸傲山水。

道光二十二年（1842）九月，长子绍莱的出生使俞樾感受到了初为人父的喜悦，也使他感受到了更大的生活压力。次年，俞樾的兄长俞林在癸卯浙江省乡试中中举。俞林本在江西玉山县的汪春生县令家里任私塾老师，宾雅主不俗，相处愉悦，馆俸也相对丰厚，但中举后他要为第二年春天参加会试做准备，便推荐弟弟俞樾代替自己任私塾老师。十月，俞樾辞掉旧馆到玉山汪春生知县署中代替兄长授馆。

这是他成年后第一次独自离乡远行。船在钱塘江上西行，风清云淡、秋高气爽，两岸橙黄橘绿，俞樾的心情也如天气一样清爽和煦。他沿途寻幽访胜，经过了严子陵钓台、徐偃王祠等古迹，还到七里泷探胜，留下许多诗句。富春江两岸风景给他留下了深刻的印象。最难忘的是路过七里泷时的情形，在此之前他从没有经历过这么惊险的场面。进入七里泷后，夹岸高山，险峻异常，水随山势而节节升高，汹涌跌宕间小舟随波起伏，感觉竹篙已撑不到河底，令人心惊胆战。而两边清幽险峻的高山也移步换形，呈现出不同的风貌：一会儿清新秀丽如同巧手女子绣出来的画屏，一会儿又奇形怪状如同斧子削出来的各种样子；一会儿山势陡峭嶙峋，一会儿磊落平缓如同石面。渐渐地，恐慌之意在不知不觉中消失了，俞樾逐渐被山中美景所吸引，于悠然神往间生出对现实人世、纷扰俗务的厌倦之意，想到人生自束发之日起便开始为名利而奔波，又何异于牛马拴于牢栏之中呢？即使能够实现理想，仕宦终身，真不如渔夫樵子放纵于这样的山水中来得潇洒惬意。或许正是他写下“题诗并与山灵约，他年筑屋名云巢”（《七里泷》）时便有了超脱出世之想，虽然这个愿望不能立刻实现，但终其一生，他的确并没有汲汲于现实中的功名利禄，而总是希望能在明山秀水之间筑巢隐居，怡然自乐。

到达玉山县衙后，正好汪春生的从弟汪茗生来访，两人非常投缘，经常秉烛夜谈。日常授课之余，两人也会联袂出游，徜徉于山水之间，使俞樾平生第一次感受到心灵相契的友朋之乐。时光飞逝，很快到了岁末，俞樾虽然很思念家中的妻儿，但考虑到现实的情形，他还是没有回家过年，而是留在玉山度岁。除夕之夜，他谢绝了汪春生的邀请，独自一人孤灯伴坐，想象着回家后一家团聚其乐融融的情形，不禁有些黯然神伤。正在这时汪茗生携酒而至，笑着说："一人独处不如两人同乐，我们还是喝酒联句吧。"于是两人在爆竹声中联句终宵。

因道光二十四年（1844）有恩科乡试，于是俞樾在元旦过后不久便离开玉山县，回家准备省里的乡试。在这次考试中他高中第三十六名举人。此时，李鸿章也在安徽中举，两人有同年之谊。所谓"同年"是当时官场很重视的一种社交关系，这也是他们日后订交的原因之一。中举后俞樾循例去拜会当时的主考官韩厚庵，交谈之中韩厚庵很欣赏他从容稳健的气度，悄悄告诉他说："你本来被录取为第二名，但后来文中被看出了一点小毛病，所以降为三十六名，可惜呀可惜。"俞樾听了当时也觉得没什么，但回去之后心里还是有些不平，虽然都是中举，但第二名比第三十六名荣耀多了。郁闷之情，发而为诗，有"不作人间第二流，却来三十六天游"（《揭晓后谒房考韩厚庵先生知本中第二有吹索者遂置三十六归兴漫赋二诗》）之语。他的父亲俞鸿渐当然理解儿子的心情，但还是勉励他"寄语旁人休惋惜，虽居王后尚卢前"（《九月之望浙闱揭晓余孙陛云中式举人第二名赋诗志喜》）。虽然如此，俞樾当时还是难以完全释怀，直到四十多年后他的孙子俞陛云乡试中浙江省第二名举人，他才意识到以前所为可能是"榜头名竟为孙留"（《九月之望浙闱揭晓余孙陛云中式举人第二名赋诗志喜》）吧。总体而言，俞樾并未因中举而欣喜若狂，这或许是因为他与生俱来的旷达超脱性格吧。在中举后他只是淡淡地说了句：“且博高堂开笑口，明年兄弟赴公车。”（《揭晓后谒房考韩厚庵先生知本中第二有吹索者遂置三十六归兴漫赋二诗》）做官在当时是读书人唯一的出路，而中举表示官场的大门已经向其敞开，俞家两年之中就出了两个举人，这在乡里是何等的荣耀呀！时刻关心孩子成长的母亲姚氏“开笑口”自然也是情理之中的事了，而俞樾自已也高唱“明年紫陌看花去，三十六宫春已通”（《揭晓后谒房考韩厚庵先生知本中第二有吹索者遂置三十六归兴漫赋二诗》），这时的他对前途充满了志在必得的信心。

中举后并不能直接做官，俞樾依旧要为养家糊口而奔波劳碌，虽然已经决定次年春天兄弟二人结伴上京参加会试，但在当年秋冬俞樾还不能留在家里复习应考，而要远赴新安（今安徽歙县一带），授馆于汪村以补贴家用。好在汪家的人他也并不陌生，父亲曾在这里授馆多年，十五岁时俞樾曾跟随父亲在他们家读过书，后来汪氏从常州移居到原籍新安。这时俞樾要教的学生年龄比他只小几岁，也是昔日的玩伴，当时曾一起到兰陵城外赏菊，作菊花歌，也曾一起到圣湖去采莼菜，没想到昔日同伴现在竟然变成了师生关系，世事也真是奇妙。

此后，他每年都在二月初经水路去新安，于十一月头上再回家休息过年。这样的生活竟然持续了五年多，这也是他所始料不及的。当天从钱塘江出发时刚好浓雾弥漫，四周不见山川风物，可一会儿后旭日东升，雾霭在顷刻之间消失殆尽，正是“须臾红日来，万象又轩豁”（《初发钱塘之新安》）。笔下的这种意象与他当时新中举后积极昂扬的精神状态密不可分。一路之上，山无不好，风景尤怡人，尤其入徽河后四面都可以看到苍翠万状的高山，当时又正好是雪后初霁，白雪点缀在苍翠的丛林之中，真如同人间仙境一般。到新安之后，故人相见，倍感亲切，开始的日子里并没授课，汪氏父子为他接风洗尘，陪他一起到新安城附近的左城岩、万岁山等地游玩。在左城岩的半亭看鱼也让他感触良多。半亭位于左城岩的前面，亭子下面是碧波荡漾的一潭湖水，山湖清澈，可以清楚地看到游鱼在水草石缝间倏忽来去。投鱼饵到水中，立刻会有数十条鱼聚拢过来争食。面对这种情景，俞樾不禁想起村中的溪流，在那里，只要有人路过溪边，水中嬉戏的鱼儿立刻惊游得无影无踪，更不要说投食于水了。因为在村中，鱼儿已经领教过人类的居心，它们知道吃东西的后果是什么；但在这里，人无心机对鱼，鱼也无心机防范人，天机流转，自然和谐。

此时，俞樾认识了人生阶段最为重要的一个朋友——孙莲叔（字殿龄）。孙莲叔家境富裕，十五六岁时父亲亡故，给他留下了百万资产。因为孙莲叔年少不更世事，无人管束，所以生活十分放纵，娼楼买笑，博局呼卢，不到十年便把家里原有的资财耗去了十之四五。后来他有所省悟，于是折节读书，一心向学，也正是在这个时候得与俞樾相遇。在俞樾的印象里，孙莲叔天资聪颖，为人恂恂儒雅，能作诗，善书画。虽然两人是初次相逢，且性格迥异，但一见如故，相约结为异姓兄弟，孙莲叔年长一岁作兄长。这时俞樾在新安汪家任教，和孙莲叔所住的霞塘只有不到二十里地的距离，于是两人来往频繁。每当孙莲叔在红叶读书楼宴饮，一定会派人来请俞樾，在这里常常张筵演剧，灯火通宵，极尽少年游冶之乐。

这年春节俞樾回到临平印雪轩，过了元旦后便和哥哥俞林及同乡等一起上路，北上京城参加三年一次的会试。这时他的心态很平和，虽然也觉得未来难以把握："未识春风里，看花愿可谐"，但毕竟还年轻，才二十多岁，相对而言是比较年轻的举人，即便此次不中，以后还会有很多机会；另外，俞樾还有一种与生俱来的对世俗杂务的超脱之意，他只不过是沿着人生之路的惯性前行，现实中的功名富贵并不是他所汲汲追求的目标，所以并没有一定要中进士的精神压力。既然有良伴同行，便一路游山玩水地到了京城。在此之前，他只在长江一带游历，并没有北上黄河的经历，所以当他第一次在山东境内看到黄河时，立刻被它一泻千里、波澜壮阔的气势所震慑："一千七百一川水，沧沧浑浑从天来。华胥圣子不敢塞，石门千里凭空开……"这首《渡黄河作》是他的作品中难得的有豪迈之风的诗歌。

到京城后，他们在三月参加了礼部举行的会试。俞樾和哥哥俞林都没有考中，但兄弟二人少年意气，依旧游兴不减，一起在北京城里玩了几天。一天，他们来到陶然亭，又谈到了刚刚过去的会试，谈到隐于田园的陶渊明，谈到什么样的生活方式最适合自己，对于未来忽然有了一种不可把握的迷惘之意。最后还是俞樾洒脱地一笑，说："想一想庄子吧，浮生如寄，适性逍遥，只要能得到心灵的愉悦平静，应当也是达到人生的终极目标了吧。”话虽说得洒脱，但心中还是有一种似有似无的怅惘和失落之感，在离开京城时所写的一首《出都》中能看出他的这种心情：

欲访蓬山未有因，不如归采圣湖莼。
诸公饱拭看花眼，我辈闲留听雨身。
纵逊青云能到客，岂无白首未来人。
征衫莫道还依旧，添得铜驼陌上尘。

既然没有考中，也只有在无奈之中归于乡籍，闲听江湖雨声，想想同时应考的许多人已经青云直上、扶摇万里，虽然也有自我安慰式的“岂无白首未来人”，但毕竟与中举者不可同日而语了，自己离开之时只是衣衫上多了几点京城的尘灰而已。

虽然心情不是太好，但并没有太影响他们的游兴，兄弟二人相偕南归，畅游沿途名胜古迹，如楚霸王陵、明孝宗张皇后崇真宫、柳下惠墓等。崇真宫位于河北青县，是明弘治十五年（1502）为皇后张氏所建。张皇后是兴济县人，清初时兴济县已经撤去，合并到了青县，但崇真宫的旧迹依然存在。那一天，他们到达崇真宫时正好是夕阳西下之时。前两天刚刚下过的一场大雨虽然洗去了红墙青瓦上的灰尘，但凄清颓败的气息还是扑面而来。松柏森森掩不住遍地荆榛，红墙上随处可见雨水冲刷所留下的水渍。斜倚的碑石虽然还在，但已经苔痕遍布，兄弟二人找来一点水，洗去碑石上面的苔藓后，才看到上面的文字："弘治十五年皇帝敕建"，这样庄重严肃的文字读来不由令人心生感慨。试想三百多年前此宫刚刚落成之时，尊崇之地位何异于祭坛神庙，在声乐喧嚣之中又有多少达官显贵争相拜于台阶之下。谁能想到，世事变迁，三百多年过去了，昔日的繁华如同天边的浮云一样瞬息消逝，只留下这静默的颓圮在诉说着历史的沧桑。喧嚣显赫的繁华与废弃颓败的凄清，看似两个极端的场景，其实是相邻相承的，在时间的长河中人生只是稍纵即逝的片段，所谓的利禄富贵、千秋功业又何尝是永恒的存在呢。当夕阳逐渐隐于树梢，四周的景物笼罩于一片幽暗之中时，兄弟二人才从深思中惊醒，感叹着离开。

在现在山东新泰市天宝镇郭家庄村附近，兄弟二人见到了耳闻已久的柳下惠墓。这是一个以大石砌成的方形墓地，高六丈，长宽各有四十余步，四周立有界石和土堤，东南面垒石坝，气势恢宏。柳下惠是我国春秋时期的一位著名历史人物，孔子和孟子都对他推崇备至。孔子称赞柳下惠是"言中伦、行中虑"的高尚"逸民"。孟子称柳下惠是可为百世之师的"圣人"："闻柳下惠之风者，薄夫敦，鄙夫宽，奋乎百世之上，百世之下闻者莫不兴起也。"孟子又将柳下惠与伯夷、伊尹、孔子并称为"四大圣人"。而民间流传最广的故事便是柳下惠"坐怀不乱"了。据说有一次他夜行途中，露宿于郊外。有一个女孩子也在旁边，当时正是滴水成冰的严寒天气，他怕这个女孩子冻死，就让她坐在自己怀里，以衣覆之，至晓不乱，被后世传为美谈。

俞氏兄弟所在意的并不是这个故事，俞樾最为欣赏的是柳下惠宠辱不惊的处世态度。《战国策》《荀子》《新序》《论语》《孟子》等典籍中都记载了柳下惠为士师而多次被黜的故事，他之所以多次被黜而不自去，是因为“直道而事人，焉往而不三黜？枉道而事人，何必去父母之邦？”孟子非常欣赏这样的处世哲学，认为柳下惠这样做是“进不隐贤，必以其道。遗佚而不怨，厄穷而不悯……援而止之而止者，是亦不屑去已”。俞樾也很欣赏柳下惠随缘自适的处世之道，在《柳下惠墓》一诗的小序中他说“三仕三已，视来去之迹如一履。宠辱不惊，隐居终老，天下无道则卷而怀之”，认为虽然柳下惠表面是在仕隐之间徘徊，事实上还是坚持自己的人生原则与人生理想，所以能够做到宠辱不惊，“归去隐柳下……怡然以没齿”（《柳下惠墓》）是俞樾对柳下惠的赞颂，也是对自我的期许。

回家后兄弟二人便各自为生活而奔波，俞樾依旧至新安授馆。在一个细雨蒙蒙的清晨，他自钱塘江畔坐船又到了新安，虽然山水依旧，但俞樾的心情已与去年大不一样了。当天正好是重阳节，送走来访的客人，一个人青灯独坐时更感孤独与无奈，不禁悲从中来。就其本性来讲，他更喜欢悠游田园、啸傲林泉的生活，但现实是田园虽好贫难守，而书生又百无一用，只能以授馆为生。深夜静思，真是千愁百虑，难以自解。

好在他在新安有很多意气相投的朋友，而这一时期来求学的人也很多，有的甚至比俞樾年纪还大，如吴绍正，比他年长一岁，后来也中了进士，做了兰溪县的县令，另外还有汪氏兄弟、孙氏兄弟等。孙莲叔家的红叶读书楼是他们固定的相聚场所，经常高朋满座。一群年纪相当、意气相投的年轻人在此作画题诗、联句论文，常常不知不觉中已经东方发白，宾主遂尽兴而去。孙莲叔善绘画而俞樾善题诗，两人经常合作，有许多作品传世。数十年后，当俞樾在西湖诂经精舍任山长之时，孙莲叔的二儿子孙泽臣还拿来一幅《剪烛谈诗图》，请成名已久的俞樾题诗，图中所绘的相对论诗二人，正是那一时期的俞樾与孙莲叔。除作文论诗之外，他们还经常相约一起外出，或游山玩水，或赏花品茶，极尽友朋之乐。孙莲叔常常在俞樾意想不到的时候送给他一些有趣的小东西，如新茶、扇坠、扇子等，还把俞樾这一时期的骈体文字和书信刻成了小册子，作为礼物相赠，令俞樾惊喜不已。孙莲叔也把自己的一些作品刻印流传，俞樾欣然作序，现在《宾萌外集》中还有《孙莲叔红叶读书楼诗集序》《孙莲叔萱荫山房杂著序》《孙莲叔桑宿集序》《红叶读书楼雅集图序》等作品，可见两人志趣相投，情谊非同一般。俞樾在写给孙莲叔的信中曾感叹地说："况弟兄四海无非黄土抟成，而朋友一伦，或亦赤绳系定。足下以惨绿之年华，飞黄之意气，王昌十五，别有情怀，阮何一双，自矜风貌。"（《与孙莲叔书》）感叹朋友如夫妻一样也是因缘前定。

为了纪念这段生活，直到很久之后俞樾还一直保存着一幅扇面。这扇面是由汪紫卿（也是当时参加红楼雅集的朋友之一）所画，在巍峨的山脚之下有一所小茅屋，屋前有一株大垂柳树，树荫下一人正襟危坐，旁边堆着许多书。俞樾之所以愿意保留这幅扇面，是因为画中的意境正是自己理想中的生活之境。他见到这幅图时不禁感叹：“家贫弃书逐衣食，目有所触心怦怦。”（《汪紫卿（芳庆）为余画一便面，柳阴之下因山为屋，一人危坐其中，旁则积书如堵，噫，此境也，非余所深愿而不得者邪，因为长歌以酬其意，兼述所怀》）事实上，在新安这几年，他的生活还算是轻松闲适的。他在当时的一首小诗里提到“不成富贵不成仙，学作飘飘不系船……书因善忘宵犹看，身为多闲昼亦眠”（《偶成》）。俞樾一面教书一面读书，同时也为几年后的科举考试做准备，所以有“年华衮衮去如云，故纸堆中自策勋”（《偶成》）之句。

当然，俞樾在这里生活偶尔也会有小小的不方便，比如说语言不通有时也会带来窘境。新安与临平虽然都是吴方言区，但两地的方言相差很大。在当时也有所谓的官话，但并不是每一个人都会说，此时俞樾的学问在当地已经小有名气，所以经常有人慕名前来请教。有一天，一个人来找俞樾请教经义，寒暄之语俞樾连说带猜倒也能听明白，但对方问了一句《左传》中的话，俞樾根本就听不懂对方说些什么，只好找来书指出哪一句，但俞樾的解释对方也听得莫名其妙，一头雾水，两人只好相对无语，默然一笑。事实上，这几年来俞樾并不能真正地轻松下来，毕竟家庭、社会的责任和个人前途都是绕不过去的、需反复思虑的问题。

道光二十六年（1846）正月，俞樾的父亲俞鸿渐去世。三月，俞樾的第二个儿子祖仁出生，原本的生活压力骤然变得更加沉重，加之要为父亲守制三年，下一次的京城会试他和哥哥俞林都不能参加。俞林在道光二十八年（1848）远游广西，至郑祖琛的幕府里做事，而这时母亲因无人侍奉，就来到临平史家埭，由俞樾妻子姚夫人奉养，而俞樾自己仍在新安汪村授馆。一天雨夜，俞樾思前想后，难以入眠，披衣而起给兄长写了一首述怀诗：

六千里外作征人，五管云身一叶身。
门户艰难都仗妇，晨昏安否各思亲。
敢云长揖能增重，或者遨游胜守贫。
小录骖鸾须手订，莫虚眼界此番新。
光阴俱向客中过，剩有间门锁薜萝。
梦里归来输我近，人间阅历让君多。
读书岁月贫犹未，作客生涯老奈何。
莽莽苍梧空怅望，几时听雨共东坡。

（《己酉春日寄壬甫兄》）

生活的压力与无奈寓于诗中，末句“几时听雨共东坡”与李商隐的“何当共剪西窗烛，却话巴山夜雨时”意境相似。俞樾对生活的要求并不高，只要能够维持基本的生计就可以了。在这里，我们看不到他对现实功名的渴望与追求。当他第一次路过七里泷时曾说过要在这里卜地隐居的话，倒是常常提起。道光二十八年（1848）初春，又一次经过钱塘江时，俞樾回顾了数年来每次过钱塘江时的不同心情，最后又说“云巢旧约在，吾岂终风尘”（《戊申春日发钱塘江舟子焚香祀神余适有感亦作》），还是希望有朝一日能实现在山水中隐居的愿望。若干年后，当他在诂经精舍任教三十余年，独占湖山第一楼时，当也可以算是实现了青年时期便有的愿望了吧。

自己离家在外，留下夫人一人在家中独自支撑，既要掌管家务处理家事，又要上侍奉体弱多病的老母亲，下抚育四个幼不更事的儿女，生活的艰辛可想而知。盼望家书已成为俞樾在新安五年生活中很重要的一项内容，在这一时期的诗作中常常可以看到《作家书》《望家书》这样的题目，可见他的思乡之情。作家书之时常常提笔无词，“首言客中乐，次言归有期。不将眠食累，上费高堂思。不将羁旅感，下使家人知”（《作家书》）。母老子小不能归家，心中是多么难过呀。俞樾每次收到的家书总是充满了殷殷关怀，嘱咐他在外一定要照顾好自己，总说家中一切顺遂、不劳挂念。虽然只有短短几行字，但俞樾不禁读了又读、看了又看，读出了理解和信任，读出了体贴与期盼。他能够想象得到夫人因无奈而临风洒泪的情形，真是让人心痛呀！道光二十九年（1849）六月三日正好是夫人三十岁生日，此时俞樾依旧在新安县。于是，他直抒胸臆，写了几首情真意挚的诗歌寄去作贺寿之礼：

谁家夫婿擅风流，宝马香车作胜游。

我为不才长落寞，卿缘何事亦穷愁。

屋嫌租贵谋移徙，奴愿佣微听去留。

堂上亲衰儿辈小，可知晨夕费绸缪。

（《六月三日内子三十初度寄诗为寿》其二）

不向红窗共举杯，客中此夕倍低徊。

酒无可祝将诗祝，身未能回有梦回。

（《六月三日内子三十初度寄诗为寿》其三）

别人的夫婿有香车宝马出入相随，而自己自入学已十多年，依旧是一介白衣儒生，不事生产，家计艰难，带累夫人在家甚至连奴仆也雇养不起，只得亲自操劳一切，千头万绪一力承担。自己虽能理解但也无能为力，在她生日这样特殊的日子里，不能在红窗之下共同举杯庆贺，只能一人面对青灯孤影思虑重重，以诗代酒祝福生日，希望能够梦中相聚。他的深情款款，可见一斑。

正是因为有这样的情感体验，俞樾对于现实中真正的爱情也抱有深切的理解与同情。在以前所写的《拟宫词》“一入长门春夏秋，钟声爱听景阳楼。红颜甘心为君老，未肯题诗寄御沟”中反用红叶题诗的故事，表达对忠贞不渝爱情的赞颂。后来，他在新安又听到一个凄婉动人的爱情故事。有一个女孩自幼许配给一个书生，两情相悦。后来女孩父母双亡，她便被婶婶收养。长大成人后书生求亲，婶婶想多要彩礼，故意为难穷书生，女孩一段情意郁结于心，于是生病了，病重之时设法见了书生最后一面，在送给他定情信物之后，死在书生的身旁。这样的情感与情感的表现方式本来是很难容于当时的礼法社会的，但俞樾非常认同这样生死不渝的爱情，听到这件事后，专门写了一首长诗《女儿曲》来赞颂人间之至情："我闻此事，为做此诗，敬告儒林丈人，勿以苛礼责女儿，女儿之志良可悲，呜呼，女儿之志良可悲。……天假之缘，郎竟来前，郎竟来前，女儿涕泗涟涟。解妾香囊系君衣裳，生不得入君之室，死犹得在君之旁。"表现了对忠贞爱情的尊重与叹赏，与前面的《拟宫词》表达了同样的情怀。

虽然有着这样的心绪，俞樾并没有表现出对物质生活的在意和渴求，他心中涌动更多的仍是出世之意。《雨夜作》其三中写到富家女的形象："皎皎富家女，妆成来堂前。衫袖藕丝薄，裙衩芙蓉鲜。"与贫家女之荆钗布裙形成强烈对比，而世人却只怜惜富家之女，对贫家女毫不为意。俞樾颇感不平、愤而问天，天公亦默不作答，无奈之中"不如姑置之，我与我周旋"。这里的贫家女当有自喻之意。又有一次，一来访者本来富贵而现在家境已经完全没落，读了俞氏之诗感慨万千，俞樾又以尘世如梦的旷达和超脱来劝慰他："茫茫身世总堪哀，旧日繁华付劫灰。……领取南华齐物意，穷愁诗卷莫轻开。"（《客有昔贵而今贫者，读余诗而感，因以诗慰之》）这也是他自我排解时的所思所想。

这时的俞樾并没有完全沉浸在自己的世界之中，终其一生都有强烈的爱生护生之意，对现实中民众的灾难一向抱有深切的同情之心。道光二十九年（1849），江浙两省发大水，太湖四周的农田被淹没的有几万顷之多，许多农民流离失所，物价飞涨，饿殍满地。他一直密切关注灾情的发展，体现出了一个知识分子应有的社会责任感。刚开始时，他是从家书中知道临平的家中也遭了洪灾，但不以为意，“区区家室计，此犹在所后”，他所关心的还是大多数民众的生活，“顾念水漫漫，已遍浙左右，田畴既被淹，室庐亦见蹂。年荒谷价高，盗贼铤而走”（《闻浙中大水》）。在这样的情形之下，百姓要怎样生活呢？刚开始时他还是把希望寄托到当政者身上，“敬问诸巨公，谁是回澜手”（《闻浙中大水》），希望官府能够出面拯救民众于水火之中。但他很快就彻底失望了，在后来所作的《乐府体四章记江浙大水》中表达了他对现实情形的无奈与对官府的愤懑之情。这四首诗分别为《水灾叹》《赈灾行》《流民谣》《米贵歌》。第一首谈到大洪灾的破坏性：“君不见东南七千里，田庐尽化为汙渠。”第二首则说朝廷赈灾有名无实，并不能从根本上解决问题：“小口三，大口六，六文钱，一合粟，炊之为糜，不盈一掬，何况小口又减半，虽易糠秕且未足。”这种情形所带来的直接后果便是人民流离失所，米价上涨。俞樾对于流民的两难境地表示深刻的同情与理解，“欲归不可田污莱，欲留不得官吏催”，流民并不是不想回家乡，只是回去后无所事事，田地还被淤泥填满，无以为生，而针对这些情况官府并没有任何救助措施，只知逼迫压榨，赶他们重新回到那片特定的土地上。“今日州，明日府，千风万雨，不借一庑。”（《流民谣》）更有奸商趁机哄抬米价：“钱六千米一石，米一斗钱六百。借问穷檐民，何以度朝夕。市中米价日日升，米不论斗止论升。”（《米贵歌》）贫苦的民众只能在无衣无食中悲惨地死去：“生者前行，死者臭腐。吁嗟乎，流民何处是乐土。”这些诗作寄寓了作者对现实的关心和对民众的同情。

这年冬天，俞樾离开新安时与各位朋友依依而别，因为第二年又是大考之年，他要到京城去应试。他和孙莲叔的交情最为深厚，回想五年来的友情，真是依依惜别。留诗赠别表现出他对功名和前程的希冀，同时也有对再续前缘的渴盼：“坚留后约烦悬榻，遥指前程盼箸鞭。”（《余客新安与孙莲叔交最深，明年春，将入都应礼部试，因赋诗为别》）作为知交好友，孙莲叔对俞樾的经济状况非常了解，于是临行赠金，资助俞樾途中与在京城的花费。而俞樾的心情也非常矛盾，一方面他对前程仕途倒不十分热心，“小草本来无远志，聊酬良友与慈亲”；另一方面，他在欲行之际还是充满了希望，“遥指前程盼箸鞭”，对自己的能力也有自信：“意气自知难比昔，文章敢谓尚如人。”这时候俞樾才知道孙莲叔已经把他这几年的书信文章和诗歌各印成了一本小册子，更感觉到知音难求。现在《俞楼杂纂》中有佚诗与佚文各一卷，所辑就是这一时期孙莲叔所印行的两卷作品。

第二章　天风吹我下蓬瀛

道光三十年（1850）元旦刚过，俞氏兄弟二人便收拾行装，踏上北上的路途。这已经是他们第二次上京参加会试了，依旧是兄弟同行，但这次心情与上次大不相同。上次俞樾才二十五岁，还是风华正茂、信心十足的年轻人，对未来充满了憧憬和希望。现在五六年过去了，他已经步入而立之年，沉重的生活负担和无情的岁月流逝已经消弭了他的自信与热情。他对于正在走着的人生之路并没有过多地思考，只是沿着读书人理所当然的生活道路前进，对这次会试，他当然抱有一定的期许，但这也只是生活的惯性而已。

兄弟二人水陆兼程，行程顺遂，很快在一天薄暮时分到达了丹阳城（今江苏丹阳），夜宿城中，第二天天刚蒙蒙亮就起来换乘小船赶路。清晨的江面上笼罩着一层薄薄的雾气，此时正好是顺风，风鼓帆劲，小船如离弦之箭在水中快速而平稳地前进，如同飞鱼嬉戏于波浪之中，又如同大鹏展翼在长空中飞翔。兄弟二人凭栏迎风，欣赏清晨江景，他们都没想到表面的平静竟然潜藏着无法预料的危险。当船行到丹阳城外的青杨浦时，正好上游也有一只小船迅疾而至，相错的瞬间俞樾本以为会擦肩而过，没想到风力注帆，帆势侧舵，舵不能制篙，篙难以支撑，天旋地转间小船顷刻而覆。当小船倾覆的刹那间，俞樾心中充满了难以言喻的恐惧与绝望，还好他手边有一块木板漂过，他急忙伸手抓住，大声呼救。这时他发现了在自己身边挣扎的哥哥，急忙将这块木板和兄长共用，一起游到了岸边，此时跟随的小书童和一个仆人还有划船的舟子也游了过来。早春天气与冬天相差无几，兄弟二人全身湿淋淋地站在岸边，阵阵寒风吹来，两人冻得瑟瑟发抖，浑身都起了鸡皮疙瘩，这时船夫把行李也打捞上来了。

在这种情形之下实在没有办法继续赶路了，他们只好就近找了一家客店休养了一天，围炉闲谈之时还觉得心有余悸。好在这次事故没有人员伤亡，算是不幸中的万幸了。这并不是兄弟二人第一次遇险，五年前当他们第一次赴京城应试时，有一次坐马车赶路时马竟然惊了，无论车夫怎么指挥、控制都无济于事，拉着车子在路上狂奔了小半个时辰才停下来。今天的覆舟之险又使他们想起了这件事，俞樾不禁感叹说：“奔车覆舟是出门在外最忌讳的事，没想到都给我们碰上了，可能我们就不适合求取功名吧。”“那倒也未必。”俞林充满信心地说，“常言道‘大难不死必有后福’，我们已经两次遇险了，焉知不是一个金榜题名的好兆头呢。”“或许吧，如果我们为了区区人世浮名而遇难真是不值得呀。”俞樾若有所思地回答道。

到京城之后，距会考之期只有十来天了，他们直接到了吴兴会馆。在古代，会馆本来是同籍贯或同行业的人在京城以及各大城市所设立的机构，供同乡或同行集会、住宿之用。没想到会馆此时早已住满了应试的举子，无奈之下，兄弟二人只好借住在会馆大厅西头临时搭建的一间小屋子里。小屋子叫清远堂，平时并不住人，只是用来堆放杂物。现在兄弟二人简单地打扫了一下，又拿了一些稻草铺了床，还用纸糊好了墙壁和窗户，就这样住了下来。当时大家都没有想到，在这个简陋的小屋里竟然会走出两名进士。自此之后，吴兴公馆的这间小小的清远堂也成为吉祥福地。四十年后，吴兴会馆重新整修之时，请已名满天下的俞樾题写了一副楹联，晚年的俞樾想到当年情景，心中还是不禁感慨万千，欣然提笔写道“萃一郡七县人文，科第春秋来接轸”（上联），“诂卅有九年旧梦，弟兄灯火卧联床”（下联），形象地描述了当时的情形。

参加考试的这段日子，大部分考生都在贡院附近租一间小房子来住，这样去考场也方便一些，但俞氏兄弟没有这样做，他们一直都住在吴兴会馆里。当时贡院位于崇文门内，而会馆位于宣武门外半截胡同里，相距大约有十里地之遥。其他的人都表示不可理解，但兄弟二人不以为意，他们还故意用“新郎君去马如飞”来互相鼓励。这句话出自苏轼的《送蜀人张师厚赴殿试诗》，苏轼写这首诗时是北宋神宗元丰二年（1079），当时他在徐州做知州，同乡张师厚赴京城开封时路过这里拜谒。张辞行时，苏轼在徐州云龙山放鹤亭为他饯行，并赋诗两首以壮行色。第二首写道："云龙山下试春衣，放鹤亭前送落晖。一色杏花三十里，新郎君去马如飞。""新郎君"是从唐代开始对新进士的称呼。兄弟二人在这里引用这句诗有玩笑戏谑之意，但又何尝不希望真的在会试中出人头地、金榜题名呢。

考试结束了，等待结果的日子忐忑难熬。到了发榜的前一天，朝中已经开始写榜，一些谁中谁不中的小道消息也逐渐流传开来。这一天最为难熬，所以俞林就约了弟弟还有同考的周云笈一起到北京城的龙树院去清谈小饮。龙树院又称龙树寺，因为有一株明代的龙爪槐而得名，树干有一抱粗细，枝杈盘曲纵横，筋骨遒劲，如同一条条苍龙蓄势待发。虽然他们心里都有些挂念科考的结果，但又在紧张中故作镇定，相约这一天里大家都不去谈论有关科举考试的事情。在谈古论今、饮酒游赏中，三人在这里盘桓了一天，兴尽而返。到住处时已经是薄暮时分，刚到门口，老家人孙福看到兄弟二人后马上激动地嚷起来："中了，中了，你们都中了。"俞林急忙笑着说："别着急，慢慢说。"老家人还是很激动，说："中午时就有人送来消息说你们都中了，可不知道你们去哪了，也没办法告诉你们。"俞樾心中当然很高兴，但又怕消息不准确，也笑着说："现在知道也不晚呀，正式发榜要在明天呢。"

第二天，兄弟二人一起去看榜，果然他们都中了。当时会试得中者称为贡士，俞樾是第六十四名。看到皇榜之后，俞樾真是百感交集，写了一首《礼闱揭晓口占四十字》来表达当时的心情：

三十初通籍，微名敢怨迟，所嗟登第日，不逮过庭时。
灯火仍兄共，门闾慰母思，长安春有信，早报故园知。

三十岁刚刚中了进士，虽说“微名敢怨迟”，但言外之意觉得还是太迟了，毕竟中举已经是六年前的事了。让他觉得最为遗憾的是，时刻关心自己成长的父亲已不幸在几年前过世了。父亲一生获取的最高功名只是举人，也曾数次应试而不中，如果他亲眼看到自己的两个儿子同时高中该多么高兴呀。转念之间，他又想到了在家里殷殷期盼的母亲，兄弟二人同中对她来讲可是天大的喜事呀；还有贤惠多才的夫人，不管自己多么落魄困窘，她总是对自己、对未来充满了信心，应该让她们来分享自己的快乐。当天俞樾就修书一封，向家人报告了这个好消息。果然很快他便收到了回信，信是夫人姚氏所写，信中只有一首梅花诗：“耐得人间雪与霜，百花头上尔先香。清风自有神仙骨，冷艳偏宜到玉堂。”气格高远，寄托遥深，处处咏梅花，又处处切题应景，恭贺丈夫高中。

按当时的科举考试规矩，在会试发榜后的第十天要进行殿试，由皇帝亲临保和殿策问。殿试后，根据成绩将参加考试的贡士分为三个等级，称“三甲”。一甲称为“进士及第”，只有三名，就是状元、榜眼、探花；二甲称为“进士出身”，若干名；三甲称为“同进士出身”，若干名。殿试过后，二甲和三甲还要经过复试，也就是朝考[1]，才可以授以官职。朝考往往是由礼部主持，这一年朝考的题目是要求以“淡烟疏雨落花天”为题写一首诗，并敷衍成文。这个题目意境虽然优美，但带有一种没落颓废的气息。而俞樾在做这个题目时忽然想起几年前的一件事。当时他正在读宋人诗歌，读到宋祁的《落花》时，不禁向夫人感叹道：“‘将飞更作回风舞，已落犹成半面妆’，这样花落春归的意境真是出人意表呀。”夫人随口说道：“宋祁的这两句诗恐怕还是化用李贺《残丝曲》的‘花台欲暮春辞去，落花起作回风舞’吧。”俞樾不禁跷起大拇指，夸赞道：“夫人真是博闻强记呀。”想到这里，俞樾已经有了自己的构思，他提笔写道：

> 花落春仍在，天时尚艳阳。淡浓烟尽活，疏密雨俱香。
> 鹤避何嫌缓，鸠呼未觉忙。峰鬟添隐约，水面总文章。
> 玉气浮时暖，珠痕滴处凉。白描烦画手，红瘦助吟肠。
> 深护蔷薇架，斜侵薜荔墙。此中涵帝泽，岂仅赋山庄。
>
> （《玉堂旧课》）

考过之后，俞樾心中一直惴惴不安，他所担心的不是所作的诗文内容不好，而是自己的书法字体。自明末以来，有一种

① 始自雍正五年(1727)，在殿试后进行。“殿试后，集诸进士保和殿考试，仍令九卿确行保举。考试用论、诏、奏议、诗四题。是为朝考之始。”赵尔巽，等.清史稿(第108卷)：选举志[M].北京：中华书局，1977.

名为“馆阁体”的字体已经在科场流行，这是一种严谨端庄、黑大圆光的字体，逐渐成为殿试中的专用字体。书法功底好坏在乡试、会试中表现不是很明显，在殿试和朝考中却非常重要，尤其是道光以来已渐成风尚，几乎成为科场痼疾。几年后的咸丰元年（1851），御史王茂荫曾经上书奏请殿试要重文不重字，但因为礼部不同意而只好作罢。当时一般宗师把墨卷拿到手中，首先审视的便是应试者的书法功底，其次才是文章大意，许多举子因运笔窳劣耽误了锦绣前程，也有人因此而鱼跃龙门，一举得中。偏偏这方面是俞樾的弱项，他自幼不娴于端庄严整的小楷，而喜欢自由舒展的隶书，所以楷书也写得具有隶意。这次考试的结果真是不知道会如何呀。

几天过后传来消息，没想到俞樾名列第一。在朝考中高中头名，虽不能与状元相比，但也是非常荣耀的一件事了。过了几天，一些阅卷的内幕消息从朝中流传出来，俞樾这才知道自己的“第一”是曾国藩极力主张的。

曾国藩当时任礼部侍郎，而且与主管科举的礼部尚书同为该部堂官，在这次阅卷中有着很大的发言权。据说大部分考生都从落花的萧瑟凄清之意着手，多言“林花谢了春红”“流水落花春去也”等文字，没有能够超脱“落花”的悲伤没落之处。当看到俞樾的诗文时，一句“花落春仍在”便深深地打动了他，及至读完全篇，更是抚案激赏，立刻把这篇文章与同时阅卷的几位官员如内阁大学士杜翰等共赏，主张列为第一。大家赏玩良久后却纷纷摇头，以为“文章虽好，但仓促间又怎么能写得出来呢，定然是录旧作以塞责罢了！”但曾国藩仍然坚持道：“不然，诗文相称，文是旧作，难道诗也是宿构吗？”“诗文之义应该有所依存，它这里又本于何处呢？”有人又提出了这个问题。“此与‘将飞更作回风舞，已落犹成半面妆’有暗合之处呀。”曾国藩应声而对，接着又说道：“这里咏落花而无萧飒之意，此生未来成就不可限量！”就这样，俞樾才能够在朝考中高中第一。或许打动曾国藩的是俞樾在咏落花时所体现出的积极明朗的意境和昂扬向上的精神，这一点又与曾国藩本身执着的人生态度暗合。知道了这段“插曲”，俞樾对这位善于识人的座师也深怀知遇之恩，终其一生这种感觉都没有改变。

朝考过后，新科进士的出路也各不相同。一般来说，一甲三名在殿试揭晓后直接授予翰林院官职，状元授翰林院修撰，榜眼、探花授翰林院编修。其余二、三甲进士，按成绩不同分别按不同等级授官。如果成绩一般则根据不同情况外放做官，分别用为主事、中书、知县等。成绩优异者则被选入翰林院附设的庶常馆学习，叫作“馆选”，被称为“庶吉士”。俞樾便因为成绩优异而被选为庶吉士。庶吉士的名称来源于《书经·立政》篇中“庶常吉士”，始自明洪武十八年（1385）。选拔庶吉士是为了“储才教养，以待大用”，实际上相当于明清两代高级官员的职前培训制度，而众多的封建士子都把当选为庶吉士作为跻身上层统治集团的重要途径。明清时期，庶吉士制度造就了大批翰林、督抚、六部侍郎、尚书以至内阁宰辅等朝廷重臣。因为一般都是由皇帝在名单上圈点成绩优异者入选为庶吉士，故这又被称为“点翰林”。这在当时也是一件光耀门楣之事，所以俞樾在《曲园自述诗》中还提到“圣主量材亲点注，书生本色秀才官”。

清代，在翰林院供职的侍读、侍讲、修撰、编修、检讨和庶吉士等各员，通称“翰林”。但是，庶吉士还不能算是正式翰林。庶吉士在“馆选”录取后，要在庶常馆里学习三年，再视其学习成绩而定去留。庶常馆由大学士、尚书等充任大教习，科分资深学优的翰林官六人为小教习。清初，对庶吉士的要求很高，对散馆考试十分严格。常常有人因散馆考试不及格而被罚重新学习或革退外放者，嘉庆、道光以后，庶吉士在馆肄业制度逐渐废弛。同治、光绪时得选为庶吉士者，照例只需到馆应三五课即可告假离京，一直等到散馆之年才还京销假。所以俞樾在进入翰林院的庶常馆学习期间可以任意去留。

不久，俞樾到翰林院庶常馆报到，有一些新奇，也有一些激动，毕竟这里是天下人才的储备之所，是多少学子梦寐以求的地方，也是顺利步入仕途的起点。但时间稍长他便有些失望——制度松弛，并没有高水平的学术交流与经学启迪，俸禄也仅仅七品，连维持生计都很困难。初时的激动、新奇过后，俞樾觉得有些无聊，便请假回临平省亲。这一次兄长俞林依旧留在京城，俞樾一人独行。他只带了一个随从，瘦马轻车行走在归乡的途中，或许是因为无人同行，也或许是心情不太好，他这次只是赶路而没有丝毫的游兴。

归乡途中俞樾想得很多，对自己的生活方式和人生目标都有所反思。他最先想到的是眼前的困境，事实上以世俗的眼光来看，这并不是什么困境，虽说微薄的俸禄甚至不能养家糊口，但从理论上讲，自己现在的情形已经是一个读书人最好的状态了，自己也已是千千万万士子所羡慕的对象，但俞樾觉得实在没什么意思，他甚至觉得所谓“钦点翰林”也只是虚名而已。如果十年寒窗苦读孜孜以求的便是这样的一个结果，那么这样的追求真的是没什么意思呀。想到这些，本已具有的隐逸思想又悄悄地浮现在心头，他甚至觉得这种生活状态远远比不上渔夫樵子可以笑傲湖山之间来得潇洒惬意。或许唯一聊以自慰的只是“聊取科名慰北堂”（《八月二十二日请假南旋口占二律》），可以安慰一下高堂老母吧。

俞樾回到临平已是初秋时分，一家人还是住在临平的印雪轩中。咸丰元年（1851）春节刚过他又启程前往新安汪村，想到又可以见到昔日朝夕相处的朋友们了，临行之际俞樾的心中充满了兴奋与激动，他想象着相见的开心与愉悦，想象着朋友对自己的思念与期盼：“遥想新安诸旧侣，几回相望暮云中。”（《咸丰辛亥将至新安访诸故人发钱塘江口占》）这次到新安城中后尽情游历，他直到七月才辞归临平。半年的时间与孙莲叔和汪氏兄弟等朋友几乎遍游新安附近的名胜古迹，如斗山亭、五里栏杆、幽冤妇墓、石桥岩、齐云山等。

七月返家后，俞樾又闲居于临平直到腊月。因为必须按时到京城参加散馆考试，所以在腊月底启程北上，这一次同行的还有他的两个学生汪仪卿和李简庭。他们相随俞樾北上，一方面可以随时受教，另一方面也是为了应京兆府的考试。这年元旦，俞樾一行人刚刚走到了无锡，几个人在一只小舟中过了个冷冷清清的春节。正月初七时刚好到达京口（今江苏镇江），这一年天气大寒，江面上竟然结了冰，在阳光的映照下晶莹剔透，美丽异常。正在欣赏难得的美景之时，俞樾听说同馆诸君都已经到达京都，正在为散馆考试做准备呢。但他算算时间似乎还比较宽裕，所以并不着急，还是一路游山玩水地走过去。

经过山东邹县时，他们特意去拜会了孟子庙。孟子死后，后人一直不知道他葬于何处，直到北宋景祐年间，孔子的四十五代孙孔道辅才在邹县城郊的四基山下发现了孟子墓。当时已经凋敝不堪，发现后很快得到修治，不但配上享殿、碑林、御桥，而且在方圆十里的地方种了松柏槐枫，一年四季常青。俞樾来到这里，徘徊良久，感触颇多，“平生私淑意，到此几徘徊”（《邹县谒孟子庙》），自己的学术之本在于孔孟之道，来到这里自然心中颇多感慨。后来他们又绕路到了山东峄县，去匡衡故里参观。匡衡为汉代名相，幼年时学习刻苦，有凿壁偷光的典故流传。他学识渊博，是著名的经学大师，尤其对《诗经》有独到的见解，当时便有“无说《诗》，匡鼎来；匡说《诗》，解人颐”的歌谣。历仕汉宣帝、汉元帝、汉成帝三朝，以儒治国，贤良刚正。后却因被诬“盗土”而免官，想来不禁令人感慨万千。

另外，他还曾游历仓颉墓、平原君赵胜之墓、固安张华之墓等名胜古迹，抚念往昔，吊古伤今，在咏古诗中表达自己对古人古事的看法。尤其是《固安张茂先》一诗更可见其价值追求，诗中追忆了张华（232—300）辛苦劳碌的一生：作为西晋重臣，在晋初曾任中书令等职，力劝晋武帝定灭吴之计。西晋统一后为持节，都督幽州诸军事，强化了对东北地区的统治。晋惠帝时，历任侍中、中书监、司空。但最后还是在八王之乱中被赵王司马伦和孙秀所杀，真是不如同时代的张翰（张季鹰）呀。张翰善诗文，为人淡泊名利，放纵不拘，颇有三国名士阮籍的风度，人称“江东步兵”。晋惠帝太安元年（302），张翰被出镇许昌的齐王司马冏任为大司马东曹掾。时值晋室八王争权战乱，齐王又专横独断。他对同乡人顾荣说：“天下乱纷纷的，战争灾难连续不断。我本是山林闲人，对时局不寄予希望。你也要小心提防着点。”又说：“人生重要的是适合自己的志向，不能为了名利地位，在数千里之外混个官衔。”于是托词秋风起，思念家乡的菰菜、莼羹和鲈鱼脍，吟诵出著名的《秋风歌》，辞官而去：

秋风起兮佳景时，吴江水兮鲈正肥。
三千里兮家未归，恨难得兮仰天悲！

不久齐王兵败被杀，他因此得以全身。俞樾在这里把张翰与张华对比，高下立现，因为张翰见识高远能够全身远祸，但最为打动他的可能还是张翰所实践的适性逍遥之意。所以他在《固安张茂先》中有“何如莼菜鲈鱼客，长啸西风归去来”的感慨。

俞樾到达北京城时已是正月之末，兄长俞林一直在京城之中，兄弟相见，分外亲热，接着有多次宴集，基本上都是和兄长同行。有的是拜会座师，有的是同门之间的聚会，“师门问字尽同年”（《微雨出广渠门至天宁寺与诸同年宴集》），还有在京的同乡聚会，“文字清谈吾辈事，衣冠小集故乡人”（《谢公祠与诸同乡宴集》），几乎日日笙歌，夜夜管弦。但这些活动都如过眼烟云，最让他难以忘怀的竟是一件小事。当时他们兄弟二人还有两个学生汪仪卿、李简庭，借住在南横街的圆通观中。这个地方非常荒凉，再向南走不到半个时辰就是一片穷人的墓地。闲来无事时俞樾总是和哥哥俞林一起散步，一直走到墓地边上，寓目之景无非是累累破冢，间或有几只乌鸦“嘎嘎”地叫着从空中飞来，落到墓地旁的几株萧萧白杨之上，萧瑟中又带有几许阴森森的感觉。兄弟二人常常在墓地边沉默良久。只有在这个时候，在面对生命已终结的状态之时，人才可能摆脱现实中所有的束缚而获得暂时的解脱。此时此地，滚滚红尘中的功名利禄都失去了存在的意义，才可能思考人生的本义，这种思索常常带给俞樾一种虚无的感觉。每次散步归来似乎都有一种重入红尘的感觉，“归来才向门前立，又见高轩次第过”（《与壬甫兄至横街南散步其地皆丛葬处》）。一日，俞樾不禁对兄长说道：“刚出幽冥，又入红尘，想一想这些驷马高轩中的人有朝一日也变成刚才所见的累累白骨，我们也不例外，那么我们现在所追求的，百年之后又有什么价值呢？”俞林没有回答，事实上，这确实是困扰俞樾多时的一个问题。

庶吉士在修业三年期满之后，照例要经过一次“散馆”的甄别考试，及格者被称为“留馆”，由皇帝召见后任命为正式翰林，按原来殿试的等级分别授予翰林院职位，二甲出身的授编修，三甲出身的授检讨。当年四月，俞樾参加散馆考试后有一段时间没有任何消息，看到周围的同僚纷纷留馆为正式翰林，自己却迟迟未被召见，心里以为前途无望了。有一天，百无聊赖之中，他作了一首诗贴在书斋的墙上：

天风吹我下蓬瀛，敢与群仙证旧盟。
好向玉堂称过客，重烦丹笔注微名。
升沉有数人难挽，造化无心事总平。
却笑随园老居士，落花诗句太关情。

这首诗表达了不同流俗的超脱旷达之意。如果真的要离开翰林院，那么也是因为本来便是闲林野鹤般的世外之人，升沉有数，造化无心，自己大可以顺其自然，不必挂虑于心。想一想随园老居士，也就有一些多愁善感了吧。这里所说的随园老居士便是著名才子袁枚，他是清朝乾隆年间的进士，中进士后被入选为庶吉士，当时有《入翰林》一诗：“弱水蓬山路几重，今朝身到蕊珠宫。尚无秘省书教读，已见文笺字不同。斑管润生红药雨，锦袍香散玉堂风。……”踌躇满志之情跃然纸上。但后来三年期满后的散馆考试中，他因为满文不及格所以不能升任翰林，被外放为江苏溧水知县，于是写了好几首诗表达自己的失望落寞之意，如“三年春梦玉堂空，珂马萧萧落叶中。生本粗白甘外吏，去犹忍泪为诸公”（《改官白下留别诸同年》）。还有著名的《落花诗》也以隐喻之笔触表达自己散馆外放的无奈与失落。处于相同的情境之下，俞樾很理解袁枚当时的心情，但他颇不以为然，觉得袁枚实在是太在意红尘中事了。事实上，清代的翰林院被认为是储才重地、读书养望之所。在大家的心目中，清代编修、检讨等翰林官和地方上的知县官，虽然同样是七品官，但现实中有着极大的区别。正因为如此，所以庶吉士散馆外放知县，尽管属于硬邦邦的“老虎班”，均由吏部以实缺优先选用，带缺出京，与一般进士的“榜下即用”知县须到省候补者大不相同，但如果遇到这种由庶吉士散馆落选而外放知县的情形，大家还是会觉得可惜。

当时正好同年慎延青寓中无事，来找俞樾清谈，见到了这首诗，不禁感叹道：“荫甫兄的胸襟和气度真是不同凡响呀。”没想到第二天俞樾就被咸丰皇帝召见，根据昔日殿试的成绩被任命为翰林编修，成为正式的翰林。过了两天，慎延青又来拜访，聊着聊着忽然皱起了眉头，长叹一声。俞樾忙问怎么回事，慎延青指着还贴在墙壁上的那首诗说：“吾叹此一首好诗，将来编集时竟无从安顿也。”言罢两人相对大笑。

在清代，翰林院的职责是编修国史、编撰皇帝的起居注、讲解经书和撰著诰敕制命等。凡是编纂文史巨籍、入南书房值侍皇帝和上书房授皇子皇孙书以及外放学政、主考，多由翰林院成员充任。在清代，有一项不成文法：汉大臣凡不由翰林出身者，不得任大学士，亦即不能上升到名义上的宰相地位，并且卒后也不能谥“文”。所以庶吉士一旦被留馆为翰林，即有当宰辅的希望。即使是一般的翰林，也因为可以入直内廷、接近帝王，简放主考、学政，掌握文柄，从而获取声名。因此，入选翰林就被称为“清华之选”，认为其出路优越，前程远大。《清史稿》载：“（庶吉士）三年考试散馆，优者留翰林为编修、检讨，次者改给事中、御史、主事、中书、推官、知县、教职，其例先后不一。……凡留馆者，迁调异他官。有清一代宰辅多由此选。其余列乡尹、膺疆寄者，不可胜数。士子咸以预选为荣，而鼎甲尤所企望。”俞樾的仕途已经有了一个良好的开端。即使他生性超脱，但在蒙恩受召见之后还是满怀感激之情：“帝许春光留上苑”，对未来也充满了踌躇满志之意：“自古玉堂清要地，非徒词采重兰台。”（《四月二十一日散馆引见授职编修恭纪》）作为一个翰林，所需要的并不仅仅是辞采华美，更重要的是要有一定的从政能力，如此方可担当起未来大任。这时俞樾的自我期许是很高的，前景似乎一片光明。

俞樾被授翰林院编修后，便和兄长俞林一起离开借住的圆通观，在北京城西的棉花胡同赁屋居住。兄长俞林当时在实录馆为誊录。实录馆是比较重要的史馆，俞林正参与修撰道光皇帝的实录。翰林院掌编修国史，草拟册封、制诰等典礼文书之类，主官为掌院学士，一般从大学士、各部尚书中选充，属官有侍读学士、侍讲学士、侍读、侍讲、修撰、编修、检讨、庶吉士等。相当于正七品官衔，是有名的清水衙门，也是闲散京官。除做一些文字工作之外，有时还要到宫中当值，俞樾在《入朝侍班车中作》中提道：“星月微茫里，鸡人报晓筹。晨光瞻凤阙，寒意袭貂裘。”五更刚过便出来上朝，天空中还看到晨星伴月，路上一片寂静，晨光中只看到宫门的轮廓，虽然还是八月，但已经感到了阵阵寒意。这样的体验对于初为京官的俞樾来讲是全新的，这时他甚至有一些恍惚，想想自己曾经只是一介村究书生，竟然也来参与这最高的朝礼，这种感觉一直到数十年后还是觉得很奇妙，所以在自述诗中还有“一行鹄立玉阶前，金阙觚棱欲晓天。自笑廿年村学究，也来试赋早朝班”的诗句。

这段时间他还有很多类似的经历，如第二年的正月二十四日，俞樾曾与同乡同年戚英甫一起随皇室到慕陵谒拜，二月朔日咸丰皇帝临雍讲学，翰林院派了二十名翰林来听讲，俞樾有幸轮上，第一次听到皇帝对儒家经学的解释。当时所讲的是《尚书》中“惟天无亲，克敬惟亲，民罔常怀，怀于有仁”四句，《中庸》中所讲的是“致中和”一节，“殿上玉音宣朗朗，敷陈太甲与中庸”（《曲园自述诗》），皇帝所讲的水平如何自不必说，给他留下深刻印象的是听最高统治者讲经这样的特殊经历。

翰林院是清闲散官，只有在当值时才需要去侍班，平时无事时，时间大可以自由支配。这段时间俞樾在京城的日子过得自由惬意，当时有一班同年，有的时任京官，有的同样在翰林院供职，无事时大家总是呼朋引伴，一起在北京城中尽情游赏。

广安门外的慈仁寺是他们经常聚会的场所。慈仁寺原称报国寺，始建于辽金，明成化二年（1466）更名为大慈仁寺。建筑规模宏伟，有殿宇数层，连同配殿共计六十余间。正殿供奉三世佛，有乾隆御书匾额“享衢觉路”，御联“广长舌在无言表，清净身参非色间”。这里的佛画很多，尤其是西厢的一幅大型佛画《胜果妙因图》，是清代画家傅雯奉乾隆敕命，用手指蘸墨所绘，下款有清嘉庆时学者法式善的题跋。当俞樾第一次和朋友到这里游玩之时，马上被这幅画所震撼。画面上的诸佛和罗汉，最小的也有真人大小。一踏进佛堂给人的感觉是“开门瞥见心彷徨，万亿千佛森满堂。如来说法居中央，佛顶隐隐成圆光。……诸天护法罗冠裳，……天女手中花芬芳”，而且听寺僧讲起，这里非常干净，周围鸟雀极多，但从没有便污落下来，而且在别处随处可见的老鼠也从不到这间殿堂中来，听来觉得很神奇。在后殿还供奉了窑变观音瓷像一尊，宝冠绿帔，妙相庄严，龛座镌刻有御制窑变观音像记。龛左右有御书联：“觉海化身现金粟，普门香界涌青莲。”

当然吸引他们的除了这些景观之外，还有这里每月三次的庙会。每月初五、十五、二十五，商贩在这里出售图书、文物、古玩，喧闹成市，尤其书市更是它的特色。俞樾他们经常在庙会期间到此搜购心爱的书籍。而且这里备有客房，他们在购书游玩之余，常常留宿僧舍，松前月下，吟诵酬唱，也是文人生活之雅趣。

虽然在这里的生活过得比较惬意，但俞樾的心中似乎总有一种说不出的遗憾。这里并不是没有朋友，在同年、同乡中，他有谈得来的人，但似乎总觉得隔了一层，没有一种知己开心的感觉。这种生活，在别人看来已经是一个读书人所应有的最高层次了，但他总是觉得不满意，归隐之意似乎从未消歇，在给知交好友孙莲叔的诗歌中表达了这样的心绪："走也名场阅历身，论文未有似君真……翰署前盟空郑重，渔樵后约恐固循。"（《寄孙莲叔》其一）"浮沉宦海那能知，且与诸君十载期。寒俭文章难报国，迂疏才略敢匡时。若教菽水粗能给，便挂衣冠定不迟。"（《寄孙莲叔》其二）所言非虚语，处处表现的是对官场的厌倦和对自由隐居生活的向往，但有一个无法解决的问题便是实际的生活。所以他说只要有了归隐的最基本的生活条件，他还是会很乐意地在山水之间徜徉。

俞樾和兄长俞林逐渐在京城中安顿下来，便开始考虑把老母亲和妻儿接来团聚。如此一来，现在的住所就显得逼仄狭窄了，所以兄弟二人又在南柳巷另觅住处。新寓所非常简陋，但比起以前嘈杂喧嚣、人来人往的环境已经好多了，而且兄弟同寓，"所幸对床还有伴，案头灯火未曾孤"（《仲冬四日移寓南柳巷》）。这时虽然是一生中最为安稳幸福、仕途也最充满希望的时候，但俞樾依旧表达了对这种生活之路的厌倦："他日乡山如许买，全家同享故园春"（《慈亲率眷属入都喜赋》），念念不忘的依旧是隐居于乡间。

这年春节他们便是在京城度过的，阖家团圆的生活充满了欢声笑语，老母亲身体健康，精神也很好，妻儿子女也被京城新鲜的环境所吸引。他们到处游玩，看花灯，逛庙会，一晃几个月的时间过去了，生活的压力也显现出来。翰林和史官的微薄俸禄难以维持一家人在京城的生计，无奈之下在四月时俞樾只好请假送家眷南归，这次他们走的是水路。

一路行来，俞樾的心情并不好，这次本想把家眷接来在京城定居，没想到竟然连这个最基本的生活要求都难以达到，还是要把老母亲送回家乡。但事实上老家又并无老屋，奔波三十余年依旧于天地之间无立锥之地，名义上忝列玉堂，实际上这个官做得还真没什么意思。而现实中又处于两难之境地，不大可能弃官而隐于农桑，“天涯薄宦门如水，堂上衰亲鬓有霜。久住鱼将游涸辙，暂归燕只剩空梁”（《乞假送亲由水道旋里口占二律》），几句诗传达出俞樾的无奈之意。

路过山东聊城的东昌之时，正好是谣传太平军要过境的时候。两年前太平军在广西桂平金田村起义，去年（1852年）四月已经攻陷了全州，接着，入湖南，取益阳，渡洞庭，过岳州（今岳阳），进湖北，取汉阳、汉口，于1853年初攻占武昌。继而沿江顺流而下，于二月上旬攻下江宁府，改称天京而正式定都于此，并分兵攻占了镇江与扬州等战略要地。四月间，也是俞樾携家眷南返之时，太平军又兵分两路，一路北伐，一路西征，俞樾走到山东聊城之时所遇的便是他们的北伐先头部队。一路担惊受怕，俞樾感叹“由来行路险，不尽在风波”（《东昌以下寇盗充斥颇有戒心因赋一诗》）。无奈，他们只好绕路到微山湖一带走水路，没想到船过微山湖时正好风雨大作，几乎倾覆，还好有惊无险。一路的艰辛自不待言，好在终于平安抵达临平，这时已经比预定时间晚了半个多月。亲戚朋友见到他们归来真是又惊又喜，刚开始时他有些莫名其妙，听大家一说才明白过来。原来由于他们迟迟不归，乡里已经有传闻说他们在回乡途中遇难了。

回来后一家人依旧赁居在印雪轩中。这时他听到了一个令人震惊的消息，蔡云土前辈和戚英甫同年都已经去世。最使他难以接受的是戚英甫的去世，他与俞樾同为庚戌科进士，既是同乡又是同年，所以在京城之中来往最为密切，在朝中一起上殿当值，一同在京城中游赏，今年正月还一起随皇室大臣到慕陵去拜谒，当时正好大雪，两人一起饮酒赏雪，畅谈未来。不料两个多月不见竟然已是阴阳两隔，真让人有人生如幻的感觉，“春梦短长都是幻，晨星三两已无多。艰难时世惊烽火，容易光阴付逝波”（《旋里后闻蔡云土前辈戚英甫同年相继殂谢慨然有作》）。这样的心态总是会使他对现实的生活道路产生疑问。庚戌之年同郡同中进士者有四人，很多年都没有这样的盛况，但现在才四年的时间，竟然已经有一人谢世，自己与慎延青两人还乡，只有王又沂工部一人在京，思之心中怅然若失。

反正朝中闲职无事，俞樾倒也不急着返京，他更喜欢这种闲居乡间的悠闲惬意生活。但有时心情也会变得差起来，十年苦读，一举成名，也算是顺利地步入仕途，却依旧连养家糊口的责任都难以担当，激荡在俞樾胸中的郁闷之情可以想见。所幸的是善解人意的夫人姚氏能够理解丈夫的心情，不仅没有抱怨，而且充满了关怀与爱怜之意，她也希望能帮助丈夫分担压力，排解忧愁。有一次正好有人送来两盆桃花，夫人约俞樾一起欣赏，俞樾又何尝不理解夫人的一片苦心呢，随口吟道：“莫言寂寞无春色，两树桃花在瓦盆。”夫妻二人会心地相视一笑。

虽然时有难以排遣的郁闷之意，但总体而言乡间闲居的生活还是充满乐趣的。尽管出路未定，但“且喜箪瓢尚有余”，对俞樾来讲，“光阴最好是家居”（《除夕口占》），由此也可见其心之所向。这时的家境还过得去，应是宦禄所余吧。这年的春节在乡间度过，亲友之间互相招饮，极尽里居生活之乐。第二年的清明时节，俞樾回到了德清扫墓，乘兴游览了当地名胜半月泉和宝寺。半月泉位于德清北门外慈相寺之东，以形似半月而得名，据说苏轼出知杭州之时曾夜游半月泉，并有一诗流传：“请得一日假，来游半月泉。何人施巨手，劈破水中天。”在现在的德清县博物馆还可能见到清人重刻的半月泉诗碑。俞樾归去之时又到了慈相寺与僧人闲谈，听僧人说起如果是月圆之夜来游更有趣味，近处可见树影婆娑，远观群山如黛，当月上中天之时，清凉如水的月光映射在汩汩流淌的山泉之上，清幽的意境笼罩着山中的一切，真令人心神俱寂。而宝寺便是德清西门外的宝庆寺，是明代古刹。寺前松径里许旁有石可坐十余人，相传建文帝曾休憩于此，所以名蟠龙石。在宝庆寺中有僧人之造像，方颐广额，此僧人传说即是建文帝。

其时，浙江巡抚黄寿臣推荐俞樾至嵊县县学执教，他推辞未去，因为这个时候已经到了回京销假的时候了。咸丰四年

（1854）年底，在闲居乡间一年多后，俞樾在十一月初八离开家乡入都销假。在归京途中还表达了对家乡的恋恋不舍之意，但一想到现实生活的压力，又不得不启程："未能供菽水，何敢恋林泉。"（《仲冬八日入都销假偶成四律述怀》其一）但对于未来，他心中还是充满了难以把握的迷惘："谁云游宦乐，吾辈是飘蓬。"（《仲冬八日入都销假偶成四律述怀》其二）此前兄长俞林因为道光皇帝的实录已修撰完毕，按成例而得以叙录，外放知县，分发到福建候用，已经在去年年底挈眷赴闽。但现在听说那一带战乱纷纷，已经有几个月没有收到书信，也不知道老母亲与兄长一家人的情形，"一官翻是累，八口竟何依。江左烽烟逼，闽中信息稀"（《仲冬八日入都销假偶成四律述怀》）。什么时候才能够和兄长重新相聚，联床夜谈，共听东坡春雨呢？

从以上诗句中可以看到他对人生之路的思索：按他所受的教育便是要沿着这样一条学而优则仕的道路前进，而他相对于同时代的许多人来说已经非常幸运了，基本已经按正常程序步入了仕途，前面的路应该也是可以预测的了，但是这样的人生之路让他感到虚无，没有价值。到底该怎么走？他心之所系、情之愿往的生活依旧是归隐于田园，但现实的生活压力又使得他依旧要为生计而奔波于仕途，禄仕的心态非常明显。"中年何敢便抽簪，不为烟霞返旧林。……云被风吹任南北，萍随水转听浮沉。先机愧乏观时识，早退原无避世心。欲共巢由买山隐，故山松桂未成荫。"（《抵里门作》）他的这种心态当和仕途前景渺茫有关。翰林虽是名义上的京官，但俸禄微薄，只能靠出为学使、学政和主考官等才有机会获得发展，但这样的机会又非常难得。

腊月，俞樾到达京城后依旧住在南柳巷，第二年二月被委派至国史馆做协修。协修和纂修官都是史馆修史的主力军，国史馆人手不够用时就向翰林院或内阁行文咨取，再由这些机构委派比较有修史才能的人去。俞樾这一年就被委派到国史馆做协修。一般到馆后都要先说明自己愿意修什么书，一般人都喜欢修列传，但俞樾当时更想考求国朝故实，所以他就说自己想修志和列传。这段时间公事并不繁忙，所以日日与知交同年相偕游玩，“间官幸无事，胜友时见访”（《六月八日偕孙琴西、朱晴洲、邵汴生、钱湘吟、王补帆、杨振甫、何受山□诸同年至龙树院作竟日之游纪之以诗》）。这段时间他与王凯泰（字补帆）、孙衣言（字琴西）等来往密切，都成为一生的好朋友。最让俞樾开心的是四月姚夫人携子女辈来到京城相聚，于是他又在阎王庙胡同赁屋而居，虽然屋不大，但因为家人的到来而充满了温馨。夜晚当孩子们都休息了以后，俞樾与夫人在回廊处凭栏望月，相约以后形影相随，甘苦同享，再不分离，有“全家愿似梁间燕，随意营巢到处安”（《四月初二日内子率儿女辈到京喜赋》）之语。此时，天下依旧烽火连连，官兵和太平军的战斗在激烈地进行着，夫人北上京师的途中充满了凶险，取道迂回，历尽艰辛，所以京中相见便有恍然隔世之感。

朝廷每年都有派至各省的学政、主考和副主考等，主考和副主考都是一年一任，而学政则是三年一任，这些官员都是从翰林院中选拔出来的。四月十三日俞樾参加了差放考试，考题是“舜在床琴”，出自《孟子·万章上》，前文是“父母使舜完廪，捐阶，瞽瞍焚廪。使浚井，出，从而掩之。象曰：‘谟盖都君咸我绩。牛羊父母，仓廪父母，干戈朕，琴朕，弤朕，二嫂使治朕栖。’象往入舜宫，舜在床琴。象曰：‘郁陶思君尔。’忸怩。”写舜之父亲瞽叟和同父异母的兄弟象共同谋害舜，结果没有成功，象以为舜已经死了，就到了他的宫殿，没想到正好看到舜在床上弹琴。因为象从不来舜宫，所以舜见到他非常高兴，就问他来做什么，象说太思念他了，说着自己也觉得惭愧。俞樾拿到试题后，正好想到“海宇多故，宵旰忧勤，先生借题发挥，以见古圣人不懑不竦，遇变如常，并旁引文王之羑里鸣琴[①]孔子之匡邑被围，弦歌不缀，以明先后圣之同揆”。洋洋洒洒抒写完毕，自我感觉还不错。

五月初一后考试的结果出来了，眼看着翰林同僚们陆续被皇上引见，委派为学使或主考官或学政，纷纷离开京师，俞樾心中的失望无以言喻。因为在仕途上要获得发展，必须经常有外放学差之职，连续获得差使就是“红翰林”，多年未获得差使便是“黑翰林”。当俞樾快要完全失望之时，八月初二，宫门忽然传旨，委派俞樾为河南学政，当日赴宫内谢恩。俞樾真是喜出望外，急忙到宫内面见咸丰皇帝，咸丰皇帝温言垂询良久。

---

① 文王曾被幽居于羑里，《琴操》曰：“《拘幽操》，文王拘于羑里而作也。”唐朝韩愈曾为这首曲子谱上歌词：目掩掩兮其凝其盲，耳肃肃兮听不闻声。朝不日出兮夜不见月与星，有知无知兮为死为生。呜呼臣罪尝诛兮天王圣明。

这次会面给咸丰皇帝留下了良好的印象，后来当俞樾因故被革职后，河南巡抚入京觐见之时咸丰皇帝还向他询问了俞樾的近况，称赞他“写作俱佳”。这已经是俞樾罢官以后的事了，而俞樾听说这件事则又是十余年以后了。

学政一职从官品上来讲和翰林相同，只是七品，但其位望比同为七品的知县尊隆得多。有清一代，七品知县晋见督抚都要上手本，称卑职，行庭参礼，而同是七品的编修、检讨简放为主考、学政时却能与总督、巡抚等封疆大吏平行来往。九月二十四日俞樾携眷出都至开封上任。赴任途中所写的一首诗《九月二十四日出都赴豫口占》颇能代表他此时的心态：

去岁风霜赋北征，今年弃传又南行。
一樽仍喜家人共，千里频烦候吏迎。
烽燧平安官堠近，琴书潇洒使车轻。
男儿驷马寻常事，每把题桥笑长卿。

最后一句用司马相如之典故，据说司马相如离开成都之时在城北的升仙桥上题了几个大字：“大丈夫不乘驷马车，不复过此桥。”后来果然如愿。俞樾在此反用这个典故，也可见他春风得意马蹄疾之意。这时的俞樾还沉浸在对新生活的憧憬之中，丝毫没料到一场可以逆转人生航向的大风波就在前方，反而是姚夫人对未来的风波似乎有所预感。在俞樾携家眷赴任途中，碧幢红旆，照耀长途，威武煊赫，荣耀无比，但这时夫人姚氏不知为何，总是坐在车中暗自垂泪。俞樾觉得很奇怪，就小心地问道：“不知夫人为何总是闷闷不乐？”姚夫人长叹了一口气，回答道：“我也不知为什么，只是心中酸涩难耐，总也高兴不起来，眼泪总是忍不住地落下来。”或许冥冥之中，姚夫人已预感到未来的人生转折。但人生之事恰如塞翁失马，福祸难言，自学政罢免，永不叙用，对世俗人生而言是天大的打击，但也成就了一代伟大的学者，这又何尝不是幸事呢？

到达河南之后，俞樾便投入到紧张的工作之中，他的职责便是为朝廷招选人才，使野无遗贤，“大惧不称职，以为朝廷羞”（《余校上终日危坐堂皇偶成五言一首》），所以兢兢业业地工作，希望能通过科举考试使真正有才能的人步入仕途，为国效力。要做到这一点，便要杜绝各级考试中的作弊现象，力求公平与公正，这对生性耿直、不开私卯的俞樾来讲并不是什么难事，但对于已经在腐败的泥潭中陷得极深的当地官吏而言则是很大的震动。晚清官场贿赂公行、纳贿索贿已经成为社会风气，也成为官场惯例，各种衙门和各级官吏“靠山吃山，靠水吃水”，各显神通，目的只有一个，那便是为自己牟私利。以外放学差的翰林为例，大家都希望能有外放的机会，并不是每个人都心存报国之志，而是因为翰林薪俸微薄，非常清苦。而三年能得一次主考或副主考的差使，便可以供十年之用，如果能得到三年一任的学政之差，只要生活不是特别奢侈，那就可以供终生之用了。这在大家心中也是心知肚明的事，偏偏俞樾是一个例外。他是真心诚意地为朝廷办事，绝无一点私心，所以为官行正，既不索贿受贿，更不允许手下官员行此不轨之事，但他也感叹“文风固必饬，弊宝尤宜搜。如向作伪名，悉数而未休”（《余校上终日危坐堂皇偶成五言一首》）。他一心为朝廷杜绝弊端，没想到自己却成了别人的眼中钉，成为阻碍一些人发财的绊脚石，不到三年便受人陷害，落得“永不叙用”的结果，这也是刚开始时未料及之事。

第二年春天即咸丰六年（1856），俞樾赴怀庆府、洛中等地考试童生。二月路过黄河时发现当时河防存在很大的安全隐患，每年修筑河堤的钱粮自朝廷下拨之后并没有切切实实地用在河防之上，而被各级官吏私吞，所谓“百万金钱付水滨，不饱鱼龙饱官吏”（《丙辰二月初三日出棚考试大风渡黄河作》）。而现在马上到了春天河汛时期，竟然没有人来关心修筑堤坝或疏浚河道之事，大家都在坐而论道，甚至还有可笑之论说河道将会北徙，所以在这一方的境内不需要修筑了，他对这种情形深表忧虑：“岂知河性固难测，似宜未雨先绸缪。”而自己又不好越职上言，只好“蒿目空为生民愁”（《丙辰二月初三日出棚考试大风渡黄河作》）。可见俞樾并非不谙世事的一介书生，对于时局与现实状态他自有认识，只是有感于现实难以控制与把握而已。这年十一月，俞樾又上书朝廷，“援蘧瑗之例，请以郑公孙侨从祀文庙两庑”，又“请以孔子兄孟皮配享崇圣祠”。其实后一提议并非起自俞樾，而是他的父亲俞鸿渐。他的父亲在《印雪轩诗钞》中有《咏古诗四章》，其第二章便是因为“孟皮未与配享而发”，俞樾此意也是完成父亲的夙愿而已。这两个提议都获得了朝廷的认可，诏令全国境内的文庙与崇圣祠中全部依此例行事。这也是俞樾一生引以为豪的一件事。同年（1856），俞樾在开封府试之时结识了河南知府樊玉农，两人谈古论今，极为相契，于是就结成了儿女亲家，樊氏把自己的次女许配给俞樾的长子绍莱。

在河南为学政之时，因为要在河南境内四处主考，俞樾便在公事之余遍游境内名胜，如南登伊阙，参观洛阳龙门石窟，北上苏门山，游览卫辉府百泉，拜谒太昊伏羲氏的陵墓，又曾参拜关云长墓，至渑池怀古，还曾到汤阴拜祭岳飞庙，参观陈桥驿等。这两年多的时间俞樾虽然公务繁忙，但心情比较舒畅惬意，在外地办公务及游览之时与姚夫人多有夫妻酬唱之作。虽然他经常在下属各县府奔波，经月都不回家一趟，但无论多忙，每隔五天一定会写一封家书，或收到姚夫人所寄来的书信，信中往往还附一两首小诗。有一次夫人曾担心他天天奔波太过劳累，劝他少作诗歌，俞樾便作一诗作为回信："天生刘伶酒为名，妇劝勿饮令弗听……随笔而书随意造，不雕不琢全吾天。"（《内子因余校士甚劳劝勿作诗余虽感其意而不能尽从其戒，戏书数语贻之》）表明自己写诗之宗旨。俞樾所有的诗歌基本都是遵循这一原则，所以他自言在作诗方面是学习白居易，平实流畅而已。

咸丰七年（1857）秋闱过后，御史曹泽上书参劾俞樾命题割裂经义，有戏君、反君之意，因涉及皇朝的尊严问题，咸丰皇帝虽然也欣赏俞樾的清雅多才，但还是传旨刑部严办。当时，言论环境比起雍正和乾隆时期要宽松一些，而且曾国藩也出面保奏，于是俞樾尽管背了这么重的罪名，但没有受到牢狱之灾，朝廷只决定把俞樾革职为民，永不叙用。诏书下来之时马上就要过年了，俞樾只好携家眷在开封的挑经教胡同里赁屋而居。好在姚夫人对他的罢免不甚在意，不断地为他宽慰排解，这对于当时的俞樾也是很大的安慰。数十年后，当夫人去世之后，俞樾还满怀深情地回忆起这件事："闺中颇亦异恒情，眼底荣枯了不惊。翻喜狂奴去官早，朝冠卸后一身轻。"姚夫人能够有这样的胸襟与气度，的确超凡脱俗。

如果客观地看一下俞樾命题"割裂经义"的情形，就可发现其实并没有什么，他只是在允许的范式中做了可以做的事而已。当时清朝的科举考试继承了明代八股取士的办法，所出的题目要求是"四书"（《论语》《大学》《中庸》《孟子》）中的句子，因为范围狭窄，为免重复，就常常割取其中某句或半句为题目的上半部分，再配上另一意义不相关的半句为下半部分，配合而成为考试的题目，称为"截搭题"。如《论语·述而》中有"子曰，我非生而知之者，好古敏而求之者也"。文题"我非生而知之者好古"，即为截搭题。相传俞樾出任河南学政后的次年二月任主考，两年数次考试所出截搭题主要有以下几则：

《论语·邦君之妻》有"异邦人称之亦曰君夫人"句，《论语·阳货》有"阳货欲见孔子"句。俞樾出的文题为"君夫人阳货欲"，是以上章末句割"君夫人"三字，下章首句割"阳货欲"三字截搭而成。《孟子·梁惠王》齐人伐燕章有"王速出令，反其旄倪”句，俞樾出题为“王速出令反”，割下句“反”字连上句而成。又《孟子》同篇有“二三子何患乎无君，我将去之”句，俞樾出文题为“二三子何患乎无君我”，割下句“我”字连上句而成。按此三题，第一题据说被指责为过于戏侮，第二、第三题的含义，则被曲解成“王出令便造反”“无君而有我”，因而问题更加严重。另外还有“兽蹄鸟迹之道”“鸡鸣狗吠相闻”“必有妖”等题目，当时士子之间也议论纷纷，认为有菲薄生童之意。而俞樾对罢黜这件事仅仅说到是因为人言去官，从不多谈。后人也有许多猜测，甚至有一些神秘色彩的想象之辞。近人刘大白在他的《故事的坛子》一文中谈到这件事，说有人曾言及河南学政的衙门里本来供奉着一只很灵的狐仙，历代学政到职后总是先拈香礼敬它，但俞樾不语怪力乱神，于是得罪了狐仙，所以被它捉弄，出了一些怪题目。这种说法只是想象之辞而已。当时民间还有一种说法，说俞樾被参劾革职完全是被罗织罪名。因他送给上司的“炭敬”（冬天时给上司送礼）不够丰厚，而且对地方官也没有送往迎来的习惯，河南巡抚做寿时他只是送了一首诗作为贺礼，于是被小人寻隙免职。不擅也不屑于在官场中虚与应酬，这的确符合俞樾的书生本色，或许是俞樾被罢官的一个原因，同时与他在任上力求杜绝当地科场弊端时得罪了一批人也不无关系。

若干年后，当俞樾谈到此事时说，执星相之说的人曾为他占卜，预测他咸丰七年即三十七岁时运势较平，并无大起大落之意，为什么会这样，可能是因为“凡事初无一定，大小轻重各依其心为之，人之视官甚重，其视官之得失甚大，则其得之也运必极旺，其失之也运必极衰。执星相之说者乃得而测之。若余之视官也初不甚重，视官之得失也初不甚大，则亦何关乎运之衰旺哉”。（《续五九枝谭》）这里正面解释了自己对于罢官之事的看法。当然这已是生活平静下来且颇有成就感之时的总结了，一方面，对当前的生活较为满意；另一方面，也的确为人散淡，并不十分在意官场之得失。但在当时，罢官这件事对俞樾来说不啻于晴天霹雳。这并不是说他有多么在乎这个职位，而是他的思想忽然陷于迷惘之中。自幼年识字之始便受到“学而优则仕”的教育，最基本的人生观与价值观都是建立在这个人生信条之上，数十年的人生也是沿着这样的道路走着，今天这条路忽然戛然而止，那么以后的人生还有什么价值可言呢？

第三章　烽烟稍远暂安居

咸丰八年（1858）春天，俞樾挈眷南归，他本来打算直接从开封回到临平，但这时捻军正在安徽和江苏的北部交界处一带与清军作战。捻军最初是半农半兵各自战斗的农民起义军，开始活动于皖、鲁、豫一带。所谓“捻”，即农村迎神赛会时要搓捻子燃油，因此得名。他们活动分散，每一股称为一捻，少则几人、几十人，多者不过两三百人。早在19世纪初便开始活动，因为比较分散所以并没有形成大气候，1855年起有了统一的首领张乐行，开始大规模有组织地活动于淮河南北，直至山东、河南一带。1857年春，张乐行率捻军渡淮南下，与北上的太平军陈玉成、李秀成部会师，接受太平天国领导，在淮河两岸抗击清军围攻，并一度攻入湖北。这一年，捻军主力又回到淮北，与清军作战，俞樾从开封返乡便要经过安徽与江苏的北部交界之处，这里正好是清军与捻军反复交战的地方，于是他们只能先北上迂回绕路到山东再经由水路到苏州。

车辚辚，马萧萧，俞樾一行人已经在路上走了好几天了，眼看就要到山东境内，与三年前自京城至开封赴任时威武煊赫、旌旗飘扬的场面相比，这几天的路程显得格外单调而沉闷。俞樾心情抑郁，这当然和刚刚过去的罢官风波有关。虽说他秉性超脱豁达，对红尘仕途也不是非常热衷，但这毕竟是人生的一个转折，以前所走的人生之路是一条知识分子约定俗成的道路，但现在这样的路走不下去了，以后的路该怎么走，他的心中充满了迷惘。而且，痛定思痛，俞樾感到自己其实是无辜被黜，但现实中他连上表辩解的机会都没有，就这样被别人决定了以后的人生命运，这种想法他虽没有明说，但在《放言》一诗中却借苏轼在元祐年间被诬一事委婉地表达了自己的不满：

东坡在元祐，文章天下雄。
发策试馆职，乃受盈廷攻。
以为大不敬，讥讽及祖宗。

北宋元祐元年（1086）十一月，苏轼作为翰林学士，第一次主持了进士候选馆职的考试，他出的试题是："今朝廷欲师仁祖之忠厚，而患百官有司不举其职，或至于媮。欲法神考之励精，而恐监司守令不识其意，流入于刻。"（试馆职策问）这段话本来准确地概括了仁宗和神宗两朝施政方针的不同特点，但当时的谏官朱光庭却借机生事，从这道策试题中截取两段："仁祖媮，神考刻"，断章取义地加以解释，说苏轼是"谤讪先朝"。苏轼上书自辩，从而引发元祐党争（以程颐为首的洛党和以苏轼为首的蜀党）。受这件事的影响，苏轼上书请求外任，最后出任杭州知州。而这件事情的实质其实是苏轼和程颐有隙，而朱光庭为程颐弟子，他只是借机公报私仇罢了。俞樾在这时引用这件事本意也是想说明自己可能得罪了一些人，别人也是借出试题这件事来攻击自己。客观而言，他所出的题目并无不合程式之处，只不过有一些别有用心的人一定要断章取义、曲为理解罢了。到底在什么地方得罪了哪些人？俞樾觉得很可能是自己对科场的弊端追查太过，不仅挡人财路，而且触动了某些人敏感的神经，所以才有此祸。

不管别人如何猜忌毁谤，自己坦坦荡荡，丹心一片可对天表，所谓"未磨圭角难谐俗，独抱冰心可对天"（《戊午春予自大梁旋里行有日矣赋四律述怀》其二）。红尘仕途，本来就如同过眼云烟一般，以前总是有归隐于田园山林的想法，这一次也算是天遂人愿，琴剑随身，一切随缘自适，"天付优游闲岁月，老农老圃尽堪师"（《戊午春予自大梁旋里行有日矣赋四律述怀》其一）。能这样终老一生也是难以修来的福气，"敢期著述藏山富，已愧文章报国虚"（《戊午春予自大梁旋里行有日矣赋四律述怀》其三）。既然已不可能以文章报国，那么就通过勤勉著述来留名青史吧。这是俞樾第一次流露出著述之意。虽然心里想通了，但现实中的问题还是让人觉得棘手。浮生如梦，自己已经近四十岁了，茫茫天地之间竟然无一椽片瓦可以作为存身之所，家乡德清自不必说，临平是生活了二十多年的地方却也一直赁屋而居，现在虽然是在归乡途中，但又可以归到何处呢？想到这里，他不禁感叹自己是“平生自愧如鸠拙，随意营巢到处安”（《戊午春予自大梁旋里行有日矣赋四律述怀》其四）。据说鸠这种鸟自己从来不会搭窝建巢，只是看到哪里有空巢便在哪里安居产蛋孵卵。俞樾在诗里寄寓了无可奈何的自嘲之意。

更何况，时局动荡，路途中时时可见三三两两逃难的人群，他们大都满面尘灰，衣衫破败。一次俞樾他们在路边休息时，正好一位背着包袱、拄着拐杖的长髯老者也坐了下来，俞樾不禁问道：“请问老丈是哪里人，这是要到哪里去呀？”

老人看了俞樾一眼，长长地叹了一口气说：“唉，老朽是扬州人，没办法活下去，只好到北京去投靠亲友了。”

“老丈何出此言呀，扬州可是好地方呀。”俞樾奇怪地说。

“唉，是好地方呀，大家都知道是好地方，你争我夺，田也没人种了，生意也没办法做了。”老人又长长地叹了口气，手捻长髯无可奈何地说，“现在的扬州城……败了，败了。”俞樾听了，忧时伤世之情令原本不是很明朗的心境更加阴郁了。

进入江苏境内之后，一路行来，到处都能看到战争留下的痕迹，行走在自古繁华的扬州城里，寓目所见的只有凋敝和荒凉。历史上太平军曾经三进扬州城，第一次是在咸丰三年（1853）二月，当时林凤祥、李开芳率领太平军从南京沿江东下，于二十二日攻下仪征，二十三日第一次攻陷扬州。十一月二十六日，太平军撤离扬州。这次战争伴随着时疫流行，许多人死于非命，太平军撤离和清军入城时的焚掠使繁华古城很快走向荒凉和凋敝。咸丰六年（1856）三月一日，太平天国将领陈玉成、李秀成又向清军江北大营发起攻击，第二次攻下扬州，并俘虏了扬州知府，虽然三月十三日太平军便撤离了扬州，但战争的破坏性还是非常明显。第三次便是咸丰八年（1858）八月二十八日，太平军在江浦击溃江北大营后，在李秀成的指挥下，攻下仪征。九月三日，第三次攻占扬州，九月十五日退出扬州。而俞樾经过扬州时，距太平军第二次攻下扬州城已经整整两年了，但城中依旧到处可见碎瓦颓垣，荒榛蔓草，与以前的盛世繁华情景真是有天壤之别。路过南京金山寺时，俞樾本拟故地重游，没想到千古名刹竟然已经在战乱中被焚毁殆尽，只留下残垣断壁，无言地伫立于夕阳余晖之中。此情此景令俞樾忆起六七年前刚入翰林院庶常馆深造学习，回乡探亲后入都销假时，曾和汪仪卿、李简庭等一起游览金山寺的情形。当时是寺观巍峨雄壮，香客如云。现在不仅寺毁僧去，就是当时同游之人也已经有一半弃世而去了，自己的境况与当时又有天壤之别，真是时移世易、浮生如梦呀。

定居何处？这是他们正面临的现实问题。在路上，俞樾和夫人姚氏已经不止一次地讨论过。回德清？他们基本上不予考虑；回临平？亲戚朋友大都聚集于此，并不是不可以，但以俞樾目前的情形来看，他并没有想好自己以后的路该怎么走，而且这次罢免后也并不是没有复出的希望，临平这样一个小镇似乎也太闭塞了些。这时他们不约而同地想到了苏州，昔日上京路过苏州之时，姚夫人就很喜欢苏州小桥流水、古朴幽静的生活氛围，现在既然故里无家，不如直接在苏州住下。苏州既不是特别繁华，但也不闭塞，是一个比较适合生活的地方。而且当时的江苏巡抚赵德辙（字静山）与俞樾曾有数面之缘，路过南京之时也曾去拜会他，或许有个照应。所以俞氏全家到苏州后便定居下来，在饮马桥赁石韫玉（字琢堂，乾隆年间进士）的独学庐（亦称城南老屋）暂时居住。

安顿下来以后，俞樾便以诗代信，告诉各地的朋友自己已经定居于此，本地也有一些同年朋友来往拜会。次年三月间，同年好友孙衣言正好出守安庆，途中路过苏州，便来独学庐拜访俞樾。两人已经有数年未见，回忆昔日在京城翰林院的生活，前尘飘风，逝如旧梦，令人不胜感慨。孙衣言在苏州住了十多天，两人日日同行游赏，赋诗唱和，极得朋侪之乐。苏州城内的狮子林、流水禅居、沧浪亭、葛贤墓等都留下了他们的踪迹。最使俞樾悠然神往的是沧浪亭。沧浪亭两边刻着一副对联：清风明月本无价，近水远山总有情。据说与宋代苏子美初建沧浪亭的故事有关。宋庆历年间（1041—1048），苏子美因遭人诬陷而罢官，到苏州后有一天在一片废弃的园林处对景伤怀，和一个老人攀谈起来。老人感叹地说："看看周围的景物，这里原来是五代时吴越国广陵王近亲孙承佑的别墅，如今已是物非人亦非，人生于世，所谓功名利禄、富贵荣华，都不过是过眼云烟呀。"苏子美听了老者的话茅塞顿开，一扫罢官的郁闷之情，决定在山水之间悠游终老，就买下了这片园林并整治一新，还请欧阳修为沧浪亭写下了这副对联。相同的境遇，相同的心情，使俞樾在听到这个故事时感慨万端。不禁提笔写下："窃比沧浪苏子美，从今踪迹寄姑苏。”临行之际，孙衣言又请俞樾为他所著的《逊学斋诗钞》十卷校勘并写序，俞樾欣然应允。

在流寓多年之后终于暂时安顿下来，前几年仕宦生涯虽俸禄比较微薄，但也还有一定的积蓄，所以暂时可以不为生计发愁，生性超脱旷达的俞樾便开始静下心来读书养志，悠游林泉。路途中曾产生的著述以留名的思想这时也变得比较明确了。这年夏天他开始读高邮王念孙、王引之父子的著作，如《读书杂志》《广雅疏证》《经义述闻》等。王氏父子的治学方法和研究成果对他以后的学术研究产生了深刻的影响，他曾在《曲园自述诗》里说：

> 十年春梦付东流，尚冀名山一席留。
> 此是研求经义始，瓣香私自奉高邮。

王氏父子是江苏高邮人，扬州学派重要代表人物，而扬州学派又是乾隆、嘉庆时期思想学术领域出现的以考据为治学方法的乾嘉学派的重要分支。当时分学问之途为三：义理、考据、文章。乾嘉学派专门从事考据。考据是相对于专讲“义理”的宋学而言的，又称“朴学”“实学”“汉学”；因为师承家法特别尊崇汉人郑玄，又称“郑学”。乾嘉学派有以惠栋为首的吴派和以戴震为首的皖派。吴派的学风即搜集汉儒的经说，加以疏通解说。而皖派则重视三礼（《周礼》《仪礼》《礼记》）中名物制度考证。其特点是从音韵、小学（文字学）入手，通过文字、音韵来判断和了解古书内容和含义。吴派唯汉人训诂为准，而皖派反对墨守古人经说，主张择善而从，相对而言更为科学理性。扬州学派就师承和治学方法而言远师顾炎武，近法戴震，崇实黜虚，纠正了宋明理学家由不懂古书到妄改古书、空谈无根的风气，同时不墨守成规，敢于创新。如王念孙在《广雅疏证》中对时贤之说，或从之，或驳之，择善而从，为我所用。王氏父子又在扬州学派中受到特别推崇，在文字、音韵、训诂方面都有明显创新。其中最著名的著作为《广雅疏证》。《广雅》是魏明帝时张揖编的一部辞典，是在《尔雅》后出现的“雅”书中最有价值的一部训诂词典。它模拟了《尔雅》的体例，但收录之词语比《尔雅》广泛得多，包括汉魏以前经传子史的笺注以及《三苍》《方言》《说文》等字书当中的训诂，为后人考证周秦两汉的古词古义提供了非常宝贵的资料。但《广雅》仍欠精审，所以王念孙为之疏证。《广雅疏证》二十卷，又补正一卷。一是对传本中的讹字衍字脱字及错乱处一一作了订正，他所校注的本子成了《广雅》的善本；二是以同音假借探求古书字义，就古声求古义，在疏证中提出许多精辟见解。

《读书杂志》是王念孙继《广雅疏证》之后写成的一部校读古籍的专著。这部书以读书札记的形式，记录了他晚年研究史部书、子部书以及一些集部书的成果。王引之的《经义述闻》虽为记述父亲的治学言论，其实很多是在抒发自己的见解。这些观点和方法都对俞樾产生重要影响，他最为著名的《群经平议》《诸子平议》《古书疑义举例》等著作都是沿用这一治学方法。

在苏州之时，俞樾曾师从过陈奂（字硕甫）学习经学，陈奂曾师事段玉裁，后来又与王念孙和王引之父子交游，以专治《毛诗》见长。第二年俞樾又去拜谒了今文经学大家宋翔凤（字于庭），而宋翔凤是清代今文经学开创者庄存与（字方耕）的重外孙，曾从其舅父庄述祖（字葆琛）治今文经学，庄氏治经不拘汉宋，重在剖析疑义，同时发挥“微言大义”以取法致用。而宋翔凤从庄述祖治今文经学，以为“《春秋》之义，天法也，其不随正朔而变，所谓天不变也”。而探索《春秋》之义，“当用《公羊》”。在六经中独崇《公羊》，这一点对俞樾影响很大。有了这样的学术渊源，也可以理解俞樾在治经中汉宋兼容的学术思路，他既反对宋学虚言心性的大话空谈而注重朴学，也不是为训诂而去训诂，而是为了通经义而去训诂，这一点又不同于乾嘉学派的学者一味注重名物训诂的作风。也正是在此时俞氏才有了明确的治经撰述以留名青史之意。

除了读书之外，俞樾这段时间最喜欢的便是练习篆书和隶书。本来自幼他就不喜欢中规中矩的蝇头小楷，但因为科举考试有约定俗成的官样书体，他为了求取功名不得不违拗本性把字写得尽量工整。中了进士以后，在官场中来往的文书及奏札书信等都要求这样的馆阁体文字，所以在日常生活中也不能率性而为。现在真的如夫人所说“朝冠谢后一身轻”，没有任何束缚，可以随心所欲地做自己喜欢做的事，写自己喜欢写的字了。这一时期俞樾勤练篆隶书法，后来多有人求其所书字画及楹联，基本上也是这个时期所奠定的基础。

这一时期来往较多的还有江苏巡抚赵德辙，他曾亲自至俞樾所居的独学庐拜访，两人茗碗相伴，促膝清谈。赵德辙非常欣赏俞樾的文采笔意，每次和同僚一起宴饮聚会，总是会拿出俞樾的文章来与大家一起赏玩良久。这年秋天正好苏州云间书院讲席有了空缺，赵德辙就推荐俞樾主讲云间书院。这是一所建于乾隆年间的书院，位于现在的松江附近。这对于俞樾来讲真是雪中送炭，生计的隐忧解除了，他终于可以安心地读书著述了。

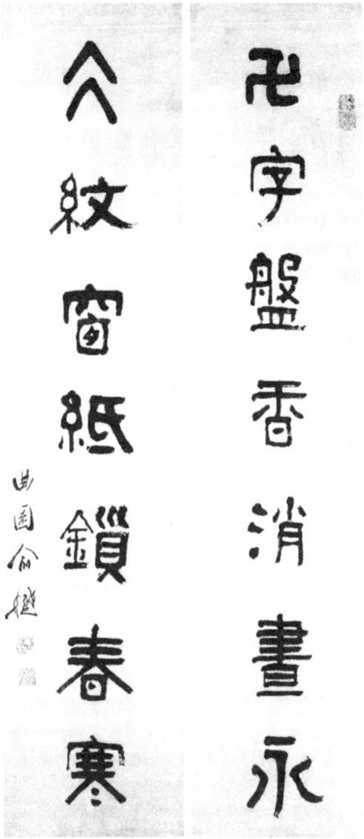

俞樾隶书对联

这年冬天，石氏携眷迁往京城定居，于是俞樾就迁居于经史巷，赁石氏五柳园而居。五柳园是典型的江南园林式庭院，虽面积不大，但林泉花木、水榭楼台一应俱全。很巧的是园中的正房“鹤寿山房”，是雍正年间嵇璜（字尚佐，谥号“文恭”）为石韫玉所书。嵇璜是雍正庚戌年进士，石韫玉是乾隆庚戌年状元，俞樾则是道光庚戌年进士，所以俞樾自题室名为“三庚戌室”。自认为和这里的住宅也颇有缘分。五柳园中的眠云精舍是俞樾闲居读书的地方，他把从前所读的经书又重新翻了出来，静心细读，每有心得，或是订正前人训诂校释有错误的地方便记下来，日积月累当有千条左右之时再合为一卷。同时在治经之外也读诸子之书，他的两部传世名著《群经平议》和《诸子平议》便是从这个时候开始写作的。闲暇之时，俞樾和夫人喜欢到微波水榭里小坐，这里三面环水，一面临园。在晴朗无云的月夜闲坐其中，荷风送来阵阵凉意，听园中草丛花荫下夏虫鸣声唧唧，真有不知今夕何夕之感。

闲居閒里，读书养志，俞樾觉得这样的生活正是自己理想的状态，罢官所带来的阴影很快消失了，俞樾真希望现在的生活能够永远继续下去，然而，战争的到来打破了宁静祥和的生活。事实上，这些年太平军一直在与清军战斗。1856年，在太平天国领导集团发生内讧事件之后，东王杨秀清、北王韦昌辉被杀，翼王石达开负气出走，太平军实力有所削弱。这时清军对天京（南京）已经形成包围之势。为了解救天京（南京）之围，李秀成在咸丰十年（1860），也就是俞樾迁居五柳园的第三年春天开始连续攻陷了常州、无锡等重镇，并且攻陷了清军的江南大营。当时苏州也是人心惶惶，大家都在商议是否要离开苏州城去逃难，俞樾和家人也曾反复商议，考虑是不是回到浙江老家去避难，但一直没有付诸行动。一方面，因为对官兵心存希望，认为朝廷总是可以把握住全局的，不至于连苏州这样的人文盛地、军事重镇也保护不了；另一方面，也的确贪恋这样一种安适的生活，虽然外面已有局势不稳的种种迹象，街上也时时可见收拾行李的逃难人群，但在五柳园内还是一派祥和的氛围。

终于，在四月初四的凌晨，他们在五柳园中已经听到了攻城的“隆隆”炮声，枪炮的火光红透了半边天，这时俞樾才急忙带着家人、学生共二十余口人仓促离开了苏州城。当时正好有以前认识的一个人驾着一艘太平船在宝带桥附近，他们一行人急忙来到这里。船离岸而行时，大家也渐渐地平静下来，一种不知何去何从的惶惑又在空气中蔓延开来。这时姚夫人忽然笑着说：“乱离偏坐太平船，以后想起来也很有趣吧。”慌乱之中大家都没有注意到这件事，现在一经姚夫人提起，不禁都笑了起来。

他们乘船沿运河先到了德清的新市镇，因为这里还有俞家的一些产业，所以想在这里避过这场战乱。他们在镇上赁沈家的房子住了下来，这里有小楼几间，干净整洁，本想可以住一段时间的，但没想到第一天晚上俞樾刚刚睡着，就觉得似乎有人在他的耳边悄悄地说：“这里只可以住半个月，记住了吗？”于是俞樾悚然惊醒，却没有发现有别人在房中，和夫人说了，夫人也百思不得其解，两人在疑惑中继续睡了。

第二天，忽然有人来拜访，俞樾一看，原来是云间书院毕业的学生童米荪。谈话间说起新市的唐朝古刹觉海寺中有雷神所写的十多个大字，俞樾对这些怪力乱神之说并不相信，但据童米荪说这个传说始于宋朝。据说宋朝时有一天夜里雷雨大作，雷震大雄宝殿，致使大殿中柱子上的部分油漆剥落，显出西、候、李、约等字，众人想不通到底为何，乡里便传言是雷神所书。数百年来一直没有人能够解释此事，俞樾一听心中马上产生了一种想法，但还是决定前去看看再说。于是他们一起去觉海禅寺探个究竟。

觉海禅寺始建于唐元和十年（815），大雄宝殿为三开间，殿宇宏伟，“塔院松风”“佛舍芝灵”“香市烟靡”“仙池夜月”为觉海禅寺著名的四景。俞樾一行来到觉海禅寺，果然殿宇雄壮，不同凡响。步入大雄宝殿，祭拜已毕，他们果然在殿中巨大的木柱上发现了倒着写的十几个字：“酉、候、李、约、攸、利、火、谢、均、思、通”等，大家议论纷纷，觉得实在是不可思议，而俞樾看了这些字后也坚定了自己的看法，他捻须一笑，肯定地说道：“这不是雷神所书，是人写的。”“先生为什么这么肯定呢？”“很简单，古代伐木于山中的人，如果是大家一起去的，谁伐的木便刻上谁的名字，以便和别人的相区别。在建筑之时木头倒过来了，所以我们看到的是倒过来的文字。本来都被油漆覆盖了，但雷声震掉了一些漆，所以原来刻上的字又显出来。当然不可能是雷神所写的了。现在的岳阳楼中也有同样的情形呀。”大家听了这才恍然大悟，不禁叹服。知识渊博的俞樾就这样简单地破解了雷神书字的千古之谜。

俞樾最初打算在这里一直住到战争平息，没想到四月二十六日太平军又攻陷了嘉兴，德清距嘉兴很近，很难再住下去。这时他才又想起初至新市的那天晚上有人在他耳边所说的话，不禁叹服冥冥之中真有神意。既然新市已住不下去了，他们便在五月初渡过钱塘江到达绍兴，在绍兴畅游七星岩、青田湖等山水胜境，徜徉于山水之间时俞樾甚至忘记了自己是为避乱而来。很快，绍兴的局势也很紧张了，俞樾一行又渡过曹娥江到达上虞县城，在上虞南门附近暂时赁屋居住。

接下来的两三个月又相对的平静，租住的地方庭院清旷，可以读书，但逃难之时又没带书来，于是俞樾就从上虞县令胡尧戴那里借了半部《学海堂经解》来研读。《学海堂经解》又名《皇清经解》，是阮元所辑，刻于道光九年（1829），汇刻了有清以来重要的经学家如顾炎武等73人所著183种，1400卷。内容涉及经义家法、语言文字、名物典制、天文历算、山川地理等各个方面，可谓无所不包。这些著作对俞氏后来的治学也多有裨益。

在上虞时期，他们到了上虞精舍。俞樾的岳父姚平泉老先生原来为上虞教谕（县学学官名，掌文庙祭祀，教育所属生员），这里还保留了他的画像。后来，又去长者山祭拜了姚老先生之墓，当时他在任上去世，便葬在上虞的长者山，姚夫人一直没有来这里亲自祭拜过父亲，心中常常引以为憾，没想到在战乱之中还能遂了这个心愿。后来这里又陆续来了许多同样避难的人，其中竟也有一些他们认识的临平人，听说战乱中很多地方都被烧掠一空，想想昔日熟悉的景物将再难见到，俞樾心中非常难过，而最让人痛心的是他们听说了仲兰表姐去世的噩耗。舅父家有四个女儿，与夫人感情最好的便是二姐仲兰。仲兰出嫁后不久丈夫便去世了，也没有子女，所以基本上住在娘家，也经常来俞家，俞樾在京城做翰林编修时，姚夫人携家人一起上京团聚，仲兰表姐也是一起前往的，后来因为要侍奉生病的母亲才回到家中，没想到在此年四月她竟然已经在临平生病死了。俞樾又一次感到生命无常的悲哀。当时的悼亡诗有“西风入庭树，使我梦魂惊”之语。

当时局势动荡，流言到处都有，哪里又能安静地读书呢？这年夏天听说县城里很不太平，有山贼出没，所以俞樾一家人又从上虞县城迁到槎浦避难。槎浦只是一个海滨的小村子，前临曹娥江，后面便是大海，当时人称“前海”与“后海”。俞氏一家在这里赁了小楼三间，乡居无事，更怕秋风萧瑟的凄清光景，每夜站在二楼推窗远眺时总能看到绍兴城边的烽火，令人倍增战争就在身边的恐慌。

后来听说绍兴失守，槎浦也变得很危险，太平军随时都可能打过来，只好再一次避居于更远的海滨。当时一家人坐着牛车来到海边的一个小村子时，这里已没有多余的房子，只租到了一间原来做牛栏猪舍的草屋。门一开，一股牲畜身上所特有的腥臊之气便扑鼻而来。姚夫人一走进去，不禁失声欲哭，忽然转头看到身边丈夫难过的样子，马上破涕为笑说：“这里真是别有一番风景呢。”俞樾听了，心里像针扎一样难受。他知道夫人秉性纯良，心胸比自己还要豁达几分，一路行来，不管环境多么艰苦，情形多么恶劣，她都能保持乐观开朗的心态。刚到新市时，大家情绪都不高，自己也不知道这次避难的结果会如何，总担心一家人流离失所，难免会辗转死于沟壑之中，但夫人兴致不减，当时他们所赁居的房子叫玉照楼，夫人还提笔写下了“转蓬未识归何处，小住清溪玉照楼”的诗句，大有“此心安处是吾乡”的超然平静，俞樾也在她的劝慰之下慢慢安下心来。后来到绍兴时俞樾携家人和弟子朱伯华等一起到青田湖、七星岩游玩，日日在镜湖上泛舟闲聊，有时竟有一丝恍惚，忘记自己竟是避难而来；小居槎浦时，日日无事，夫人就想出了一个游戏之法，取一首大家所熟知的七言古诗逐字逐句颠倒顺序读出来，再使人每句对仗，有时成句有时不成句，经常把大家逗得哈哈大笑。现在这种情形真是到了她所能承受的极限了，但因担心俞樾难过，她竟然还如此克制她自己，多么好的夫人呀。俞樾想到这里，心中真是越发的难过，他走上一步，伸出手哽咽着说：“夫人……”便再也说不下去了。姚夫人的眼中也闪着泪花，但她还是朝丈夫笑了笑，两个人的手紧紧地握在了一起。

不久，他们又经过宁波到定海住了一月有余，后来听说这些地方都有危险，还是上海的租界地里更安全一些，所以就从定海出发搭乘海轮船到了上海。这次经历对俞樾和他的家人来讲都是全新的，他们以前从没有乘过海轮船，所以俞樾还专门写了一首《火轮船》。当时的海轮船是以蒸汽机为动力，宽敞安逸，船分几层，登到上面的甲板之上还可以看到海天一色、飞鸟翱翔的美景，最重要的是安全平稳：“性命免与蛟龙争”。到达上海之后，俞樾第一次对租界里的情形有了了解。

到上海后无处住宿，他们便租了一条船在黄浦江上生活了一段时间，这年的春节便是在这条小船上度过的。除夕之夜，天空中纷纷扬扬地飘起了雪花，直到初一的早晨雪还在空中飘洒，岸上的积雪已有五六尺厚，俞樾一家人在船上围炉闲话，欣赏难得的江上雪景。条件虽然艰苦，但好在经过大半年的逃难奔波，大家身体、精神都还不错，眼下最要紧的是得决定下一步到哪里去。看形势，江南这一带的战争也不是一两天就能结束的，苏州暂时回不去，天下之大，何处才是容身之所呢？四个子女一天天地长大了，长子绍莱已经二十岁了，长女锦孙也已经十八岁了，生活必须安定下来。这时俞樾想到自己的同年好友有好几位都在天津做官，也曾有信邀请自己到天津去谋事，而且天津又是北京城的门户，战火应该不会燃到那里去，所以不如到天津去避上一段时间，如果能生活下去就在那里生活，否则再作打算。于是俞氏一家人便在同治元年（1862）二月，乘海帆船到天津去。本来也想乘海轮船，但他们一行有二十余人，海轮船票太贵，经过这么长时间的逃难生活，昔日积蓄已经所剩无几了，还不知道天津那边的情形如何，所以必须节约度日。

二月的一天清晨，海帆船从上海吴淞口起航了。又要离开江南北上，俞樾心中感慨万端，不禁口占一律，有“故园寇盗尚纵横，尽室飘零赋北征”（《壬戌春自上海附海船至于天津发吴淞口因成一律》）之语。海上航程充满了变数，既有美景，也不乏凶险。船过吴淞口数百里后见到海水忽然由蔚蓝变成土黄色，撑船的人说这是黄砂，是黄河中的泥砂随流入海，其势汹涌而至，不能马上消失，所以近处的海水也变成这个颜色。这也是一种奇观，俞樾专门写了一篇《黄沙歌》来记载此事。

途中，忽遇一股强劲的西北风，海帆船难以控制，随风漂浮，一直向东北方向漂去，等到风停下来时，听说距高丽（今朝鲜）已经不到千里了。初时俞樾还有些紧张，后来想一想生死有命，富贵在天，现在的情势已不是自己所能控制，所以不如放宽胸怀，坦然度日。

终于有一天远远地看到了海岸线，听舟子说马上就要到天津大沽港了，大家都松了一口气。不料当天晚上竟然又遇到了突如其来的大台风，海帆船如同一叶小舟在波涛浪尖震荡，忽而直立，忽而平行，一下子上升到了浪尖，一下子又被甩了回来，百尺高的桅杆如同葭莩一样脆弱，船中所有的东西都倾覆在地。怒浪排空，真让人感觉有神人发怒，作弄于船。第二天早上，台风停止，俞氏一家终于顺利地到达天津大沽港，这时候大家真有死里逃生的感觉。

刚到天津时他们暂居客栈中，当天就遇到了一个来自浙江新安的旧相识，并从他口中听到了孙莲叔的死讯。这对俞樾来讲真无异于晴天霹雳。孙莲叔是俞樾最要好的朋友。昔日相聚时的快乐情景还历历在目，没想到现在已经阴阳两隔。俞樾挥泪写下了长诗《哭孙莲叔》，把他们的相识相知一一诉诸笔端。初次相识时孙莲叔还是风流倜傥、英俊潇洒的翩翩公子："换酒裘千金，买笑珠十斛。……拥赀累百万，挥霍如土仆璞。"两人在红叶读书楼里秉烛夜谈、论诗作画："木榻为我悬，醴酒为我洒，我来辄止此，宛如梁燕熟。高谈泣鬼神，大笑惊僮仆，已闻半夜钟，犹剪一寸烛。"后来又听人讲起孙莲叔遇难时的情景：新安陷入战乱之中时，孙莲叔携家眷一起到山中避难，正好与一股流寇相遇，孙莲叔不幸遇难，同时遇难的还有他九十岁的老母亲和妻子儿女，只有两个最小的儿子躲过了这场灾难，但家业因此凋零殆尽，后世子孙的生活也从此陷入贫苦困顿之中。

当俞樾还在浙江乡村为避战乱而漂泊无依时，朝廷政局发生了重大的变化。咸丰十一年（1861），慈禧太后联合咸丰帝的异母弟恭亲王奕䜣，发动了“祺祥政变”，从此年仅二十七岁的慈禧开始执掌晚清政权。面对如火如荼的战火，新政权一方面重用曾国藩等重臣镇压起义，另一方面表达对欧洲列强的友好之意，企图“借师剿匪”，共同对付太平军，战争的局势出现了逆转。

俞樾侨寓天津的日子比想象中的还要艰难，这时真的要为一家人的生计发愁了，坐吃山空，行囊中的积蓄马上用光了。来的时候本想这里有一些朋友同年或许可以帮忙，但这些人现在有的已经调离天津，有的过得也并不好。当年秋天俞樾还到北京城里拜会了一些同年朋友，然而时局艰难动荡，谋事不易，他们也只是资助几两银子帮其度日而已。俞樾的心中又一次充满了忧虑。

这一年的闰八月十五夜，全家都已经安睡，俞樾思前想后，辗转反侧，实在难以入眠，他干脆披衣起身，走到院子里。这时皓月当空，清凉如水，夜风中已带有丝丝凉意，他不禁又回忆起自己过去十几年的人生之路：

咸丰元年闰八月，吾家犹住临平湖。
是岁吾年三十一，已忝著作承明庐。
同治元年闰八月，全家浮海来丁沽。
行年四十又加二，回思往事堪长吁。
碧幢红旆号使者，青鞋布袜称田夫。
…………
止此一十二年内，烟云起灭何事无。
天上玉堂日已远，镜中朱颜日已枯。

（《闰八月十五夜对月有作》）

十二年前同样的闰八月，自己还住在临平，但已经高中进士，进了翰林院庶吉馆学习，可以预见的前程一片光明。谁能想到人生风波，世事难测，“烟云起灭何事无”，自己并没有沿着所设想的道路一帆风顺地走下去；罢官一事彻底改变了既定的人生命运。十二年后的今天，同样的闰八月，竟然又携全家为谋生而来到天津。未来的路还是那样的难以把握，只知道时序无情，年华已经一年年地老去，昔日的玉堂生活已不可再得。诗中充满了一种无奈与迷惘的心绪。这是因为人生于世必须有自己的价值追求，修身齐家治国平天下是当时天下士子最高的人生境界，但自罢免之后，“永不叙录”的判词使这样的人生理想变成永远不可实现的梦想。如何为自己建立一个可以为之奋斗，使现实的生命变得更有意义的生活方式呢？俞樾在刚刚被罢免时便在有意无意间考虑这个问题，在回江南途中他已有“敢期著述藏山富，已愧文章报国虚”（《戊午春予自大梁旋里行有日矣赋四律述怀》其三）的想法，在苏州安居之时也开始以著述为业，有“十年春梦付东流，尚冀名山一席留”（《曲园自述诗》）之意，并在教学之余开始著述。经过几年的努力，《群经平议》已经完成大部分，《诸子平议》也已开始撰述，但完成以后还要面临刊刻的难题，能不能出版还是未知数，著述以求留名青史真是渺茫难测呀。更何况，现实中的难关又如何渡过呢？俞樾的思绪千回百转，难以自解。

后来的生活证明他的愁思并非多虑，俞樾在天津并无事情可做，好在他心有所系，既然无事可做，便在家中潜心著述，但全家生计日益艰难。《曲园自述诗》再现了当时的窘况：

> 旧日空囊已索然，斋厨危欲断朝烟。
> 饔飧晨夕艰难甚，借到毋盐重利钱。

旧日积蓄已经花光了，连最基本的吃饭都已成了问题，没办法只好去借高利贷维持生计。这里的“毋盐”指借贷为生，《史记·货殖列传》中记载：“无（毋）盐氏出捐千金贷，其息什之。”

这几年生活艰难，但儿女已经长大成人，都到了谈婚论嫁的年龄。二女儿绣孙，自幼聪明伶俐，深得俞樾的喜爱，在前几年已经许配给了原来的杭州武林望族许子原。前些年许子原的父亲一直在京城做官，不幸在前年去世，许家人还留在京城。当时许子原年未弱冠，如今已经二十岁了，希望能够早日迎娶绣孙，俞樾答应了。但客居困窘，只能简单地准备了一些嫁妆，“草草奁装愧未丰”（《入都遣嫁第二女》），在这年（1864）春天送绣孙入京完婚。绣孙是俞樾的四个子女中年龄最小的，另三个子女也已经各自订婚，长子所定的媳妇是俞樾在河南做学政时认识的河南知府樊玉农的女儿。此时，樊玉农正好也在北京为官，所以俞樾就在这年秋天给大儿子完婚，迎娶樊氏过门。二儿子聘的是本乡姚氏之女，因家境的确艰难，所以与姚家说好，二儿子便去做了上门女婿。一年之中完成了三桩儿女婚嫁大事，俞樾心中一下子轻松了许多。大女儿锦孙已经许配给俞樾同年兼好友王凯泰的儿子王康侯，也打算在明年出嫁。这样儿女婚姻大事就可以全部完成了。

这年（1864）二月，左宗棠指挥清军和湘军联合作战，终于攻克了杭州，六月，曾国荃带领大军攻下南京，持续了十多年的太平天国运动落下了帷幕。

一日正好闲居无事，俞樾想起一件事，前年在槎浦避兵乱之时自己从朋友那里借了明代陈绛所撰的《金罍子》四十四卷来研读，书内面中的每一张都用纸衬着，俞樾发现有一些衬纸上有篆书，就打开来看，发现总共十几页纸上有一百零九个字，但颠倒错乱，难以卒读，细察文义，可知是秦朝时的会稽刻石。他很感兴趣，记起《史记》中是有刻石内容的，但当时手头没有《史记》，无法对照，毕竟会稽秦刻早就不存于世了，所以不能断定就是真正的会稽石刻，而且笔墨黯淡，纸质糜烂，和书页粘连一起，很难取出来，好在客中无事，所以俞樾就把这些字依样写了下来，时不时拿来把玩一下。现在有时间正好求证一下，于是他找来《史记》，逐字对照，发现从“皇帝休烈”至“贵贱并通”四十三句，有一大半的字都有，而后就没有一个字了，所以知道是刻石的前半部分。对照明白了，俞樾不禁心生感慨，这百余字的摹本不知是闲来无事之人按《史记》中所记写下来玩赏的，还是会稽秦刻在民间另有摹本流传。如果真的是，那可是很珍贵的文物了，毕竟秦朝石刻流传至今的本来少之又少，只有泰山石刻几十个字可能确信，绎山传刻已经不是秦时原貌，近年来见到的虞山杨氏刻徐鼎臣所临《碣石颂》，真伪难辨。没想到自己在穷海之滨能有缘见到如此文字。虽然也是真伪难明，但俞樾还是觉得很有意思，不能任其湮没无闻，所以临摹了几份，寄给几个朋友欣赏。

烦琐生活之余，俞樾不忘著述，同治三年（1864）他终于完成了《群经平议》，而另一部代表性著作《诸子平议》也已完成大半。著作完成了，但刊刻还是个大问题，他现在连最基本的生活问题都解决不了，哪有能力来刊刻著作呢？“《平议》成书世未传，每愁枉费此丹铅。”好在这时天津本地有一个富家子弟名张汝霖（字少严），也是读书人，平时与读书人来往比较多，他听说俞樾撰成《群经平议》后，就把稿子拿过去读了一遍，把自己最感兴趣的第十四卷《考工记世室重屋明堂考》单独拿出来刊刻。虽然只有一卷，但也是俞樾的著作在社会中流传的开端，以前孙莲叔所刻的诗文之集只是在小地方小范围内流传，在社会上几乎没什么影响。这次不同，虽然只有一卷，但毕竟是严谨扎实的学术著作，在当时产生了较大的影响。侍郎宋晋（字锡蕃，号雪帆）看到后也对其中的两卷《仪礼平议》很感兴趣，特意来到天津打算单独刊刻这两卷，后来因为俞樾中途返乡而没有刻成。此时俞樾最担心的是已经完成的著作只能“徒饱蠹腹”，他多么希望能够全文刊刻呀。但要完成这个心愿，他只能求助于师友，即使是多年未曾联系的师友。他想到了昔日的座师祁寯藻（字寿阳，别号春圃），他当时正在殿阁中枢任要职，应该是有能力奖掖后进的。于是在同治四年（1865）春天，俞樾给祁寯藻相国写了一封信：

……樾自庚戌岁得附门下士之末，以为光荣……惟己未岁曾寄呈诗稿十卷，亦未知得登钧览否，后东南沦陷，航海北来，旅食津门，忽又三载，杜门息辙，妄以撰述自娱。所著《群经平议》三十六卷，粗有成书，其中第十四卷专论《考工记》世室重屋明堂制度，津门有好事者取以付梓……况樾幸出大贤之门，得附门下士之末，……谨寄呈一本，倘赐览观，有以正之，幸甚幸甚。外附呈所著书目一纸，并求赐览。

（《与祁春圃相国书》）

俞樾在这里表达了对座师的敬仰之情，介绍了自己近年来的状况，自从官场罢免以来一直以著述为业，呈上最新的研究成果《考工记世室重屋明堂考》一卷，并把自己近年来的著述目录也一并附上。此信寄出去以后，俞樾在焦虑与期盼中度过了一段时日，不久，他竟然收到了祁寯藻的亲笔回信。祁寯藻在信中对《考工记世室重屋明堂考》给予了很高的评价，认为“根柢渊深，词义简要”，读完之后“三代世室重屋明堂相因之制，灿然在目”，还询问其他各卷的情形。于是，他又写了一篇《再上春圃相国》，进一步谈到了刊刻之事，“此书已算粗成，惟家贫乏人抄写，止有稿本”，又谈到《仪礼平议》两卷已在宋晋的资助下即将出版。“至此外各种，尚在箧中，深恐将来徒饱鼠蠹，颇拟集众击之力，次第并行。”虽未出言求助，但殷殷盼助之意表露无遗。同时，又对当时社会中的经学研究状况委婉地表示了自己的不满：“而时方多故，当道诸公未遑留意于此。且此道好之者稀，扣寂求音，未必即有同声之应。”当时的确如此，清代朴学在乾嘉时期达到全盛，而到了道光、同治年间则很少有人专门研究了。但使俞樾失望的是，这封信写出之后，因为祁寯藻“自秋徂冬，老疾频作”，一年多才收到回信，此时俞樾已经回到了苏州。收到此信不久，便听到了祁寯藻去世的消息，当然这是后话了。

经过三桩儿女婚事之后，俞樾一家的生计更为艰难。正好这时候他的昔日朋友崇厚（字地山，又字子谦）侍郎以通商大臣的身份驻守天津，经常找他一起闲聊游赏，看到他的生活窘迫状，就推荐他去修《天津府志》。刚去之时，没有任何经费，所以无法到民间去访问故人野老，采集可信的民间说法。俞樾只好翻翻古书，抄撮一些有价值的相关资料。因为修志的经费一直没有到位，所以没有正式设局。同治四年（1865）春天俞樾收到二儿子岳父的来信，说他的二儿子忽然生病，来势凶险，似乎有性命之忧，这使俞樾夫妻焦心不已。于是在这年春天俞樾便有了南归的打算。但归于何处呢？苏州的宅地已经被毁掉，重新回到德清或临平都是不现实的想法。

正在这时，俞樾在官府邸报中看到李鸿章被任命为两江总督，领通商大臣，驻扎在南京。这时他忽然想起了去年收到的同年友人商书（字华伯）的一封信，信中说同治元年（1862）他在上海的一次聚会中遇到了当时正在做江苏巡抚的李鸿章，因为同是甲辰恩科同年，所以就攀谈起来，后来李鸿章就问他道："浙江同年有孙琴西、俞荫甫二人，你认识吗？"商华伯说认识，李鸿章又问他们现在哪里，商华伯表示不是很清楚了。后来商华伯辗转从别处得知俞樾正好流寓天津，便告诉了李鸿章，李鸿章很高兴，嘱咐他如果和俞樾联系的话一定要代他问好。俞樾收到商华伯的信后，觉得很奇怪，不知道李鸿章是从何处听到自己的名字的。现在他想是不是可以请李鸿章帮忙谋事，撇开别的不说，毕竟他和李算是同门，同出曾国藩门下，而且也是甲辰恩科的同年，这些都是在官场中为人所看重的社会关系。于是他便给李鸿章写了一封信：

樾侨寓津门，又将三载，今年承崇地山同年延修《天津府志》，而苦无经费，未能设局，不过从故书中抄撮，终朝伏案，劳而无功。因思金陵为名胜之区，又得阁下主持其间，未识有一席之地可以位置散材否？

（《与萧毅伯李少荃同年前辈》）

开门见山地说出了自己目前的生活窘状，请求得到帮助，率直中也寓有无限辛酸之意。信寄出去后，俞樾便开始收拾行装，无论如何，他是一定要南归了。在《南旋》诗中，他写道："津沽小住已三年，又驾飞轮海上船。敢谓波涛仗忠信，只愁儿女误神仙。（时二儿在吴下大病，又因明年将遣嫁大女故决计南返）"可见他决定南归最主要的原因还是儿女之事。

好在他还没离开天津之时就接到了李鸿章的回信，信中不仅重叙师门之谊，而且提到在苏州紫阳书院的教席刚好有空缺，所以他便推荐俞樾担任，应该没什么问题。听到这个消息，俞樾非常高兴，因为在他的心中，还是很希望能够回到苏州的。前两年在苏州著述讲学，悠游林泉的生活给他留下了美好的印象，现在能够重返故地是最好的一种选择了。他赶快把这个好消息告诉了夫人，姚夫人也很开心。

路过南京，俞樾去总督府拜会李鸿章，两个人谈得非常投机，座间俞樾说起以前李鸿章请商华伯代为致意之事，便问他从何得知自己的。李鸿章捻须一笑说道："说来你可能都想不到，就是曾涤生揆帅呀。庚戌过后我曾问先生是否得士，他一下子就说到了阁下，而且赞不绝口，所以我便记住了。"俞樾听后感动不已，便说道：“说来惭愧，自从中州罢免之后我便一直没有与师尊联系，真是不应该呀。”“是该多多联系的。”李鸿章接口说道：“要知道，恩师真是非常欣赏你，去年我到金陵去见他，他不但又说到了你，还能够背诵你当时复试时的那首‘花落春仍在’诗呢。”俞樾听了为这种知遇之恩感动不已。

后来他们又聊起了当时流传的榜运之说。当时很重视同年，所以每榜进士的仕途命运也是大家所津津乐道的话题。当时社会上都说丁未年（1847）榜运极好，庚戌年（1850）的榜运则欠佳。而李鸿章便是丁未年的进士，俞樾则是庚戌年的进士。现实也的确如此，丁未年的翰林在当时入任卿相、出任封疆者已经有好几位了，而庚戌科翰林则几乎一个也没有。李鸿章问俞樾相不相信榜运，俞樾笑答：“哪里有什么榜运不榜运的，只是在人罢了。丁未科有老前辈一人，榜运怎么能不好？庚戌科有我一人，榜运又怎能好得了呢？”说罢两人相视大笑。

后来李鸿章又到俞樾暂居的小船上回访，两人又在小船上促膝相谈了好久，后来俞樾还写了一首诗《到金陵赋呈肃毅伯李少荃同年前辈》给李鸿章，描述他们金陵初次相见的情形：“师门衣钵惟公继，讲舍皋比为我留。转惜书遥频误雁，不嫌舟小久停驺。”可见这个时候李鸿章推荐他去紫阳书院任教之事已经确定。俞樾和李鸿章，可以说一见如故，三年之后，俞樾在写给李鸿章的信中还提到了这次会面，“犹忆昔岁金陵，八骏下访，小舟促膝，情话移时”，可见留下了深刻印象。李鸿章礼贤下士，俞樾不卑不亢，以后数十年间两人一直保持着良好的关系。

同治四年（1865）秋天，俞樾又回到了苏州城，结束了流离动荡的侨寓生活。这几年是他生活极不安定的几年，声名未著，生活漂泊无依，为避战乱而颠沛流离，辗转各地，数易居所。为儿女完婚，生活极度困窘，有时靠借贷为生。但这也是其人生的转折时期，他在心理上接受了罢官的现实，并且为自己重新建立了切实可行的价值追求。他一生中最重要的成就奠定于这一时期，在天津时已完成了《群经平议》的撰述与部分刊刻，而《诸子平议》的大部分篇章也已经完成。名满天下“两平议”，是他对自己的认识，也是别人对他的评价。

第四章　居然还我旧文衡

在一个桂花飘香的秋日，俞樾和家人回到了离别六年之久的苏州城，风景似曾相识，昔日的繁华还没有恢复，荆蓁满地，丘墟纵横，随处可见的颓垣碎瓦诉说着曾经遭受过的劫难。俞樾不由自主地来到了昔日曾住过的石家五柳园外，这里曾是他心灵的港湾与精神的栖息地。果然不出所料，五柳园已经被夷为平地，曾经的亭台楼阁、水榭山房早已荡然无存。还记得六年前那个匆匆离开的清晨，自己还嘱咐一个留守的老仆人自己多保重，与他在一起的还有那条忠实的大黄狗。现在，他们都已在战乱中死去……

此次，俞樾住到了任教的紫阳书院中。苏州紫阳书院在战乱中也已经被烧毁，新址暂设在苏州黄鹂坊桥的吴家旧屋里。又一次来到吴氏旧屋，俞樾心中真是感慨万端。他并不是第一次来到这里，道光十七年（1837），年仅十七岁的俞樾曾路过苏州，当时，舅舅也是岳父姚平泉老先生正好在这里任教馆，还有他的一个堂弟名松田老人也是吴家的座上宾。俞樾曾来这里拜会舅舅，因此与吴氏兄弟结识，还曾在他们家的西厅堂里吃过饭。听说三年之后屋子就被邵氏买下，咸丰十年（1860）太平天国的军队攻陷了苏州城，邵氏家族的人死的死、逃的逃，当时这里就被当作太平天国的总办事处，后来官军收复后又改成了书院。从十七岁那年在这里吃饭至现在，算来也仅有二十九年而已，屋栋厅堂依旧，但已经数易其主，而自己竟也从当时的一饭之客忝为主人。想想人生之事，真如梦幻泡影，可叹凡俗世人总也悟不到这点，动不动便要为子孙百世考虑，又有什么必要呢？真如古诗里所说的“人生不满百，常怀千岁忧”，同样的愚不可及呀。这时候松田老人已经七十多岁了，还住在苏州，他和姚平泉老先生很熟悉，经常来俞樾家中谈天说地，还对他们说起许多他们不知道的姚平泉的往事，听来令人心生感慨。俞樾还写了一首《移居紫阳书院作》的诗歌说到这件事：

昔年曾此共壶觞，三十年来半已忘。
忽向雪泥重问讯，剧怜泡影太匆忙。
乌衣零落门庭换，铜狄摩挲感慨长。
剩有当年旧宾客，天留老眼看兴亡。

在紫阳书院授课之余，俞樾依旧忙于著述，《诸子平议》大部分已经完成，只有其中的《列子平议》《管子平议》还没写。不过这段时间俞樾思虑最多的却是已经成书的《群经平议》刊刻之事。他多次往返于苏沪杭，就是为了《群经平议》的刊刻出版。

同治四年（1865）冬天，俞樾到杭州拜会浙江巡抚蒋益澧（字芗泉），在此之前他已经把书稿寄给了蒋益澧。蒋益澧是湖南湘乡人，出身行伍，战功赫赫，后来协助左宗棠平定浙江之后便被任命为浙江巡抚。当俞樾去拜访他并提出希望他能够资助刊刻的要求时，蒋益澧很爽快地答应出钱百万相助，并商定在第二年春天便写定开雕。在《群经平议》的序言中，俞樾说道："蒋芗泉抚部时为吾浙方伯，雄才伟略，独冠当代。既已夷险发荒，胥两江之民而一衽席之，又得兴起人文，作养士类以副朝廷求治之意。知余有此书，力以刊刻自任。"

到杭州之时，俞樾还去拜访了杭州太守刘汝璆（字笏堂），刘汝璆留俞樾吃饭，席间盛赞《群经平议》，听俞樾说蒋益澧已经答应资助刊刻时，他也很高兴。饭后俞樾告辞之时，刘汝璆派人拿出洋钱四十枚，真心诚意地说道："我也很想帮忙刊刻，但实在是囊中羞涩，心有余而力不足，只有这四十个大洋，刊刻之前你先找人写个副本吧。"俞樾听了，再三致谢后才收下。后来俞樾听说，刘汝璆为官清正，家境清贫，这次资助他的四十个大洋还是从钱庄里借来的，心中真是感动万分。

回到苏州之后，俞樾就请人写定副本，第二年春节刚过就把写好的副本寄到杭州蒋益澧那里。后来听说已经开雕了，俞樾心中的一块石头才落了地。没想到好事多磨，后又听到消息，蒋益澧要调离浙江，到广东省去做巡抚了，俞樾的心里一下子就很着急。他马上给蒋益澧写了一封信，询问他走后《群经平议》的刊刻问题："闻奉命赴粤象郡珠崖之地……拙著《群经平议》承许为付梓，启行衙，交何人经理？……"焦虑之情，溢于言表。后来蒋益澧告诉他，自己走后就由刘汝璆太守负责监督书的刻印之事，俞樾马上又写了一封信向他致意。听说请的校刊者是高均儒（字伯平），俞樾还曾专门写信给他，请他指正："闻先生名久矣，怀愿见之亦久矣，未克一见，良用怅惘……蒋芗泉方伯谋付剞劂，乃烦请高明代为校刊。…伏惟求正，无吝抨击。"

在刊刻的过程中，俞樾其实一直很不安心，毕竟这一过程充满了不确定性和不可知性。他在这一时期和朋友、家人的书信中曾多次表示对刊刻进程缓慢的无奈。这年春天李鸿章曾写信问候他，并问起了《群经平议》的刊刻情形，他表示正在刻印。在写给友人吴存义（字和甫）的回信中则又感叹《群经平议》刊刻过程的艰辛，"虽已刻于浙中，而告成尚杳无时日……"在写给次女绣孙的信中他也提道："吾所著《群经平议》，已写副本寄杭州。浙中诸当事者谋集资付刻。《字义载疑》亦写寄金陵托友人校刊，皆（不知）能成否。"后来又听说刘汝璆也调走了，高均儒又病了，心中更加着急，在写给好友孙衣言的信中明确地说："拙著《群》究已刻成几卷，笏堂调严州，伯平卧病，无人经理此事，若将未刻者寄吴下刊刻，有三便焉：省刻资一也；速时日二也，便校雠三也。有此三便，老兄何不为吾力言之。"他甚至想把余下还没有刻好的拿到苏州来刻，由自己亲自主持，可见内心之焦虑。

俞樾秉性超脱，即使中州免官对他也没有产生多大的影响，但为什么这一次却表现得如此在意世俗间事？其实这和他这些年来的心态转换有关。他在给二女儿绣孙的信中说得很明白：“‘世间富贵应无分，身后文章合有名’，此白香山诗，吾常颂之。”从这段文字可以看出俞樾为什么如此在意《群经平议》的刊刻。因为对他来讲，这意味着新的有意义的人生的开端。中州罢官成为他人生的转折点，按昔日所受的教育，以后的人生奋斗似乎都失去了存在的意义。他在经历了迷惘与痛苦后终于给自己重新确定了生活的意义，那便是“太上立德，其次立功，其次立言”，既然立功已不可企及，所以立言以藏之名山，传于后世，似已成为俞氏新的人生目标。在以后的人生道路上，他时时以这个目标来激励自己，而《群经平议》则是这个重新确立的有意义的人生目标的起点。在以后的生活中，他也因为这个目标的一步步实现而充满了成就感，这也是使他可能平交王侯、傲视权贵的内在原因，因为他自认为他与他们在精神上是平等的，甚至还可能超越其上。

他在给曾国藩的信中提到昔日的知遇之恩，末又回忆起昔日“花落春仍在”之语，表示“仰蒙奖借，期望甚殷，迄今思之，蓬山乍到，风仍引回，洵符落花之谶矣。而比年撰述已及八十卷。虽名山堕玷……然穷愁笔墨，倘有一字流传，或亦可言春在乎？”对著述立身、名扬后世充满了信心。一年后，在与同榜进士、昔日好友曾璧光（字枢垣，又称枢允、枢元）信中又谈到庚戌进士的榜运，以前比不过前一科与后一科，但这几年有后来居上的趋势，列举曾璧光当时已经做了贵州巡抚，王凯泰由翰林编修做了浙江臬台，虽谦称自己是笔耕糊口，但又一一列举所刻印出版的所有著述，明显带有以此相抗衡之意。这也是终其后半生的精神支柱。他之所以能够在仕途蹇滞后依旧对未来充满了信心，以一种精神的平等与以前的同年同僚甚至政府要员相交，关键在于此。他认为自己所选择的生活方式，与他们相比是高尚的，起码是平等的，而就留名史册、流芳百世而言，还是自己的立言之路更为合适。在给孙衣言的信中列举庚戌榜进士的盛事时，又列举了自己的著述成就，“岂亦吾榜之盛事乎？”心态可见一斑。正因为如此，他的确也安于教学、著述的现状，不屑也不想再重入仕途，所以当曾璧光向他提出这个建议时，他表示：“东山强起之言，固非所克当，亦雅非鄙意也。”几年后曾璧光又旧话重提，希望俞樾能够东山再起，重入仕途，俞樾又一次明确地表示现在所过的生活正是自己的理想生存状态，坦率地说：“来书乃以鹏图再展为言，窃谓相爱虽深，相知或犹未悉也。”而且自己“穷愁著述已及百卷，虽不足以传后而颇足以自娱，……穷达，命也，固不足言吾生有涯，姑从所好。阁下霄汉凤鸾，鄙人江湖鸥鹭，虽升沉异路，尚无伤乎昔日接翼同飞之旧……”对于自己目前所做的事、所选择的道路充满了自豪感，觉得与在仕途之上飞黄腾达的同年可以说是并驾齐驱，并无高下之别。所以“借湖山之胜地，养樗栎之散材，风雨小楼，大有终焉之志”是他最真实的心态。

在和同榜进士谢梦渔的通信中，俞樾还提到一件事。当时，同年徐树铭侍郎正好督学浙江，曾向朝中上疏请求起用俞樾，但被皇上驳回，徐树铭也因此谪迁太常寺少卿。这件事让俞樾很难堪，不知内情的人还以为是他想重入官场而请徐树铭帮忙呢。事实上，他早已没了这个想法，所以在给谢梦渔的信中直接说徐树铭是纯属多事，也有自我辩解之意："弟著述足以自娱，笔耕足以自食，虽无当时之荣，或有没世之名，岂复作再入软红之想哉。"可见俞樾真的很满意自己现有的生活方式，这样便也可以理解他在以后的生活中为什么那么热衷于建立"书冢"以藏自己的所有著作。

同治六年（1867）春天，《群经平议》终于在杭州刊刻完成，全书共有三十五卷，分别是《周易》二卷、《尚书》四卷、《周书》一卷、《毛诗》四卷、《周礼》二卷，《考工记世室重屋明堂考》一卷、《仪礼》二卷、《大戴礼记》二卷、《小戴礼记》四卷、《春秋公羊传》一卷、《穀梁传》一卷、《左氏传》三卷、《国语》二卷、《论语》二卷、《孟子》二卷、《尔雅》二卷。此书就体例而言基本上是承继王引之的《经义述闻》而作，训诂辨析非常详明，尤其在通古文假借方面多有个人发明，精意覃思，可通经书。当时的相国祁寯藻和侍郎宋晋非常推崇这部书，认为在某些方面甚至超越了王氏的成就。这部书和随后出版的《诸子平议》奠定了俞樾在古文经学界的地位，也给他带来了极高的声誉。随后他的其他著述如《古书疑义举例》《宾萌集》《宾萌外集》《曲园杂纂》《春在堂诗编》《湖楼笔谈》《春在堂杂文》《第一楼丛书》《俞楼杂纂》等都相继刊出，各方人士都争相出资以助刊刻，成为文坛雅事，书坊之中也经常有人询问是否有俞樾的新作。他再也不用担心自己的著作会“徒饱鼠蠹”了。

同治五年（1866）二月初二，俞樾开始在紫阳书院上课。这是战后书院第一次开课，所以整个苏州城里中丞以下的官员都来听讲。面对这么多官员与书院的学生，俞樾忽然想到十年前中州罢学政之后，同榜进士徐春衢说过的话。当时，徐春衢正在开封做官，有一次专门到挑经教胡同去看俞樾，并说他不久之后便可“重掌文衡”。俞樾当时一笑置之，认为这只不过是朋友的宽慰罢了。没想到才十年时间自己果然执掌书院，这也算是另一种意义上的“掌文衡”吧。在《曲园自述诗》中他还很感慨地记下了这件事：

春风绛帐对诸生，竟验前言徐子平。
批尾生涯从此定，居然还我旧文衡。

对俞樾来讲，在紫阳书院的授课并不愉快，这与紫阳书院的学风有关。苏州紫阳书院建立于清康熙年间（1662—1722），而紫阳书院的名称来自朱熹。因为他的家乡有紫阳山，是其父少年时期曾游历的地方，后来父亲在福建不能归乡，但对家乡一直念念不忘，还刻了“紫阳书堂”的印章，所以后世称朱熹为紫阳夫子。每次朱熹回安徽扫墓时都会留上几个月，当时就有很多人慕名前去请教。他去世后，他的弟子赵师端做了当地郡守，就建立了文公书院作为郡学。南宋淳熙十三年（1186）皇帝亲笔写下了“紫阳书院”作为书院名称，从此以后在全国都有紫阳书院。清代闻名的紫阳书院有安徽歙县的紫阳书院、杭州的紫阳书院和苏州的紫阳书院。无论何处的紫阳书院，都是以宋明理学为旨归，以朱熹曾说过的“居敬以立其本，穷理以致其知，返躬以践其实”为座右铭。

宋学重义理，探讨经世致用之术，本来无可厚非，但明代以来的宋学末流却流于空疏，空谈心性、剿说玄理，这在清代尤其明显。俞樾对这种学风非常不以为然，在《重建诂经精舍记》中他曾说过：“学问之事，莫大乎通经，通经之道，义理尚矣……是故唐宋以后儒者，于训诂名物，虽亦有所发明，终不若两汉经师之足据也。”后来在《诂经精舍文四集序》中更是直接指斥宋学的明心见性之说为空谈，而他所奉行的学术之路是直追汉学的乾嘉朴学，他服膺高邮王氏父子的著作，自言“心香一瓣奉高邮”。对于当时经学研究现状他也很不满意，认为学界又兴起宋学的空疏风气。在给李鸿章的信中，他说自己的治学方法是：“特以废弃以来，既不敢妄谈经济以干时，又不欲空言心性以欺世，并不屑以雕琢词章以媚俗，从事朴学，积有岁年，聊贤于无所用心……”正因为如此，所以他认为培养人才也不能草草了事，首先要培养他们认真读书，不尚空谈。在另一封写给李鸿章的信中，又说道：“吾人作秀才时，或侈言时务，或空谈心学，二者皆不无流弊，总以经史实学为主，省会书院宜存贮十三经、廿四史及周秦诸子之书。诸生中有笃学嗜古者，许其赴院读书，师友讲习，以求实学，或亦造就人才之一助乎。”

而紫阳书院却是以讲宋明理学为主的，本来与俞樾的学术观念相左，何况当时在紫阳书院里连宋明理学的精华也很少说到，学生基本上都在为科举考试做准备，“专课时文”，也就是八股文。明清以来的科举考试，试题内容都局限于“四书”“五经”之内，要求用八股文的格式来写。八股又称作制义，全文分为破题、承题、起讲、提比、虚比、中比、后比和大结八段，起承转合都有一定的规矩。除了开头三段和最后一段可以采取散文形式外，中间四段都要用排偶的骈体。八股文中不允许考生发表自己的看法，必须以圣贤之意为本。在俞樾看来，这虽然也是书院所必须教的，但不应该是重点，更不应该是全部。

当时有一些书院为了使学生在科举考试中取得好成绩，总是在钻研八股文的作法，而对于人情世事和真正的学问都漠不关心，俞樾对这样的情形深恶痛绝，认为这样是不利于人才培养的。他虽然主张朴学，但也主张学习经世致用的学问。他认为专攻八股者就算能在科考中得中，思想也必然极端呆滞不化，一旦出来做官，也将缺乏足够的知识来应付民间的大小事情，只好委任幕僚师爷和下级官吏来处置，带累吏治也渐趋败坏。他的大女婿王康侯曾给他写了一封信，讨教八股文的作法，他在回信里说：“凡人欲立言传后，不必作八股文字，凡做八股文字，不过乡会两试借作敲门砖耳。”

他实在不愿以这种方式来教育学生，认为自己现在所做的事是“虚拥皋比，一无裨益”。对俞樾来讲，在紫阳书院任教更多的是谋生手段，并没有真正的兴趣寄寓其中。他何尝不想改变这种状况，做自己真正喜欢的事呀，然而现实中却没有机会。可以聊以自慰的是，苏州紫阳书院允许其他省份的学子来此就学，所以有才华的学生很多，如吴大澂、张佩纶和陆润庠都是出自紫阳书院俞樾的门下。俞樾也是一个很重师生情谊的人，终其一生他都与这些学生保持着良好的关系。现在苏州曲园的春在堂上还有吴大澂用篆书所写的《春在堂记》。同治六年（1867），紫阳书院还来了一位旁听的女弟子，她便是晚清戏曲史上有名的才女刘清韵。她本是盐商的女儿，自幼聪慧，所以父亲便让她和男孩一样读书，后来嫁给了才子钱奎德，夫妇琴瑟和谐，吟咏唱和，极尽闺房之乐，且著述很多，有诗词、散曲和戏曲。这一年她和丈夫一起来苏州，曾拜会俞樾，并在紫阳书院听讲。二十多年后，当她把自己的作品结集出版时，俞樾还曾为她的《小蓬莱仙馆传奇》十种作序推介。

自从那次和李鸿章在南京见面聊天之后，俞樾心中一直记挂着一件事，他觉得自己应该给恩师曾国藩写一封信。自中州罢免后，俞樾便没有再和曾国藩联系过，不是不想，而是自惭。在他心中未曾有一刻忘怀恩师的知遇之恩、忘记他对自己“前途不可限量”的期许，但现实中他觉得自己仕途蹇滞、声名不著，全然对不起恩师的期望。所以总是提起笔又放下，不知从何说起，现实中的困难他不会向恩师诉说，而可以让恩师高兴的事又没有。将近十年的时间，他想恩师已桃李满天下，可能也早已忘记自己了。和李鸿章见面时的谈话深深地震撼着他，他没想到恩师竟然还一直记着自己，还能背诵自己应试时的诗作。他觉得必须写一封信和恩师联系，告诉他自己的现状，毕竟经过数年的积累，自己的著述也已经有八十余卷，这也算是这些年来的小小成果吧。同治四年（1865）冬，俞樾终于提笔写了《上曾涤生揆帅》："故废弃以来，未尝敢以一笺渎陈均听。……顷至金陵，晤李少荃前辈，述知去岁尚蒙齿及，垂问殷殷……"后又谈到自己现在以著述为业，所著《群经平议》还没有出版，所以就把其中已经刊刻的《考工记世室重屋明堂考》寄上。最后又回忆起昔日"花落春仍在"之语，表达愧对昔日"仰蒙奖借，期望甚殷"之意。曾国藩很快回信了，令俞樾非常感动。接着，曾国藩于同治五年（1866）重新回到两江总督任上后就邀请俞樾前去游玩，第二年五月，俞樾自上海乘威林密轮船到金陵（南京）去拜谒曾国藩。曾国藩见到俞樾也非常高兴，这么多年来身为阅卷官执掌天下文衡，阅人无数，桃李满天下，俞荫甫的"花落春仍在"却在他心中留下了深刻的印象，自己在现实中经历了无数的挫折与困难，有时也会诵读这首诗以资自勉。当年听说他因事而被罢免时心中觉得有些可惜，现在听他说这些年著书立身的情形，又读了他的新著《群经平议》后满心欣慰，感觉到他并没有在现实中沉沦下去，而是重新找到了更适合自己的生活之路。曾国藩欣赏这样的人，他的性格中也有这韧性，而这种韧性他又在这个门生身上看到了。

俞樾到南京时已经是下午时分，曾国藩处理完公务后马上在后堂接见了他。师生两人已经有十余年没有见过面了，一见之下都心生感慨。在俞樾眼中，这位昔日座师面貌清癯，虽精神饱满，但不自觉中流露出一丝的疲惫。当时曾国藩刚从上海回到南京，在上海把江南制造总局由虹口迁到了高昌庙，征地扩迁，增大规模。想来日日夜夜为国事操劳，身体的确劳累。曾国藩一眼见到俞樾也不禁心生感慨，昔日风华正茂的新科进士，学识渊博、风度清雅的翰林编修，现在在生活的磨砺之下几乎已成为一个饱经风霜的老者了。

当天夜里，俞樾便住在曾国藩的总督府里，两人秉烛夜谈。曾国藩仔细询问了这些年来俞樾的生活状况和著述情形，鼓励他继续沿着这条路走下去。初见曾国藩时，俞樾还有“至今春色终何在，未免赧颜对绛帷”（《丁卯五月至金陵谒湘乡师相赋呈四律》）的不安，聊着聊着，在曾国藩嘉许的目光下，他完全放开了，畅谈自己的人生理想，陈述自己的学术思路和研究方法。谈到这里，两人的共同话题就更多了。曾国藩说道：“我朝学术昌明，从初期顾炎武、戴震再到段玉裁、钱大昕诸位前辈先人的研究，的确可以发明古义，因文见道呀。”

俞樾接口说道：“是呀，但我最佩服的还是高邮王氏之学。”

曾国藩表示同意，又说道：“王氏父子精于古音，认为一字之意和声音有很大的关系，经籍中有许多假借字，后世不知，其实它的古代读音都是相同的呀。”

“是的，王氏父子便是在这方面用力最勤，释经典时注重句调是否相同，以彼释此，常常可以豁然而通。”俞樾接着兴致勃勃地说。

“对，王氏父子还注重从虚处领悟经义，严禁增字以解释经义，这和宋儒空谈无根，经常臆改经书大不相同。而且他所立训必有确据，经常讥讽宋人望文生训，所以他在解释一字时会引数十个证据来反复证明，目的只有一个，那就是用通俗易懂的语言使人明白懂得。”

俞樾听了这番话，真是对恩师佩服得五体投地，原先他一向认为老师日夜为国事操劳，繁忙的公务时刻相随，学问之事可能有所荒疏，没想到对于学术竟然有这么精辟的看法。

“荫甫呀，你做了这么多年的学问，有什么心得体会没有？”曾国藩又和蔼地问道。

“有的。”俞樾恭恭敬敬地回答道，“读了这些书以后，学生觉得读古人之书，不外乎正句读、审字义、通古文假借三种方法。而三者中最为重要的是通假借之说，所以我现在所写的《群经平议》《诸子平议》和《古书疑义举例》注重这三方面的内容，尤其是假借之说。”

“好，好，”曾国藩捻须微笑着说，“《群经平议》中的《考工记世室重屋明堂考》我看过了，射侯及明堂制的考订最为精确翔实，有王氏《读书杂志》和《经义述闻》之风呀。”

“恩师过奖了，”俞樾谦虚地说了一句，然后又恭恭敬敬地呈上《群经平议》一书，说道，“现在《群经平议》全部已经刊刻成书了，请恩师指正。”

曾国藩接过书，微笑着说：“我一定仔细研读。太晚了，你也劳累了一天，赶快去休息吧。”

当天夜里，俞樾就住在两江总督府里，他本想住几天就走，可在曾国藩的盛情相邀之下，一直住了二十余天才回去。第二天，曾国藩在总督府大宴宾客招待俞樾，招金陵城里的高官大吏名士十余人作陪。俞樾不卑不亢，角巾野服，侍陪于席间，往来如处士。在数十年后的《曲园自述诗》中俞樾还回忆到这件事：“廿日节堂留小住，连朝高会聚良朋。”在当时所作的《丁卯五月至金陵谒湘乡师相赋呈四律其四》中也有“高会西园成雅集，大开东阁阅奇才”的诗句。俞樾在总督府的日子里，曾国藩兴致很高，经常与俞樾一起小饮清谈，曾国藩有公务之时，俞樾就和这里新结识的朋友一起游赏。

一天，连日阴雨后天刚放晴，恰好俞樾也将在近几天里返回苏州，曾国藩决定到金陵妙相庵里设宴为他饯行。妙相庵是南朝名寺，每逢梅雨时节，文人有相聚妙相庵品茶的传统。妙相庵环境清幽，在这里观景品梅饮茶，别有一番情趣。另外，庵中有两副千古传诵的名联，一是佛堂中的对联：“半个蒲团天地老，一声清磬古今空。”另一是小淇澳亭中的对联：“翦一片绿云补纳，留三分皓月看经。”对仗工整平稳，切题应景。定好日子后，曾国藩先派人去妙相庵洒扫庭堂，布置酒席，又邀请李雨亭方伯和王晓莲、庞省三两观察一起作陪。席间，曾国藩笑着对李雨亭等说：“你们平日想劝我饮酒时总是没有陪客，就算是金陵城里的其他人也不行，他们与你们一样同为僚属，只有今天可以，今天有荫甫在座，可做陪客，我们一定兴尽而返。”三人哈哈大笑。几个人在妙相庵盘桓终日，感受这里“曲槛临风，空亭枕雨，疏花雅竹，明瑟有致”的清幽之景，还登上鼓楼游赏，尽兴而归。

俞樾已经确定了回去的日子，曾国藩在前一天兴致勃勃地对他说：“荫甫一定没有游赏过玄武湖吧，这两天那里的荷花开得正好，今天我们一起去游赏吧。”俞樾早就听说玄武湖风景如画，秀水荷香，北湖烟柳天下驰名，只是无缘一见，所以很高兴地答应了。曾国藩又派人去请了几个幕府文人和行署官员，一行人或车或轿，浩浩荡荡地出了总督府，直向玄武门一带走去。途中俞樾听同行的幕府文人赵惠甫说，路上会经过昔日官军收复金陵时的入城旧址。他早就听说这场战争惨烈异常，官军是通过打地道的方式才攻进城里，所以很希望去参观一下。曾国藩略一沉吟，就派赵惠甫等几个幕府文人陪俞樾前去，自己则先去玄武湖等他们。俞樾当然理解曾国藩的心情，在这样悠闲的日子，他不愿再去回忆那场残酷的战争。

俞樾等人一起来到金陵太平门龙脖子处参观昔日攻城旧址，同治元年（1862）五月，浙江巡抚曾国荃率师进攻金陵，久攻不下，战况惨烈，直到同治三年（1864）六月十六日才在钟山之麓通过挖地道入城的方式把这里的城墙炸开了两段十余丈的口子，湘军的“敢死队”这才冲进来，攻下金陵城。当年十月曾国藩主持把城墙补好，并建碑以“纪念”此事。碑记和碑铭都很简单，尤其碑铭只有四句：“穷天下力，复此金汤，苦哉将士，来者勿忘!”曾国藩记并书。简洁的文句里饱含了不堪回首的艰难与血腥，记录了清军为夺城而付出的惨重代价。当时这场惊心动魄的“攻坚战”便是由曾国藩的九弟曾国荃指挥的。当俞樾正在思虑之时，赵惠甫说攻城当日他正好在雨花台附近，接着他绘声绘色地描述了那天的情形：“那天黎明时分刚刚下了点小雨，但天很快就晴了，到中午时分又开始下雨，忽然之间听到一声巨大的爆炸声，看到砖石俱飞，烟气弥漫，不见天日，烟气消散之后就看见城中龙广山上人影蠕蠕，才知道刚才的巨大声音是炸开了城墙，官军已经在刚才的烟雾之中突入城中了。随后便见到旌旗尽展，四面齐下，天王府也已经起火了。”俞樾等人听得惊心动魄，眼前也似乎浮现出昔日激烈的战斗场面。

由此他们出城到了玄武湖。玄武湖湖面广阔，西临玄武门，东邻紫金山，青山丽水相互辉映，方圆十余里的湖面上种满了荷花。这时正是荷花盛开之时，碧绿的荷叶重重叠叠，在微风轻拂下层层起伏，粉色的荷花掩映其中，或娇然盛开，或含苞待放，千姿百态，楚楚动人，湖面上到处荡漾着阵阵清香。湖边早已准备好了几艘可以穿行于重重荷叶之中的瓜皮小舟（只能容两三个人的小船），为曾国藩准备的也是这样的小船，但他们觉得以总督之尊似乎不应该暴露在烈日晒烤之下，所以在小船的四周支上青布以遮阴，也显得庄严一些。一会儿工夫，这些小舟已经纷纷下水，摇荡于万顷碧波之中了。

俞樾乘坐的一叶小舟灵活地在花间穿梭，感觉真的到了一个万花成国香成海的世界，寓目之处红衣翠盖，亭亭可爱。他随手摘取新鲜的莲蓬，入口而化为汁水，鲜美异常，真觉得是无上的美味。转眼间已不见曾国藩所乘坐的小船，原来他的小船因为外边支了一圈布帷，密密的荷花深处根本进不来，只能小心地绕花而行。俞樾笑着大声说道：“山人之乐，过于宰相，由此可见呀。”“那也未必呢，这样除了看荷花还可以欣赏云光岚影、鱼跃鸢飞的玄武湖全景呀。”曾国藩稳坐船头，笑盈盈地答道。这一次的玄武湖之游成为俞樾金陵之行最为尽兴的游历。在《奉陪湘乡公玄武湖观荷花》中他还满怀激情地写道：“田田荷叶比人长，随手搴来手亦香。铺作绿荫张作盖，一身无处不清凉。”

游玄武湖的第二天早晨俞樾便去向曾国藩辞行，曾国藩又殷殷嘱咐几句，师生依依作别，俞樾乘轮船离开了金陵城。在船上，回想这二十余天的日子，真如做梦一般，与恩师十余年才相聚一次，下次相聚又不知是何时了。他没想到一年之后竟然又与曾国藩在苏州相聚同游。

同治七年（1868）闰四月，曾国藩因为大阅而到了苏州，亲自到俞樾租住的大仓口宅寓来看望他。两江总督亲至民宅，随行官员众多，车马喧喧，旆旆招展，使相威仪自是不凡。进入客厅分宾主落座，两人谈天说地，又聊起了去年玄武湖赏荷花之事，相约明年若有机会一定重游玄武湖。曾国藩又问道：“荫甫可知吴中哪里值得登临游玩？”俞樾略一沉思，回答道：“我听说木渎的天平山为范仲淹墓葬之所，有‘吴中第一山’之称，以怪石、清泉、红枫‘三绝’著称，山腰的钵盂泉泉水醇厚甘洌，被陆羽品评为‘吴中第一水’呢。”“这个我倒也听说过，白居易、范仲淹、唐伯虎、乾隆皇帝等人还留下了不少诗词、游记和遗迹吧。”曾国藩很有兴趣地说：“如此说来，这里还是人文古迹与山林野趣兼具呢。我们明天就去游天平山吧。”

第二天，曾氏与俞樾还有丁日昌（字禹生）中丞、潘玉泉和许缘仲两观察等一起来到木渎的天平山下，抬头仰望，山头白云缭绕，真能理解为何天平山又称为白云山了。山上奇石嶙峋，危耸峻峭，俞樾指着这些石头说道：“师尊请看，这些怪石是不是像朝见时所用的笏板呀？这里的景物有‘万笏朝天’之称。”曾国藩仰望山石，笑哈哈地说：“不错，真的很形象。”几个人一边说着一边开始登山，山势险峻，山路盘曲而上。沿着山路有三处寺庙，分别是上白云、中白云和下白云。他们沿着一线天，经飞来石、望枫台直到中白云，曾国藩步履轻快，边走边聊，这可苦了俞樾，他平生最不擅长的便是爬山走路，才到中白云就已经气喘吁吁、汗如雨下了。回头看看丁日昌他们，比自己也好不到哪去，但曾国藩还是健步如飞，从容自如。看到他们这个样子，曾国藩笑着摇摇头说：“看来只有我一个人能够登上上白云了，你们不如就在这儿休息等我吧。”几个人点头同意，曾国藩带了几个随从继续向上，过卓笔峰、照湖镜而到达山顶。一会儿曾国藩下山，对他们说道：“无限风光在险峰呀。刚才在山顶登高望远，可见太湖万顷水面，烟波浩渺，渔帆点点，真是令人心旷神怡。如此美景不能享受，真是太可惜了。不过明天我们去登香山吧，同样可以远眺太湖美景。”第二天，他们又登香山，远眺太湖，宾主尽兴而别。

几天后，俞樾闲来无事，便到丁日昌中丞处清谈，听他说起游山后曾国藩曾对其他人感叹说：“俞荫甫真读书人，丁禹生真做官人。”这使俞樾又想起去年在金陵（南京）谒见恩师时听人讲起，他曾感叹地对僚属说：“李少荃拼命做官，俞荫甫拼命著书，吾皆不为也。”看来自己在恩师心目中确是著书立说的一介书生。这里，曾国藩形象地概括了两个门生的特点，他们的命运和拼命去做的事看起来似乎风马牛不相及，但其内涵都是一样的，追求立功立言以名垂青史而已。对于这一点，俞樾相信恩师能够理解自己的人生追求。而恩师的不为非不屑为之，只不过性格不同、地位不同、命运不同，表现方式亦有所不同罢了。这一点，俞樾还是深契师心的。

“廿年得失共名场，今日东南两紫阳”，当俞樾在苏州主讲紫阳书院时，他的同年好友孙衣言也在杭州主讲紫阳书院，一时之间，庚戌科进士有两紫阳也成为科场佳话。安顿下来之后，俞樾写了几封信给曾经帮助过自己、关心自己的同年朋友和同辈，如李鸿章、崇厚、李兰生等人，并告诉他们自己当前的生活情形。终其一生，俞樾一直和昔日的同年和旧友保持良好的关系，这也是他受到许多高官显贵礼遇的原因之一。因为他虽处于乡野之中，但还是保持了相当的政治敏锐性，对外界事态的发展还是非常关心，比如官府邸报就是他经常要看的。即使是多年不谋面亦不联系的玉堂同年或昔日老友，只要他在邸报上看到他们的相关信息，或移师，或升迁，都会主动地写信或寄赠作品联系。比如李少泉换防，同榜进士曾璧光升任贵州巡抚，他都写信道贺。又比如同治九年（1870）前后，正好是江南大换防的敏感时期，李鸿章、曾国藩都移镇他处，马新贻（字穀山）则接曾国藩之任，他便写信给马新贻道贺，又给苏州的朋友丁日昌中丞写信，打听消息："旌旆闻有金陵之行，未知果否？马穀翁曾否南来，湘乡公何时北上？"所以他的政治敏锐性一直很高。同治十一年（1872）曾国藩去世之后，他内心非常悲痛，但头脑还是很清醒，意识到政局将发生重大的变化，所以马上写信给好友彭玉麟，劝其出山以续之。当王凯泰决定称疾归隐时，他据理力争，通过分析当前之局势而给出合适的建议，最终王凯泰也采纳了他的建议。可见他的生活并不闭塞，他的触角依旧延伸到社会的各个层面。

同治五年（1866），当政者要修《上海府志》，在南园设局，正好俞樾的同年旧友应宝时（字可帆，号敏斋）为苏松太道，驻守上海，就推荐俞樾主持此事，设定基本体例及范式。毕竟他过去做翰林编修之时也曾被委派至国史馆做协修，有实际操作经验，而且在天津时也修过《天津府志》（虽然最后不了了之），后来《镇海县志》也是在俞樾的主持下修纂的。《镇海县志》与《上海府志》最后都完成了，但俞樾自己并不满意，他觉得这两部地方志在体例设置上还是有疏漏的。经过这两件事后，他觉得自己的长处还是在经学而非史学。修志之余仍忙着著述，他想趁热打铁，完成《诸子平议》的撰述，其中的《列子平议》两卷便是在这个时期完成的。

这两年与俞樾交往比较密切的朋友还有亲家翁兼昔日的同

年和玉堂同僚王凯泰。同治四年（1865），俞樾的大女儿锦孙出阁，丈夫便是王凯泰的大儿子王康侯。当时王凯泰正任浙江按察使，驻于杭州，所以俞樾这年冬天到杭后便是住在王凯泰的官署之中。这时孙衣言也会赶来，三人清谈游赏，亦是当时一大乐事。一天无事，王凯泰、孙衣言又陪同俞樾重游西湖，泛舟湖上，俞樾心中颇多感慨，这里本是青年时期常来之所，但中年以后，世事奔波，不见六桥烟波竟已有十六年了，自己也不复往日的风华正茂、少年意气，行将垂垂老矣，而寓目所见的西湖风光竟也不像以前那样旖旎多姿，“湖山亦似老于前”（《至杭州与王补帆廉访同游西湖舟中口占》），舟中对饮，感慨万千。当时王凯泰力请俞樾多住一些时日，但已离家半月多的俞樾说什么也不肯了，他说：“虽痴儿不解候门，然老妻望眼穿矣。”巧妙地化用杜甫诗“遥怜小儿女，未解忆长安”来抒写游子思妇情怀，可见夫妻情深。

俞樾主讲紫阳书院，每年只有四百两银子的收入，但有一大家子人要抚养，经常入不敷出，而最使他焦心的还是二儿子的病情，当时从天津赶回来也是为了此事。回来后曾多次请医生看病，但都没有什么起色，痼疾难疗。俞樾和姚夫人为此日夜焦虑，后来又听老家人说二少爷的症状不像是单纯的生病，是不是冲撞了什么凶神等。病急乱投医，一向不语怪力乱神的俞樾和夫人甚至还请了巫师来家里大做法事，驱除邪祟，但效果并不明显，二儿子依旧病魔缠身。最后总算渐渐稳定下来，然而“痴玩如故”（《与女婿许子原》）。俞樾和夫人无可奈何地接受了这一现实。但这时候他对二儿子的痊愈依旧抱有很大的希望，在这一时期写给弟子戴望的信中说道：“二儿自去年来心境蕴结，将成心疾，今春延医治之，仆来京时似有小验……大约亦不能读书，亦拟捐一官与之，俾得自谋生计足矣。”他还想等祖仁病愈之后为他捐一官来做做，以为谋生之本。

四个儿女的婚事操办完毕，姚夫人的精神与体力也在这个过程中大大透支了。这年冬天夫人得了气喘病，以后在每年的冬末春初就要发作一次，这使俞樾非常担忧。在内心深处，俞樾真的觉得自己能够在茫茫浮世之中拥有这样一位贤惠体贴、豁达超脱、不为俗世名利所动，始终在精神上理解自己、在现实中支持自己的夫人是一生中最大的幸运，他多么希望两人能相偕终老呀。

在一个秋日的晚上，月上中天，玉户清朗，一家人都已经入睡了，四周也逐渐安静下来，安静得可以听到秋虫唧唧的鸣叫声。姚夫人在院子里的桂花树下摆了一张小桌子，几碟小菜，一壶热酒，夫妻二人在清凉如水的月光下小饮、清谈赏月。俞樾后来写有一首小诗《今秋月色颇佳，连夕人定后，与内子起步中庭，时复小饮，率尔有作》来记这件事：

良宵不成寐，与子步庭阿。
人定蛩吟起，廊空月色多。
从前好风景，强半悔蹉跎。
此夕一樽酒，浮生能几何。

遣嫁了长女之后，俞樾又想起一桩心事，父亲俞鸿渐去世后，因为家境贫穷一直停柩在德清西门外的金鹅山下，没有正式安葬，现在有时间也有能力了，俞樾就想把这件事先做了。同治六年（1867），俞樾和夫人姚氏一起先到了德清金鹅山下把父亲正式安葬了，还把父亲以前的两个夫人蔡氏和嵇氏葬在了一起，了却了二十二年来的一桩心愿。尔后，夫人先沿水路返回苏州，俞樾则又去杭州访友。这次他去拜访浙江巡抚马新贻，马新贻已经读过俞樾的《群经平议》，竭力邀请俞樾来杭州主讲诂经精舍。俞樾也欣然答应。于是在同治六年年底辞去了苏州紫阳书院的教席，应聘为杭州诂经精舍的山长。

这时俞樾已经四十七岁了，两个儿子也已经娶妻三四年了。刚到苏州之时，二子祖仁生病，二儿媳姚氏已经怀胎十月，即将分娩，不久孙女庆曾出生。他们虽然开心，但总觉得还是有一些遗憾。到德清葬父之时，他们在德清西门逗留了一个多月，其间姚夫人还曾到德清兰村庙里去祈福。第二年（1868）便有了孙子俞陛云，因为生于辰年，所以小名又叫阿龙，俞樾对这个孙子寄寓了很高的期望："不知他日能超否，且向怀中抱阿龙。"他希望这个孙子能超越父辈和祖辈的成就，光耀门楣。

同治七年（1868）正月，俞樾正式辞去苏州紫阳书院的教职，就任杭州诂经精舍山长。在离开紫阳书院之时，还选刻了两卷《紫阳课艺》以资纪念。俞樾为什么要辞去苏州紫阳书院教职而就职于杭州诂经精舍呢？俞樾在同年写给同榜进士兼好友的曾璧光的信中谈到这一点，当时曾璧光已经升迁为贵州巡抚，“频年主讲紫阳，虚拥皋比，了无裨益。明岁移席浙江之诂经精舍，从吾所好，古训是式，满山坛坫，其鄙人坐老之乡乎?”他认为紫阳书院教学毫无价值，与其学风格格不入，而诂经精舍却“从吾所好”，与个人的学术研究方向相契合。

杭州诂经精舍是阮元在嘉庆六年（1801）创建的。阮元提倡研究经史必须先通训诂，嘉庆二年（1797）任浙江督学的阮元在杭州召集了两浙一带最有学问的一批读书人，编撰了一百零六卷《经籍籑诂》。这部书全面系统地收集了唐以前古籍训诂资料，体例上是采摘经史子诸书唐以前人的训诂注释于每一字下，按《佩文韵府》韵目归类。王引之为之作序，说其特点：“展一韵而众字毕备，检一字而诸训皆存，寻一训而原书可识。”直到现在还是研究经籍的重要工具书。

为了编辑这部皇皇巨著，阮元还专门在孤山南麓修建了五十余间房子。此书编成时已经是嘉庆六年（1801），于是他便在修书旧址创建了诂经精舍，招收附近识踱宏通的学生，以考据为基础，教授经义、史学和诗赋。又在原建筑的西边修建了第一楼，以供学生、教师闲聚休息。精舍内供奉许慎和郑玄的神位。精舍之建立本来是为了矫正书院之失，自明代以来，书院“专尚制艺，主讲师长，复以四书文，八韵诗为圭臬，……近时贤大夫之崇古学者，又思矫其失，而习非成是，积重难返，不得已别筑精舍，选高才生充其中，专肄经史辞赋，一洗旧习”（《南菁文集序》），这也是诂经精舍创立的初衷。阮元在精舍初建之时，即以《西湖诂经精舍记》为题课精舍生，并自己制作了一篇范文，明确表达了创设精舍之意及自己的学术追求："圣贤之道存于经，经非诂不明；汉人之诂，去圣贤尤近。"且题写诂经精舍楹联，上联"公羊传经，司马记史"，下联"白虎德论，雕龙文心"。实事求是、崇尚汉学之初心寓于其中。

诂经精舍自创立后，一直是这样的学术传统，俞樾私淑的高邮王氏父子中的王引之便是出于阮元门下。俞樾也多次说过，"学问之事，莫大乎通经，通经之道，义理尚矣，然义理不空存，必有所丽"（《重建诂经精舍记》），所以在《群经平议》序中提道："治经之道其要有三曰：正句读、审字义、通古文假借，……三者之中，通假借为尤要。"在他的学术巅峰之作《古书疑义举例》中，他多次提到释字正句读的根本目的便是为了疏通文义。这些与阮元的观点几乎一模一样。在写给沈吉斋的信中他说道："仆自幼不学，溺于词章，罢官以后，无所事事，既不敢高谈经济以干时，又不敢虚言心性以欺世，杜门息辙，惟日读书，不自揣量，妄有撰述。"由此可见反对虚言心性的大话空谈而注重朴学，是他基本的治学门径。但他也不是为训诂而训诂，而是为了通经义而去训诂，这一点在给王补帆的信中曾说到过。当时他的大女婿王康侯问他做学问是不是需要多读《说文》，他回答说读《说文》是必需的，但只是手段而非目的。"《说文》不过字书，读经固然贵识字，而读经要不徒在识字，若欲讲求典礼，则宜就孔、贾正义中择其成片段者，先逐段钞撮，……久久会通，自能贯串。"而要学习声音训诂之类的朴学，就需先读王氏父子的书，这样“门径既正，自能深入”。

有了这样的学术渊源，俞樾欣然辞去紫阳书院的教席而改就诂经精舍便不难理解了。这里俞樾还面临一个问题，紫阳书院的职位是李鸿章帮忙推荐的，现在要辞去而改就他职，也应该对他有个交代，俞樾当然不会像给朋友的信中一样坦言自己在紫阳书院做得很不开心，但又该怎么说呢？正好这时李鸿章移藩离开了江苏，而他的哥哥李瀚章又要到浙江做巡抚了，俞樾表达了对李鸿章将要离开的恋恋不舍之意：“一从大树远移，便觉孤根难托。”而“且喜令兄小荃中丞，移抚是邦，甘棠两树，原是同根，初不异躬庇宇下也”。所以自己正好到杭州去，如同依旧受到李鸿章的照应一样，且在杭州除了主讲诂经精舍之外，还兼管浙江书局，“笔墨生涯，比往年丰润”（任教紫阳时年俸四百两，而此时年俸是六百两），这样的解释也是可以令人接受的。

第五章　琴书跌宕西湖长

同治七年（1868）二月二日，俞樾在杭州诂经精舍正式开始上课。自阮元创办精舍到俞樾任教已经有六十多年了，诂经精舍在当时已是最好的学校之一。当时杭州城里的高等学府还有敷文书院、崇文书院、紫阳书院三所官办书院，书院诸生有考核制度，基本上是每年数次或每月一次，由主讲者根据成绩划分等级，成绩优异者可以进入诂经精舍进一步学习。如《咸丰壬子科浙江乡试同年齿录》第九十四名钱孔福名下注云："敷文书院月课超等，挑取诂经精舍肄业。"诂经精舍所讲授的内容与书院不同，书院多课时文，诂经精舍多讲经义，以崇尚汉学为宗旨，俞樾在《诂经精舍文五集序》中说："吾浙素称人文渊薮，而书院之设，亦视他省为多；其以场屋应举诗文课士者，则有敷文、崇文、紫阳三书院在，至诂经精舍则专课经义，即旁及辞赋，亦多收古体，不涉时趋。"精舍创办数十年来在这里主讲的人大部分都是鸿学硕儒，所讲授的内容基本都是沿袭昔日阮元所确定之经义内容。

俞樾当然也不例外，在《戊辰岁余自苏州紫阳书院移主杭州诂经精舍开课之日偶成二律》其二中，他谈到了自己的教学理念和教学内容：“六艺微言先诂训，百年著述盛乾嘉。……愿与诸生同敏勉，莫抛秋实事春华。”可见他的教学思路基本上和阮元当年的相同。俞樾一直主张要通经，必须先有音韵训诂等小学的基础，而史学是他一向主张的，希望学生能够仔细研读，既可以古鉴今，也可扩大知识面，拥有渊博的知识。

他一向关心现实中人才的培养，不喜欢志大才疏、空谈无垠之人，认为人才培养要以“经史实学为主”，主张“省会书院宜存贮十三经、廿四史及周秦诸子之书。诸生中有笃学嗜左者，许其赴院读书，师友讲习，以求实学，或亦造就人才之一助乎”。他一向主张无论书院还是精舍都要致力于经世致用人才的培养，教育学生更注重现实能力的提高。当好友王凯泰在任广东布政使时兴建学院，并在普通学课之外增设了专志经济有用之学的课程时，他赞誉有加，并说：“夫通经而不足致用，何贵通经。经义治事，固胡安定之成法也。使士子知上之所求，不徒在八股试帖，而孜孜讲求于其大者远者，洵为国储才之要务矣。”接着又提出谈论现实问题可以从史学入手，“以史事命题，凡政治得失之由，形势成败之迹，理财治兵之策，建官取士之规，或统筹全局，或试论一事，观其断制乎古者不谬，则其施于今者可知”。在诂经精舍任教职的三十一年间，俞樾便是以这样的理念与思路培养了一批又一批学有所成的人才。

在具体的教学方法上，俞樾并不局限于书本材料，而是注重理论与现实的结合，比如他看到杭州人在张宪塑像旁供岳飞之女银瓶的塑像，并说是张宪之妻，便出了一个题目“岳王小女银瓶考”，请精舍诸生就此查阅资料，考证银瓶的生平事迹，得出并非张宪妻的结论，而他自己也作了一篇《银瓶征》，在序言中谈到缘起：“银瓶者，岳忠武之女，相传忠武之死，女抱银瓶投井以殉者也。在宋时即见记载，当非子虚，而杭人辄以张宪为其夫，建张烈文侯祠即塑银瓶像以配之……又命诂经精舍诸生为岳王小女银瓶考，冀征实事以塞虚诬。因刺取诸生所考，粗加次第，以成此篇。”后来会刻“二十四史”之时，他又以“会刻全史章程”为题，请大家各抒己见。这样的教学方法很受学生欢迎，也提高了大家解决具体问题的能力。

在俞樾掌教诂经精舍之前，精舍就已经颇有名气，“肄业者既为两浙俊秀，主讲者又为一时鸿硕，上行下效，风习自端”。而从这里出来的学生：“逮其学成致用，登甲科，举成均，掇青紫如拾芥，牧民有善政者，复更仆难数。”数十年来每年的乡试中举者中都有精舍的毕业生，平均一年有百分之五六。在俞樾任教时期，中举的比例更高，其中光绪壬寅补行庚子辛丑恩正科及癸卯科，竟然增至全额的四分之一，为社会培养了大批人才。而清朝中叶以来的两浙学者，虽然不是全部出身诂经精舍，但卓有成就者，大半都出于此。有的仕途顺遂，惠及一方民众；有的推宏教泽，使教育普及化。如黄以周之于江阴南菁书院，王棻之主讲黄岩九峰书院，沈祖懋之于敷文书院，胡敬父子之于崇文书院，朱一新之于粤省广雅书院，都能够汲引后进，牖启后学，对文化的发展与普及作出贡献。另外，戴望、施补华、王诒寿、冯一梅、吴庆坻、袁昶、徐琪、章太炎、吴昌硕等都出自诂经精舍，这些人在晚清的政坛与文坛上发挥了重要的作用。

俞樾在担任杭州诂经精舍教席的同时也管理着浙江书局。浙江书局又称浙江官书局，是在清末地方政府出面主办印刷出版机构的风潮中成立的，当时比较有名的除浙江官书局外，还有金陵官书局、湖北官书局、湖南官书局、江西官书局、广雅书局、山西官书局、山东官书局和直隶官书局等，其中以浙江、广雅刻书最多，版本也最为精良，有的至今仍在社会上流通。浙江官书局成立于清同治三年（1864），是由浙江省布政使杨昌浚、按察使王凯泰呈请浙江巡抚马新贻批准，在杭州小营巷报恩寺设立的。在同治六年（1867）已经刻成《御批通鉴辑览》等书，在社会上印行销售。俞樾主持浙江官书局后，有感于大批典籍在战乱中化为灰烬，连一些普通的经书和史书也不易寻找，大大限制了文化的普及与传播，所以主张再刻印一些普及型的经书和史书。

同治七年（1868）冬天，他建议江、浙、扬、鄂四书局分刻“二十四史”，分工协作，在几年内便可完成。当地政要都觉得俞樾的提议很及时，也有现实可操作性，后来在实际刻印时又加上了苏州官书局。五大书局的分工如下：金陵官书局刻印《史记》《汉书》《后汉书》《三国志》《晋书》《宋书》《南齐书》《梁书》《陈书》《魏书》《北齐书》《周书》《南史》《北史》；淮南书局刻印《隋书》；浙江官书局刻印《新唐书》《旧唐书》《宋史》；湖北崇文书局刻印《旧五代史》《新五代史》；苏州官书局刻印辽、金、元三史。由于各地官员的重视，经费又有保证，可以请到名家校阅，所以这套书总体质量很高，但由于各局水平不同，质量也有参差，其中以浙局所刻最为精良。在当时众多的地方书局中，浙局所出的书无论是数量还是质量都属上乘，有的甚至超过了“殿本”。

浙江官书局先后刻书二百多种，是刻印书籍最多的书局之一。经部除上述《钦定七经》外，还刻有《四书集注》《四书约旨》等，史部刻《九通》《孔子编年》《续资治通鉴长编》等，子部除《二十二子》以外有《张氏医书七种》《玉海》等，集部刻有《沈氏三先生文集》《古文渊鉴》《唐宋文醇》等。浙江官书局刻书的另一特点是校勘精审。担任校勘的人如谭献、黄以周、张大昌、张颜、王治寿等，都是当时著名经史、辞章学家，所以所刊书籍极少错讹，如所刻《玉海》《九通》等书，质量已经超过了“殿本”。同时因为杭州有著名藏书家丁丙、丁申弟兄的八千卷楼善本书室，收藏富且精，这就给浙江官书局刻书选用底本提供了方便，如俞樾在主持浙局期间除了刻印“二十四史”中的史书外，还曾主持精刻子书二十二种，即《二十二子》，世称“善本”。《二十二子》以各家校勘及明世德堂本为依据，是子书丛刻中最完善的本子。俞樾是这件事的直接负责者，对文化的传播与保存作出了很大的贡献。

在教学之余，俞樾依旧不废研讨著述。这段时间与俞樾诗文往来较多的是戴望（字子高）。戴望的父亲戴仲贻是俞樾的启蒙老师，也是诂经精舍的高才生，戴望自幼秉承父训，后来又曾师法宋翔凤（字于庭）和陈奂（字硕甫），所以学术师承为两汉今文经，最注重门户家法。这一点与俞樾不同，俞樾学无常师，最不喜欢为了维护门户家法而有违实录之事。但俞樾觉得最为难得的是戴望不慕现实名利，甚至对功名科举也淡然处之。他个性倨傲，不轻易与人交接，一心研讨经义以维圣教、救时弊。俞樾欣赏戴望的人品气度，而且以经学传人称许他："小戴擅经术，身穷道自尊。"（《朱伯华孝廉戴子高茂才至吴下访余因留度岁忆咸丰十年与二子在德清度岁又六年矣各赠以诗》）

这年春天，戴望曾连续给俞樾写了三封信，但俞樾都没来得及回答，后来他回信解释说不是因为懒惰，实在是因为这些天一直在路途奔波。自正月二十一日至上海，二月十三日又回到苏州，直到今天才空了下来。又谈到四十日间只是于舟中读了《列子》。"管子在诸子中为最古，然实是杂家言。仆于诸子独喜《墨子》，其言切实有用，而文亦反复详明。汉人以孔、墨并称，想尼山外断推此老矣。《庄子》书仆不甚解，亦不甚喜，要其大旨，不过能外死生而已，其精义微言，尚不及《列子》，即以文论，《庄子》虽汪洋自恣，然不如列子之曲尽事理也。"由此可见其审美价值追求。后来戴望英年早逝，俞樾痛惜不已。而俞樾这段时间的阅读学习也是为了《诸子平议》的写作。

在杭州诂经精舍授课一学期后，俞樾在初夏时节又回到了苏州与家人团聚，以后的几十年中，他都是在春节过后即来杭州上课，初夏时返回苏州消夏，在初秋重阳节前后再返杭授课，又在当年元旦前回苏度岁，三十余年都是如此。精舍的讲学制度开始时是每个月上一次课，“问以十三经廿三史疑义，旁及小学天部、地理、算法、词章，各听搜讨书传条对，以观其识，不用扃试糊名之法。暇日聚徒，讲议服物典章，辩难同异，以附古人教学、藏修、游息之旨”。这样掌教者便根据试卷为生员划分等级，每个等级的学生所得到的膏火（书院给学生的津贴费用）也相差很多。刚开始时只有师课而无官课，道光十三年（1833），巡抚富呢扬阿实行会藩臬都转监司迭课之制，即巡抚、布政使、按察使、盐运使、督粮道、学政讲课制度，后来杭嘉湖道也来讲课。发展到同治年间，每月一课的惯例改为每月分朔（初一）望（十五）两课。一般朔课由职官主讲，而望课则由山长主持，每年开课的初一也由山长主试，比如同治七年二月开课之时由山长俞樾命题。每年课题一共十八次，六月和十二月、正月停课三个月，相当于现在的寒暑假期。而官员和山长每次出题都不拘一格，经史辞赋、考证文字都有。主试者每逢出题后都要自己作一篇范文，后来俞樾还把自己三十多年的课生范文汇集在一起刊刻了《诂经精舍自课文》。这种朔望之课的制度并不是很严格，如果山长有事可以并试，如同治九年（1870）二、三月和八、九月都是合课，所以俞樾后期每年在杭州的日子并不多，时间相对自由。

同治七年（1868）九月初六，俞樾偕夫人返回杭州。姚夫人虽然是临平人，距离杭州路途不远，但她除了从杭州匆匆路过一次外，从来没有在杭州城里尽情游赏过，总是听人说起杭州风景如何甲天下，西湖又是如何四季相宜、美不胜收，她真想一睹实景。俞樾当然也明白夫人的心思，但以前来杭都是访友办事，况且又无住处，实在有些不方便，现在有了落脚之处，的确可以偕妻同游了。

至杭州以后，两人同寓于诂经精舍第一楼。楼处孤山之阳，正对西湖，夫妻二人经常小楼倚栏，领略晴好雨奇的西湖百态。他们最喜欢的是月夜湖景。九月十五的夜晚，俞樾和夫人执手相依，在第一楼外的游廊之处眺望西湖夜景。皓月当空，随风起伏的水波中跳动着粼粼波光，月色与水中的波光交相辉映，间或又有两三点渔火明灭于其间，清绝之景真是令人终生难忘。面对如此美景，俞樾动情地对夫人说："真希望时空就此凝固呀。"夫人粲然一笑，说道："我们已经拥有过了，又何必在意什么永远呢。"俞樾把夫人的手用力握了一下，两人会心一笑。

九月底，俞樾偕夫人到灵隐寺拜佛烧香，祭拜完毕后走出寺门，又登上了对面的飞来峰。这里胜境天成，山洞幽邃，飞来峰上还有许多百年老树和历经千年风霜的佛教雕像，山中泉流潺潺，清逾丝竹。这个时候香客不多，周围环境更显清幽。下得飞来峰，两人便来到冷泉亭里稍做休息，坐在里面倾听泉声泠泠，感受秋风飒飒吹过，俞樾的疲惫一下子都消失了。

他开始在亭子里走来走去，看到石柱上的楹联，便高声地读了出来："泉自几时冷起？峰从何处飞来？"正坐着休息的夫人笑着说道："董其昌的对子问得有趣，你该怎么回答呢？"俞樾没想到夫人会有此问，捻须略一沉吟，胸有成竹地答道：“泉自有时冷起，峰从无处飞来。”词义巧妙，对仗也很工整。夫人连声称好。俞樾知道夫人的才情并不亚于自己，便笑着说道：“也请夫人回答一下吧。”“好呀，”夫人爽快地说道，“泉自冷时冷起，峰从飞处飞来。”俞樾听了不禁拊掌称妙。客观而言，俞樾的对联工整巧妙，洒脱超尘，但“有”与“无”毕竟还是落入第二义中，而夫人的“泉自冷时冷起，峰从飞处飞来”则直指心源第一义，天机烂漫，更加洒脱无碍。

过后，俞樾把这件事写信告诉了次女绣孙，没想到绣孙回信中也对此联做了回答，说：“泉自禹时冷起，峰从项处飞来。”俞樾初看之时还有些摸不着头脑，接着看女儿的注释，“禹，治水也；项，项羽也，此公力拔山后方可飞来”，方才明白女儿用的是项羽“力拔山兮气盖世”之典故。不禁感叹女儿聪慧伶俐，但俞樾总觉得这种对法似乎有些刁钻古怪，不够厚重平稳。

从冷泉亭出来之后，俞樾一行又来到飞来峰脚下的一线天。这是一个阴暗潮湿的山洞，但在一个特定的角度抬头望去便可以看到一线天光，所以称为一线天。据说并不是每个人都可以见到这一线天光的，见到的人在这一线天光中所看到的东西也不尽相同，情形如何与个人的修为造化有关。夫妻二人进洞之后，抬头望天，不一会儿姚夫人便大喊一声：“我看到了。”随后马上双手合十，念了一句“南无释迦牟尼佛”。原来姚夫人不仅见到了这一线天光，而且看到在光线中浮现的竟然是一尊佛的形象。同游诸人也纷纷说自己见到了一线天光，有的看到了佛像，有的看到了观音菩萨，也有的只看到光线而已。说来也奇怪，俞樾换了好几个角度，怎么也看不到这一线天光，只好自我感叹说可能是没有佛缘吧。姚夫人马上接口道：“也可能是你连日读书劳累，眼神不好，所以看不到吧。”俞樾知道夫人体贴自己，于是点头一笑，说道：“这倒也可能呀。”几个人兴尽而返。

这次游览之时，俞樾夫妻二人还在理公岩旁的洞穴边题写了“同治七年九月德清俞樾仁和姚文玉夫妇同游”，并托门生陈桂舟把这些字刻在石壁之上，以示两人游赏之乐。

十月十日，夫妻俩又在第一楼上斜倚栏杆，对坐清谈，欣赏半轮明月和一湖秋水相辉映的西湖夜景。俞樾忽然游兴大发，提议道：“夫人，我们乘舟去夜游西湖如何？”夫人点头一笑，说道：“好呀，我正有此意。”俞樾找来自己常雇用的船夫。扁舟一叶，一会儿工夫他们便已经徜徉于波光荡漾的湖上了。置身于西湖烟波之中，清风徐来，阵阵不知名的花香飘来，清凉的月光洒落在湖面上，有一种晶莹澄澈的感觉。四周静悄悄的，只有橹声轧轧，惊起已经休息的鸥鹭，它们扑棱着翅膀飞翔在月光之下，一种如梦如幻的氛围笼罩着一切。俞樾和夫人执手对坐于小舟之中，用心感受着周围的一切。后来俞樾写了一首词《瑶华·十月十日与内子乘小舟泛西湖看月》以记当时的情形和心情：

风清月白，如此良宵，算人生能几。扁舟一叶，云水外，摇过湖心亭子。橹声轧轧，把鸥鹭，联翩惊起。隔暮烟回望红窗，认得读书灯是。

天边何处琼楼，叹一落红尘，光景弹指。今宵明月，应笑我，换了鬓青眉翠。嫦娥休妒，让我辈，人间游戏。倚绮窗共玩冰轮，约略前生犹记。

以后的两三年间，每年俞樾在春秋佳日自苏来杭时都会约姚夫人同行，夫妻二人在杭州尽享湖山之美。

自此以后，俞樾的生活也安顿下来，于是优游林泉，在授课之余赋诗写读，著述日渐丰富。这年十月，《春在堂诗编》乙甲编（乙未道光十五年至甲辰道光二十四年）至壬戌编（壬戌同治元年至戊辰同治七年）共六编，初次刊行，浙江布政使杨昌浚（字石泉，湖南湘乡人）作序推崇备至：“太史之诗，寓新变于法度之中，发神悟于意象之表，天才隽迈，绝去畛畦。骤读之，清奇秀拔，若古干之疏峭，而洪波之激荡也。徐测所由，则与余所谓触境而发，称心而出，曲折奔赴，万象毕会者，乃无不合。是岂犹夫世之为诗者与？太史曩官京师，不嗜荣利，萧然有山水志。既归，徜徉湖山，一意著述。于名位起落，一不挂怀，此其胸次夷旷，过人绝远，固宜其诗超出埃壒。”《春在堂诗编》发行之后，因风格类似于白乐天的诗风，于是俞樾的诗名传遍江南。

这一年他的《古书疑义举例》七卷撰成，其编写体例比《群经平议》和《诸子平议》还要成熟科学（参看结语部分）。第二年春天又撰成了《湖楼笔谈》七卷，内容还是多以训诂音韵为本。同治九年（1870），好友王凯泰资助刊刻了《宾萌集》五卷，分论篇、说篇、释篇、议篇共五卷，以类相从，仿照《晏子春秋》的体例。同年，《诸子平议》在潘伟如、李眉生、吴平斋等人的资助下刊刻成书。此书是俞樾拟王氏《读书杂志》的体例而作，共有《管子》六卷、《晏子春秋》一卷、《老子》一卷、《墨子》三卷、《荀子》四卷、《列子》一卷、《诸子》三卷、《商子》一卷、《韩非子》一卷、《吕氏春秋》三卷、《董子春秋繁露》二卷、《贾子》二卷、《淮南内经》四卷、《扬子太玄经》一卷、《扬子法言》二卷，共计三十五卷，这些著作的刊行直接奠定了他在经学界的地位。

同治八年（1869）春天，俞樾在杭州结识了兵部侍郎彭玉麟。彭玉麟是著名的湘军水师将领，与曾国藩、左宗棠、李鸿章并称同治朝中兴四大名臣。俞樾对他的奇闻逸事早有耳闻，知道他少年艰辛，入石鼓书院读书，后弃文从戎。咸丰三年（1853）他协助曾国藩创办湘军水师，并以一介书生指挥水军屡建奇功，同治三年（1864）天京（南京）攻陷之时官至兵部左侍郎，获赏一等轻车都尉世职，加太子少保衔。而最令俞樾心折的是他豁达超脱、功成不恃的心胸与气度。当时有“彭玉麟拼命辞官，李鸿章拼命做官”之说。他曾数次辞官，咸丰十一年（1861），湘军攻陷安庆后，彭玉麟因功而授安徽巡抚。但他三次上疏力辞，说自己起自行伍，不懂刑名钱谷的为官之事，于是朝廷改授水师提督、兵部侍郎，后来天京攻陷后又授其为漕运总督，又一次坚决辞去，依旧统领水师。而他辞官并非矫情以邀时誉，而是出自他个人的人生原则，他在奏折中屡次表示：“臣之从戎，志灭贼也。”既然“贼”已灭，他就不肯贪恋财权官位而愿意悠游山野，以葆素心。同治七年（1868）设立长江水师，彭玉麟和曾国藩一起制定营制规则，督练水师，因操劳过度以致疾病顿生，朝廷恩准给假择地休养，于是同治八年（1869）春彭玉麟来到了风景秀丽的杭州城。

在浙江巡抚为彭玉麟所设的接风宴中，俞樾和他一见如故，听说彭玉麟还没有定下住所，就把诂经精舍第一楼暂借于他，两人诗酒唱和，来往频繁，大有相见恨晚之意。俞樾《己巳春至诂经精舍适彭雪琴侍郎借湖楼养疴一见如旧赋赠二律》记载两人订交的情形，有“一楼甘让元龙卧，数点梅花万古春”语。俞樾赠彭玉麟此诗，彭玉麟也赠俞樾一幅红梅图。

彭玉麟以秀才入行伍之中，以军功而致高位，但依旧恂恂儒雅，保持书生本色。他工于丹青，尤其擅长画梅花。他的梅花图线条质朴，笔墨苍浑，意随笔至，笔随气行，画成后只见老干虬枝，全树满花，观者只觉得淋漓墨气扑面而来。

一日，两人正在第一楼小饮清谈，正说到惨烈的安庆之役，彭玉麟忽然兴致大发，对俞樾说：“荫甫，你这院中有一株红梅，我便也画幅红梅赠你，以偿屋租吧。”“好呀，真是求之不得呀。”俞樾连忙亲自准备笔砚，一边说道：“谁不知道你的梅花是天下一绝，我正有意向你求画呢。”彭玉麟走笔凝神，只一会儿工夫，一株栩栩如生的红梅便跃然纸上，又在留白处题诗道：“一楼许借元龙住，画幅梅花当屋租。”俞樾注目凝神，欣赏着这幅梅花图，只见梅枝古拙而苍劲，只寥寥几笔，便傲然有一股雄气，尤其朱笔所点之花或含苞待放，或新蕊乍吐，光明暗影、虚实相间中遍寓勃勃生机，不禁跷起大拇指，称赞道："好，真不愧有'兵家梅花'之誉呀。"

彭玉麟以擅画梅花而著称一时，但他的梅花又和普通文人学士之梅花图注重体现山野逸气不同，而更着重于体现梅花的气节，人观之而能感觉到杀气，所以有"兵家梅花"之称。他曾自言："一生知己是梅花。"在《题采石矶太白楼》中曾提道："三生石山因缘在，结得梅花当蹇修。""蹇修"即媒人。彭玉麟之爱梅，其实与一梅姓少女有关。据说少女是他外婆的义女，两人青梅竹马，痴心互许，却因为礼教伦理而难以结合，少女郁郁而终，这件事也成为他心中永远的痛，所以借梅花以寄情。此外，便是托志了，"无补时艰深愧我，一腔心事托梅花"，那些"兵家梅花"里寄寓了他荡平天下之志。当然画梅也有遣兴抒怀之意，"颓然一醉狂无赖，乱写梅花十万枝"，诗酒风流，本是才子本色。彭玉麟虽然入伍多年，在战场上叱咤风云，但依旧不改文人本色。俞樾一直把这幅画挂在自己的居室之中。后来彭玉麟因痼疾难愈，便在春末之时由杭州直接回到了故乡。

这年四月初七，俞樾由杭州回到了苏州。因为在大仓前租赁的房屋据说是一所凶宅，常常有怪异之事发生，俞樾虽不很相信这些，但家人常住还是觉得有些不舒服，所以想换个地方，也曾想全家移居杭州，但城里城外看了几处房子，都觉得不是很满意。夫人喜欢的皋园，又因种种原因没有租成。这时正好听说苏州马医科巷潘文恭家有房屋出租，上年元旦姚夫人和俞樾一起去看过，房子虽不很多，但结构很合理，而且内室有五大间，更觉得轩敞可意，于是当时便租了下来，定下四月七日搬家。

搬完家后，姚夫人说起了一件久郁心中的事。原来姚母去世时正逢战乱，只能匆匆埋葬于当地的义冢中。夫人姚氏每次想起这件事都禁不住涕泪涟涟。现在诸事安顿下来，就想把母亲骨骸与父亲合葬在一起。于是，俞樾便在当月从临平取来姚母的骨骸和衣冠，到上虞长者山姚父墓旁另筑一小墓合葬，并立了石碑记载这件事。

此时正是春光明媚，俞樾游兴大发，又顺路来到了绍兴。前些年为避战乱，俞樾曾携家眷到过这里，但只在七星岩匆匆一游。这一次时间从容，他便到禹陵、会稽山、兰亭等地游赏多日。会稽大禹陵的旁边有禹寺，只有三间老屋，无可观览，但他在里面竟然看到了一块唐开成五年（840）的“往生碑”，碑文完好，字体朴茂。归来后又托人拓下碑文仔细读了读，发现的确是当时往生西方之碑文，文前题目有“结九品往生社”并序，称有一千二百五十人，但所注只有二百三十三人，而且碑中男女混淆，僧尼杂糅，读来令人发笑。俞樾曾有小诗记载此事：“坐惜蚩蚩民，作事等儿戏，以此求西方，往生庸可冀。”

从禹陵归后即攀登会稽山，会稽山的最高峰称为香炉峰，双峰左右对立，天然如门，香炉峰顶上的佛阁为观音殿，名南天竺。在这里凭栏俯眺，只见山木葱茏，小径曲折，山势极其险峻，更可看到鉴湖如明镜一般清亮可爱。

到兰亭时发现正在整修之中，俞樾已经知道去年彭玉麟来杭时曾到这里游赏，捐了三百两银子要将这里修整一下，而彭玉麟来这里的初衷本来是想找找他母亲的同族人。他的母亲是山阴王氏之女，但宗族衰微，没有找到。于是把准备赈济母亲宗族的钱捐出来重修兰亭，也有纪念母亲之意。俞樾想到自己这次山阴之行也是为了舅舅与舅母合葬之事，因缘巧合，正与彭玉麟相似，于是心生感慨，作《游兰亭有怀彭雪琴侍郎作歌寄之》寄赠彭玉麟，说道："英雄至性果然真，不负之江来问津。愧我羊昙憔悴甚，墓门展拜更伤神。"

尽情游赏后，俞樾又从绍兴回到杭州，课业结束后又在六月赶回苏州。这年六月初三正好是姚夫人五十岁寿辰，又刚刚乔迁了新居，所以俞樾想请人在家里唱个堂会，一家人热闹一下。没想到当天还有许多门生朋友送来贺礼祝寿，大家相聚，称觞祝寿，夫人也很高兴。

这时俞樾在杭州诂经精舍任教已经有两年了，诸事顺遂，生活也逐渐步入正轨，他终于可以去做自己早就想做的事，那便是到福建去探望已经年届八旬的老母亲，还有胞兄俞林。早在河南学政任上时他和夫人就曾多次商量想把母亲接来同住，晨昏侍奉，但很快自己被罢免，从此生活也陷入困顿之中，四处漂泊，居无定所，不要说接老母同住，就是去探望母亲也没有机会、没有能力。同治九年（1870）正月，俞樾到上海搭乘日本的飞星号轮船到福州。当时兄长俞林任福防同知，驻守在福州南台。俞樾路过福州之时拜见了福建巡抚英桂（香岩），两人以前便相识，咸丰年间俞樾任河南学政之时，英桂正好是河南巡抚。他乡逢故知，自然也非常开心，英桂在寓所摆酒筵为俞樾接风洗尘，席间闲聊时说起一件事。他说咸丰八年（1858）以河南巡抚入京觐见咸丰皇帝，皇帝在问完政务后又聊了几句，竟然提到了俞樾，他当然知道俞樾前一年因故罢免之事，表示极其可惜，并亲口称赞俞樾："人极聪明，写作俱佳。"虽然已经十几年过去了，但俞樾听说之后还是感激涕零，深为皇帝的知遇之恩而感动，后来俞樾还专门刻了一方"写作俱佳"印以纪念此事。由此也可知俞樾在京城为官之时，清雅博学为当时翰林学士之首的说法并非虚言。

到兄长的衙署之中见到了十六年未见的已经白发苍苍的老母亲，俞樾内心真是百感交集，还好母亲身体尚好，精神也很健旺。当天晚上，俞樾和兄长俞林联榻同眠，秉烛夜谈。正好外面又滴滴答答地下起雨来，兄弟二人不禁想起十八年前同寓北京棉花胡同时的那个雨夜。当时他们也曾相约一旦有足够的能力，兄弟二人将一起辞官，隐居乡间，转眼间十八年过去了，他们依旧在为生活而忙碌奔波，昔日的约定真不知何时才可实现。在《雨夜呈壬甫兄》中俞樾颇有感触地说道："联床记听春明雨，十八年来又此宵。"而兄长俞林的身体似乎也不大好，这让俞樾多了一层忧虑。

俞樾在兄长的衙署之中住了下来，有时陪母亲闲聊度日，有时又在兄长的陪同之下遍游福州附近的名胜古迹，其间还参拜了闽越王无诸的庙宇和鼓山禅寺等。在参谒闽越王无诸的庙宇之时，俞樾觉得其配享祭祀的四个人都属于籍籍无名之辈，远不如换成繇君等四人，但行色匆匆，且当地人已经习惯于祭祀这几个人，估计也很难改过来，俞樾只是和兄长说了一下。相聚的时光匆匆而逝，转眼间一个月过去了，诂经精舍开课在即，俞樾不得不搭乘轮船返杭。这里还有一个小插曲，俞樾来时所乘的日本飞星号轮船每二十天从上海至福州往返一趟，所以当俞樾住了二十天时，曾有使者来问是不是要搭乘回去，俞老太太和俞林坚持留俞樾再多住十天。俞樾想想住一个月也好，所以就没有坚持。让人始料不及的是，这条船开出福州府的当天就在海上遇到台风，触礁沉没了，俞樾和家人真是觉得庆幸异常。

自闽返杭后，俞樾游兴甚佳，况且又有几个志同道合的朋友，闲来无事时他们经常相约一起外出游玩。这两三年来，俞樾几乎走遍了西湖附近的风景名胜。这年初夏的一天，他和朋友到西湖北山路一带，由岳庙旁边的小路上宝石山去寻幽访胜，探访早有耳闻的香山、紫云与金鼓三洞。他们沿山路逶迤而行，香樟蔽日，山路清幽。香山洞很小，也没什么可看的。金鼓洞则到处是一派荒芜的气息，虽然有两个道士住在里面，但衣服肮脏，头发杂乱，丝毫没有出家人的仙风道骨，同行的沈兰舫当场吟道："青溪二千仞，中有二道士。"大家会意一笑，出得洞门。这本是郭璞《游仙诗》中的两句，原诗是"青溪千余仞，中有一道士"。青溪是郭璞笔下清静鲜洁的隐居胜地，而青溪道士的形象也是隐居修行者的典范，这里大家看到的恰是截然不同的道士形象，引用郭璞之诗也是反其意而用之，而改成“二千仞”和“二道士”也不是沈兰舫的创意。这里还有个诙谐有趣的小笑话。据说北齐高祖常读《文选》，称赞郭璞的《游仙诗》写得好。石动统（《北齐书》作“统”，而《北史》作“桶”）说：“这诗有什么好？若令小臣作，定胜他一倍。”高祖即令他作诗。动统说：“郭璞《游仙诗》云：‘青溪千余仞，中有一道士。’小臣作云：‘青溪二千仞，中有二道士。’岂不胜他一倍？”

走出金鼓洞时，大家对后面的紫云洞几乎不抱什么期望了，没想到却是紫云洞最有风致。洞分前后两部分，前洞宽敞，能容几十人同行，中间一段狭窄逼仄，只能容一个人俯首走过，而且两边还有嶙峋之石旁逸斜出，走出十来米，忽然豁然开朗，这便是后洞，与前洞差不多同样宽敞，而且并不是完全幽暗封闭的，在前方还可以看到一方蓝天，前面山石之旁有泉水流过，泠然有声。里面雅洁可喜，还凿有几尊佛像，陪同的僧人说三伏天气这里依旧清凉宜人，所以盛夏来游的人很多。

在南山路上也有几个山洞，称烟霞洞、水乐洞和石屋洞。俞樾游览这几个山洞时并不是特意去的，而是顺路而至。同治十二年（1873）谷雨，俞樾和沈兰舫、陈竹川作龙井虎跑之游，第一次游历了九溪十八涧。他们从云栖山理安寺再到虎跑，途经翁家山时，兴之所至，于是到“烟霞三洞”探幽。给俞樾印象最深的是水乐洞，他早就从书上知道明代高濂把“水乐洞雨后听泉”列入《四时幽赏录》之中，所以神往已久。进洞探幽的那一天刚好是春雨初霁时分，只见洞中怪石嶙峋，两股溪流交汇之处，水流很急，激石敲壁倾泻而出，叮叮咚咚的声音铿锵悦耳。坐在洞中的石凳之上，听着天籁般的水声，俞樾顿时觉得心神俱寂，俗虑顿消。

石屋洞有前后左右几个层次，前面很宽敞，后面一个洞穴，这个洞穴上宽下窄，所以洞口题署“沧海一螺”，俞樾觉得很形象，像其形也。在这个洞穴的两边都有石级分别通向石别院和石楼。而石楼前面又有一个洞穴，洞口很窄，通过后又是豁然开朗，有日光穿漏而入，约两间屋子大小，俞樾在这里还看到了刘玉坡制府所题写的“瓮云”，不禁感叹造化之神奇。

烟霞洞在水乐洞与石屋洞的西边，与水乐洞、石屋洞合称“烟霞三洞”。因为不是正好路过之处，有些路轿夫也难以行走，只好自己步行，但俞樾一向是“平生所苦力不足，不能登山巅”的，所以游烟霞洞之时还很费了一番登涉的工夫。这里四周奇峰壁立，岩石峥嵘，洞内钟乳林立，石景奇异。俞樾看到门口有一块“烟霞此地多”的石碑，不禁会心一笑。他翻过《钱塘县志》，知道烟霞洞名称的来历，因为有“洞中丹云作五彩之色”之说，所以称烟霞洞。现在看来也只是洞内石笋钟乳受阳光照射，五颜六色，犹如流光溢彩的烟霞罢了。俞樾看到前洞有佛像，但久已弃置，无人供养，后洞竟然供奉吕洞宾之像，道佛竟然同洞。初看之下，俞樾觉得有些好笑，但转念一想，又觉得很正常了，因为对于民众而言，灵验是最重要的，不管是佛是道，只要能保佑平安幸福便可以供奉。在道观中也可见观音菩萨像，在寺庙里也会有太上老君，民众的信仰本来便是兼容并包的。

这次游历给俞樾留下了深刻的印象，他是第一次去九溪十八涧，这里景色清幽奇绝，他认为是西湖湖山之最。行走在棋盘岭上，山径曲折，苍翠四合，几乎看不到道路，及至登到山巅，又眼界顿开，让他经历了不同的视觉和心理感受。在这里竟然能够看得到前面的钱塘江，连江里面的帆船都历历可见，而西湖又在东面，如同明镜一样晶莹澄澈。最使俞樾惊奇的是，站在这里望去，自己所住的精舍第一楼竟然也能看得清清楚楚，感觉近在咫尺。在《自天竺逾棋盘岭历九溪十八涧至理安途中得诗二章示从游者》中，他还说道："我登棋盘岭，四顾何廓然。其前钱塘江，望见风帆船。西湖在其东，有若明镜圆。视我所居楼，了了在目前。"

有一天，一个朋友潘少梅从旧货市场上偶然买到一方小印，印文是"西湖长"，篆文古雅有致，就把它转送给了俞樾，俞樾私心里也觉得很适合自己。"西湖长"的名头始于苏轼，苏轼曾出知杭州和颍州，而这两个地方都有西湖，所以他在《到颍谢执政启》中有："出典二邦，迭为西湖之长。"后晚年贬谪于惠州，这里竟然也有西湖，后来杨万里有诗道："东坡元是西湖长，不到罗浮便得休。"而俞樾连年来都是西湖诂经精舍的山长，所以称"西湖长"也未尝不可。

人生之事，莫非有缘，俞樾也曾听监院教官孟兰艇说起，说昔日薛慰农主讲西湖崇文书院之时，曾请人刻过"西湖长"

之印，但屡刻屡不满意，没办法只好作罢，没想到俞樾在这里才几年便得到了这方小印。这时薛慰农已经在金陵（南京）惜阴书院做山长，后来他来到杭州与俞樾相聚，闲聊之时说自己所居的惜阴书院，房屋精雅，门前湖光如镜，荷花一望无际，所以他便在自己的屋前挂一匾额曰“何必西湖”。乍听之下，俞樾不禁悚然一惊，他忽然悟到人生所至，莫非缘分，而人所能做的，也应该是随缘自适。俞樾是相信自己的湖山之缘的。后来他还作了一首《蓦山溪》词，开篇便是“琴书跌宕，老作西湖长”。

同治九年（1870）初夏时分，俞樾由杭州返回苏州，没想到莫名其妙地就生了一场大病，一直持续了两个月，才能拄着拐杖下地行走。病中无事，俞樾忽然想到少年时期曾经有人给他算命，说他每逢午年会有灾厄。当时不太相信，但现在他觉得似乎也有一定道理，咸丰八年（1858）是戊午年，正是自己携眷南归，再向前推是道光二十六年（1846）丙午年，这一年父亲去世，似乎真的如此。

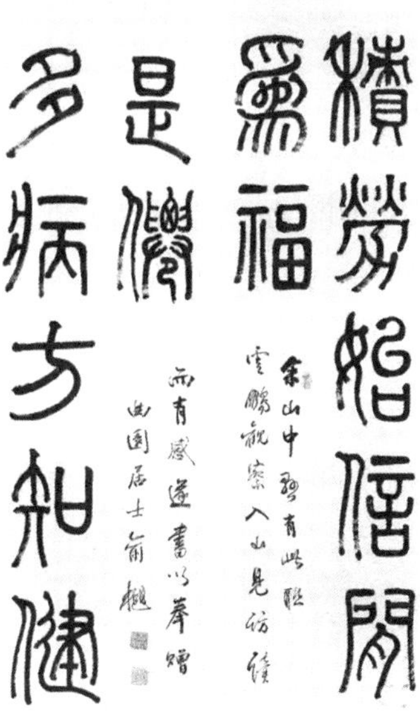

篆书七言龙门对

这时俞樾的书法已经小有名气，他的书体非隶非楷，雄浑朴拙。他自幼喜欢自由舒展的隶书，青年时期为了科举考试不得不写楷书，后来的官场文章也需要用楷体，所以虽不喜欢却也经常在写。中州罢官后他终于可以率性而为了，从咸丰年间寓居苏州起他便开始练习小篆，日常一般书信等也用隶书来写。但个别的正式书信，比如写给长辈或高官的，还是需要用中规中矩的楷体书写，比如寓居天津之时给昔日座师、当日相国祁寯藻写信便是用楷体，但因为长久不写楷书，所以颇具隶意。在信的末尾还解释道："自出承明，久不作楷，字体丑劣，统望鉴原。"[①]相国在回信时还特意说道："法书导源籀颉，古香溢于毫素。顷已装褫成轴，用光斋壁。"可见在这时他的书法已经受到了时人的肯定和推许，甚至连书信也会被装裱成轴。

再到以后，四处求书者日渐增多，俞樾曾说当年到北京城遣嫁二女儿时，还经常有人向他索要题字。自重回苏州之后，其书法作品风格日益成熟，求书者或请题斋字，或请书楹联，有请隶书，也有请梅花小篆，生病这段时间还经常接到这样的要求，但他实在无力应对，所以《病中偶成》有"千里求书络绎来，病中腕力苦衰颓"之语。俞樾在写作书法作品时的确也能够得到一定的乐趣，但现在这类应酬太多，而且家里夫人多病，自己也日渐衰老，感觉没有以前那样精力充沛了，然而人事牵挽，又不能充分休息，俞樾真的有些厌倦了。

---

① 故宫博物院藏俞樾"群经"手札。实未见原书，转引自华宁《俞樾"门下士""群经"札考释》，载《故宫博物院院刊》2004年第2期。

八月时，兄长俞林升授福宁府知府，入京觐见皇上。路过苏州时，在俞樾宅寓里逗留了一段时间，因为和姚夫人都是从小相熟的表兄妹，所以大家在一起谈天说地，欢聚一堂。姚夫人与兄长已经有十几年没有见过面了，昔日分别时都还是风华正茂的青年，而现在都已显垂垂老态。大家都不禁感叹时间的无情。兄弟二人自然又提到买山归隐之事，姚夫人也表示非常赞同，他们憧憬着有一天能过上隐居田园的闲适生活，却不知道这已经是不可能实现的梦想了。

这年秋天，俞樾刚到杭州不久便传来一个好消息，在今年（庚午）的科举考试中，诂经精舍毕业的学生竟然有十九个中举，三个优贡。优贡是由地方教官保举品学兼优的生员，呈送学政会同巡抚考试，非常难得。这不仅在诂经精舍是从来没有的情形，就算是在浙江省也是历年罕见，山长俞樾也因此声名鹊起。

十二月二日是俞樾五十岁的生日，这时他又已经回到了苏州。在此之前他已经和家人朋友约好，不接受任何寿礼，也不举行任何庆祝活动。他甚至不想和家人一起度过，只想一个人在这一天静静地想一想，想一想过去的时光，想一想自己的人生理想，想一想自己走过的路。时间过得真快呀，童年的生活还历历在目，记忆还能清晰地描述出童年生活的每一个细节，昔日应举中举为官京城的日子，却已经如过眼烟云，久付飘风。人生总是在你不经意时逆转，从前踪迹，宛若浮萍，天地之间亦如同旅舍，人生一世，匆匆而过，转眼间自己已是年过半百之人了。“五十而知天命”，自己是否做到了，或许吧，立言而传之后世，自己已经基本做到了，“词林刚满十科外，著述新成百卷余”（《五十初度偶成》其二），他对自己还是比较满意的。这时候他的著作已达百卷之多，而且《第一楼丛书》三十卷也已经完成，将在明年春天付刻。他的名声甚至已经流传到了海外：“海外流传两平议，人间游戏一宾萌。”（《五十初度偶成》其四）这年冬天有日本商贾把《群经平议》和《诸子平议》各印了三十部带到日本销售。俞樾的人生理想中也有通过著述以留名后世之意，如今不仅在中土流传，还波及邻邦，这让他非常开心。还有便是“颓唐无分到公卿，聊复安排身后名”（《五十初度偶成》其四），这时他的大儿子绍莱因为李鸿章的推荐已经升任大名府同知，俞樾的内心不能说没有一点对功名的渴望，但现在他觉得自己已经没有希望了，于是又把这个希望寄托到儿子的身上。五十岁生日这天，他一个人在书房中思前想后，他在想自己走过的路，也在反思过去和现在。当俞樾从书房走出时，他觉得内心澄澈了许多。

同治十一年（1872）新春刚过，俞樾又一次赴闽探母，这次他没有坐可以直接到达的海轮船，而是选择了更传统的车马舟船。因为俞樾对清幽秀丽的浙南山水一直心存好奇，打算借机好好游玩一下。这次他从钱塘江溯流而上，经由金华、处州、温州而入闽。穿行于浙江与福建的明山秀水之间，沿途又寻访了好几位故交门生，一起寻幽访胜，桃花岭、严子陵钓台、石门洞的刘基读书处等名胜古迹都留下了他们的足迹。俞樾尽情享受着山水之美、友朋之乐，留下了五十多首诗篇和一卷《闽行日记》。

途中他听说好友兼亲家翁王凯泰已经升任福建巡抚，驻节于福州，但因为行程安排较紧，他行至福州之时没有停留，而是直接到了兄长所在的福宁。这里相对偏僻，但官署轩敞，花木扶疏，政务极其清闲，兄长甚至经常自己手持锄头来种菜养花，日子过得悠闲自得，俞樾真有些羡慕兄长的吏隐之福了。但住了几天，他发现兄长的身体不是很好，俞樾的心中隐隐有些担忧。

母亲的精神和身体都康健如常，只是年高善忘，记忆力大不如以前了。这一次他住了二十余天，打算启程返杭时，母亲让人到外面去买了一支橄榄核烟筒。俞樾刚开始还不知道母亲买来做什么，临走时母亲却拿出来送给自己。俞樾笑着说："母亲您忘了儿子是不吸烟的吗？"母亲一下子愣住了，过了一会才说道："吸烟有什么不好，可以消闲，可以辟秽，你还是拿去吧。"俞樾很尊重母亲，从此开始抽烟，他总是开玩笑地对人说自己是奉母命而抽烟。

俞樾在福宁的日子过得充实而愉快，他与兄长相聚非常融洽。兄长喜欢喝酒，每餐饭都要喝一些酒，俞樾每次都陪兄长小饮。这次他还教给兄长的厨师一味神仙鸭的做法，这本来是他从杭州武林门的一家人那里学来的。厨子依法炮制，大家都夸味道真不错，这也成了他们在福州经常吃的一道菜。两人自然又谈到买山归隐之事，但又都感叹真不知道什么时候才可以

实现这样的理想。只好自我安慰说："买山归隐尚难图，杯酒清谈亦足娱，偷得仙家丹鼎法，斋厨日日学蒸壶。"（《福宁杂诗》）

俞樾居住在兄长的知府官署之中，除了与兄长、母亲闲谈度日外，有时也与当地的官员政要来往。这年的三月初三，兄长请了当地的一些高官政要一起在福宁望海楼相聚。望海楼在龙首山的山脚之下，这里地势不高，周围群山环抱，但东南有一缺口，从这里望去看到大海就像是在人的屋檐之下，所以称"望海楼"。凭栏远眺，可以看到福宁郡城，颇有登临胜境之感。第二天，大家依旧相约在望海楼，这天，俞樾听到了令人震惊的坏消息，恩师曾国藩已经在二月初四去世。俞樾刚刚听到这个消息时，不禁愕然失色，他不相信这是事实，怎么可能呢？他明明在几个月前——去年冬天还见过恩师。当时俞樾已经从杭州返回苏州。一天，他正在家中与夫人闲聊，忽然门房走进来说外面有一个军卒求见，俞樾内心正狐疑，军卒呈上一封信，说曾国藩相国已在十里之外，马上便到。俞樾展信观看，才知恩师曾国藩又一次因为大阅而来到苏州，信中还有一首诗，是恩师亲笔所写，是看了《群经平议》和《诸子平议》后有感而发，肯定自己的治学门径是直接承袭了戴震、段玉裁和高邮王氏父子之遗风，并推崇备至。很快，俞樾便在苏州的寓所拜谒了恩师，并请他题写了"春在堂"的匾额，当时恩师虽也说自己宿疾难除，但精神矍铄，面目红润，他们还相约要去重游南京玄武湖。没想到那次见面竟成诀别。想到这些俞樾真是悲痛欲绝，不禁失声痛哭。

俞樾的难过悲痛是真实的，在写给曾国藩的儿子曾劼刚的信中说：“忆去冬在吴门谒见，并承枉驾春在草堂，精神矍铄，谈笑从容，窃谓虽有微疴，犹未足虑。‘东坡之哭欧阳文忠曰：上为天下恸，而下以哭其私。’吾师丰功骏烈，旋乾转坤，岂仅六一先生之比。而樾不肖，辱师知遇之厚，视苏之于欧，其感激更当如何。”这些话的确不是作秀的虚伪之语，都是发自内心的肺腑之言。终其一生，俞樾对于曾国藩的知遇之恩一直心怀感激。这种知遇之恩并不仅仅体现在朝考中因为“花落春仍在”之诗而把他点为第一，更多的是曾国藩能够在精神上理解自己，理解自己的人生选择，理解自己的学术追求，理解自己的人生理想。人生于世，这样的知己的确不多。曾国藩一直位高权重，在俞樾最为困顿难熬之时，他宁愿去找并不是很熟悉的祁寯藻、李鸿章等人来帮忙，也从没有开口请求过曾国藩。因为他更为珍惜曾国藩对他的欣赏，他从不想用世俗间事来破坏这种精神上的契合。而现在，这样的一个知己已不在世间了，俞樾承受着锥心之痛。同时，他因不能去参加曾国藩的葬礼而倍感歉疚，在写给好友彭玉麟的信中他多次提道：“文正师之丧，不克躬与执拂役，于心歉然。”

十几年后，俞樾有一次在曲园之中还梦到曾国藩来到了曲园里，徘徊于曲水亭上，后来又摄衣登上了西北角的小土山，过了一会儿便从春在堂西偏小门走了。俞樾醒来后怅然若失，第二天有友人陈君蓉来访，并给俞樾带来了曾国藩手稿一册，前面有其绘像。俞樾心中不禁感叹冥冥之中的神奇，于是在书册之上题了一首小诗：“淋漓妙墨一编开，作对还如笑语陪。我读公书拜公像，昨宵公自梦中来。”感觉梦境似乎也并非全然无稽。

三月十三日，俞樾辞别母亲和兄长，按原路返回杭州，兄长俞林和当时的新旧两个霞浦县县令一直把俞樾送到福宁城外，兄弟二人依依握手话别。这时他们都没有意识到这竟然是他们的最后一次相聚、最后一次话别，再来时便已经阴阳两隔了。

这次俞樾返杭时还从兄长俞林那里带回了一部手稿，是祖父南庄公的《四书评本》。祖父一生功名未著，七十岁时虽中了举人，但因为主考官的劝说放弃了名额，最后仅得了副榜。当别人表示可惜时，他却豁达地说可以把功名福分留给子孙。俞樾一向认为自己和兄长俞林、兄子祖绥、孙子陛云的功名都是祖父遗荫，所以一直对祖父心怀敬仰之情。他早就知道祖父有这样的一部手稿在兄长这里，所以打算整理一下刊刻出版。在返杭的船上他已经开始校正阅读了。这部手稿祖父取名为《四书评本》，对“四书”中的文字逐章、逐节、逐句、逐字一一评论，使圣人的立言本旨得以彰显，俞樾认为这是一部难得的启蒙读物。但稿子中的字都是蝇头小楷，朱墨相间，很难认读。后来，俞樾把稿子重新理了一遍，又重新写定，恩锡（字竹樵）、杜筱舫和应宝时都答应资助刊刻。俞樾又请李鸿章题写了书名，正式刻印发行了，也算了了一桩心愿。

同治十二年（1873），当政者在上海成立了诂经精舍，舍址便在昔日俞樾曾修府志的南园。驻上海的松沪太道沈秉成（字仲复）久闻俞樾大名，所以就延聘他到这里客任教席，俞樾在杭州诂经精舍授课之暇也会到这里来上课，他还把园中原有的“湛华堂”改为“朴学斋”，以示黜华崇实之意。俞樾只在这里客任教席三年便辞职了，但南园“朴学斋”的名字一直保留。

同治十二年（1873）三月，彭玉麟又因巡视长江水师来到了杭州。三年前彭玉麟在杭州养病之时曾与俞樾订交，三年来他们虽没有见过面，但经常书信往来，诗文唱和。

三年前当彭玉麟初回故乡之时，因家里的老屋已经年久失修而倾颓，所以便在衡阳城里建了几间房子，自书匾额曰“退省庵”。这时他已经决计辞去一切职务，退而反思，布衣蔬食，终老乡里。但正如俞樾在订交赠诗中所说的“庙谟正重金汤寄，那许林泉独啸歌”，朝廷本来很器重他，所以在同治十一年（1872），他被任命为长江巡阅使。此乃“有事而非差，无官而有禄”的职位，拥有相当大的权力，对于水师官员与长江两岸的地方官都有处置的权力。设置这个职位是因为长江水师中“多有弊端，事常摊派，篙师舵工，或不能按桨操舟”。他在同治十一年巡阅中，疏陈整理事宜，劾罢营哨官一百八十余人，以后每年都要沿长江巡阅一次。

这次他到苏州去拜访俞樾，谈到以后每年都会在杭州住一段时间，可能需要一个固定的住所以为长久之计，不知哪里比较合适。俞樾听了拊掌而笑，说道：“去年秋天我和老友一起到小瀛洲游玩时，看到三潭印月相映成趣，又有三塔鼎峙，长桥曲折，而在东北之处还有一些空地，正好可以建精舍。”彭玉麟一听大喜，说道：“如此说来真是太好了，这样我们可以隔湖相望，时相往来了。”于是彭玉麟就在西湖小瀛洲上建了几间屋宇，不到半年就建成了，小巧精致，别有趣味。因为故乡居所名“退省庵”，所以这里也叫“退省庵”，这样彭玉麟每次在下游巡江之时都住在这里。

西湖退省庵正好与俞樾住的诂经精舍第一楼隔湖相望，两人时常舟船往来。从此之后两人交往日密，交情日深。或春花月夜，泛舟湖上，或晴湖丽日，抵掌高谈，来往唱和，酒筵频仍，对彼此的脾气性格甚至生活习惯都非常熟悉了。每次俞樾到退省庵要留下来与彭玉麟共同进餐之时，彭玉麟必定会细心地吩咐厨子另做一份米饭，因为他知道俞樾喜欢吃软一点的饭。而俞樾也知道彭玉麟平时多素食，留饭第一楼时也总不忘让厨房多准备一碗豆腐青菜之类的素食。

同治十二年（1873）春天是俞樾和彭玉麟在杭游历最为尽兴的一年。这时的浙江巡抚是杨昌浚，他和俞樾的关系一向不错，经常一起畅游湖山，诗酒唱和。三月时，他邀请彭玉麟和俞樾同游云栖山，旧传山上常有五色瑞云留栖于此，故名“云栖”。三人沿山路逶迤而行，当时正是初春时节，宿雨初霁，山中空气清新宜人，两边修篁夹道，明瑟有致，鸟鸣声啼音婉转。听陪同的僧人讲，以前这里竹子比现在还要茂密得多，走在山路之上前后望去不见天日，只是一片绿海，现在已被附近的樵夫砍去了很多。杨昌浚早已在山旁备好了酒筵，大家兴致都很高昂，彭玉麟更是意兴豪盛，左手持杯，右手执笔，即席赋诗："昨宵风雨又天晴，结伴寻春款款行。一幅梅花无恙在，我来恰好证前盟。"三年前游览此地时他曾经画过一幅梅花，现在还挂在寺庙之中。俞樾也随口和道："此来襟带有江湖（先走湖堤，后循江岸），自觉樽前诗胆粗。不及老彭豪更甚，右拈吟管左提壶。"三人拊掌大笑。

过了两三天正好风和日丽，春光明媚，俞樾兴致大发，于是乘小舟过访，邀请彭玉麟同游西湖。两人转乘镜舫，舟中小饮清谈，看春水丽日相互辉映，鸥鹭起落于无心处，以为人生之至乐无过于此。路过阮公墩时彭玉麟突发奇想，觉得在这里筑屋似乎也别有洞天，于是让舟子靠岸而上，没想到上面的泥土竟然很松，借艄公的竹篙轻轻一插，竟然一下子插进去许多，不禁笑着对俞樾说道："阮公墩真是软公墩呀。"俞樾环顾四周说："这里虽不适合建屋，但可在周边多种一些四时花木，再于四周近水处遍种荷花，开花时照耀中流，烂如云锦，当也是湖中奇景呀。""这个倒可以一试。"彭玉麟兴致勃勃地回答。

这段时间令他们记忆最为深刻的是西溪和九溪十八涧之游。那一日去西溪之时，除他们两人外还有黄恕皆侍郎同行，在古荡他们一行人便弃车乘船。到西溪后，船行于春日的芦苇丛中，虽没有冬日似雪之美景，但荒郊野趣，良友同行，也足以慰人心怀。他们在这里谈天说地，历数天下美景。因为彭玉麟率湘军水师转战长江上下，对于长江两岸之人文胜迹更是如数家珍。忽然他面色一正，说道："这些年随军而行，游赏多处，但还是在石钟山盘桓最久（当时收复湖口后，彭玉麟在山上建立了水师昭忠祠、浣香别墅、梅坞、飞捷楼等建筑，每次路过，必会登临），未至之时想得最多的便是东坡先生的《石钟山记》，而后来终于明白东坡虽然‘叹郦元之简，而笑李渤之陋’，但他自己也有疏漏之处。”俞樾和黄恕皆忙问何有此言。

彭玉麟不疾不徐地说道：“东坡先生认为石钟山是因声而得名，但天下水中之山很多，而且大都有罅隙，风水相击之时都有声音，为什么只有这里称石钟山呢？所以它的命名应该另有原因。”两人都催着彭玉麟赶快说，彭玉麟说：“我在湖口住得最久，后来发现每年冬天水位下降之时在山下就可以见到洞门，有一次我乘船而入时见到其中一个很大的山洞，透漏玲珑，钟乳石就像是天花散漫，垂垂欲落。路径蜿蜒如龙，峭壁上有很多枯蛤粘着，好像鳞甲一样。洞中宽敞，左右旁通，可容千余人。最奇特的是洞还有上层，光线很暗，秉烛而登，见其上平坦，有像扇子一样大的蝙蝠飞起。旁边又有一个小洞，只能匍匐而入，到里面又宽敞起来，可容纳两三个人的样子，石壁上竟然镌有‘丹房’二字，而且有很多小诗，如‘我来醉卧三千年，且喜人世无人识’，又‘小憩千年人不识，桃花春涨洞门关’，无年代姓名，不知何人所作也。读来真令人悠然神往呀。可见石钟山之得名是因为形，而非声。”俞樾不禁叹服道：“雪琴言之成理，可见东坡居士也只是过其门而未入其室呀。”

俞樾忽然说道：“我觉得杭州最值得一去的地方不是西湖，也不是西溪。”两人连忙问是哪里。“九溪十八涧。”俞樾胸有成竹地回答道。俞樾说的是实话，在杭州游玩了那么多地方，他的确最喜欢九溪十八涧。记得那年第一次到九溪十八涧之时，一下子便被那里的景色迷住了，溪水潺潺，山树清幽，自己还提笔写下记游诗：“九溪十八涧，山中最胜处。昔久闻其名，今始穷其趣。重重叠叠山，曲曲环环路。东东丁丁泉，高高下下树……”（《谷雨日陈竹川、沈兰舫两广文招作龙井、虎跑之游，遍历九溪十八涧及烟霞、水乐、石屋诸洞之胜，得诗五章》）字里行间，将美景妙处刻画得淋漓尽致。

“真的吗？”彭玉麟剑眉一挑说道，“那我们明天就去同游。”第二天他们又邀了杨石庵制府同行，先到了龙井，从龙井出发翻过杨梅岭而到达目的地。于是下轿步行，只听得山中溪流潺潺作琴筑之声，四周群山环抱，苍翠万状，山随路转，愈转愈深，眼前之景也愈加幽秀。彭玉麟赞不绝口，一时童心大发，忍不住高声大叫，惊得路边树上的山鸟扑棱着翅膀；路过清清浅溪时，他也会一脚踏进去，溅起滴滴水珠；看到前面有野兔跑过，便赶快丢个石块。俞樾取笑他道：“雪琴这种方式不像是游名山，简直同山贼一样，山神有知，见之应笑呀。”当天大家兴尽而返。

整个三月，俞樾只上过一次望课，其余的时候或静心于书斋，或悠游于林泉，尽情享受由自然美景与朋侪相聚带来的欢乐。他没有意识到，生活已经在不经意中显露了狰狞的面目。四月上旬，俞樾刚送走彭玉麟，想静心于书斋之时忽闻噩耗——兄长去世了。兄长的身体不好，这他知道，但没有想到这么快就去世了，自己所殷殷期盼的兄弟同聚，再联床夜话、卧听雨声的愿望是再也不可能实现了。再一想当自己放纵于山水之中、尽情享乐之时却也是兄长在异地他乡命赴黄泉之日，心中禁不住更有锥心之痛。他马上意识到自己还有一系列的现实事务要去处理，老母亲怎么办，嫂子已在前两年去世，兄长一家人的生活怎么办，灵柩是否要搬运回乡。忧心忡忡中，俞樾星夜兼程赶到了兄长的福建福宁府任所，正赶上哥哥的五七之日，于是做佛事志哀。三天之后就侍奉着老母亲先行返回苏州了。

风景依旧，心境不再，面对一千多里的漫漫归途，俞樾心中非常担忧，毕竟母亲已经八十八岁高龄了，哥哥的去世对她的打击很大。俞樾能够感觉得到，母亲的精神明显地颓唐了许多，身体似乎也变得很虚弱。才出了福宁城，母亲便在轿中呕吐，中午时分便不再吃饭，这使俞樾内心惶恐不安，他真担心母亲在路上有个三长两短，所以在路上每次经过高山大川或是路旁的小小庙祠，他都要进去祷告一番。他向各方神灵许愿，只要能让母亲平安到达苏州，自己宁愿减寿十年以代。没想到才过了一天，母亲就真的康复了，而且在路上一直都没有生过病，精神也日见好转。一路水陆舟舆，风餐露宿，沿途的朋友门生也尽心接待照顾，俞樾终于在一个月之后和母亲平安到达苏州。回想路途中事俞樾还觉得心有余悸，所以有“回首长途心转悸，二千里路九旬人”之语。

姚夫人虽然也因为兄长的去世而难过，但因此而能重新侍奉婆婆、晨昏问安又让她觉得很安心。婆婆也是她的姑妈，她们相处一向非常融洽，姚夫人也早有接婆婆同住的心愿，这下觉得自己终于可以在婆母面前略尽孝心了。她只是常常担心自己的身体不能长久地侍奉婆母，却丝毫不在意因为婆婆住在这里自己便不能与丈夫在杭州同住湖楼了。这年春天，俞樾的大儿子绍莱为父亲和母亲请到了二品封诰的命服，俞樾本来是不在意这些的，但他知道母亲若知道了一定很高兴，所以在六月初三姚夫人生日那天，夫妻二人都穿上了二品命服，跪拜母亲，希望能为母亲解忧释怀，不要总是沉浸在丧子之痛中。俞樾曾写了一首诗记下这件事，中间有两句："蓬瀛旧籍三朝远，云水闲身二品荣。"后来他把这首诗寄奉彭玉麟同赏，并请彭玉麟为他把这两句写成楹联。这年冬天，俞樾与兄长的儿子祖绥一起把兄嫂的灵柩运到了德清，安葬在父亲的墓旁，之后祖绥便暂住杭州，在诂经精舍读书。

同治十三年（1874）春天，福建巡抚王凯泰由闽返京述职，途经苏州时俞樾邀请他到家里来饮酒清谈。自同治七年（1868）王凯泰由浙江按察使升任广东布政使后两人一直没有再见过面。乍见之下，俞樾觉得王凯泰面貌又清癯了许多。这几年王凯泰的仕途越走越顺畅，前年又升任福建巡抚，两人已经有七八年没有见面了，但书信往来，诗文唱和，一直保持着密切的联系。俞樾的《宾萌集》便是王凯泰出资助刊的。当年王凯泰在广东创建应元书院，曾为制定书院的制度和俞樾书信往来讨论过多次，后来王凯泰在当时的常科之外又设了一门专志于经济有用之学的科目。俞樾大加赞赏，认为这样比纯粹的八股文教育有价值得多，可以培养学生观察问题、思考问题的实际能力，无论对做人还是为官都大有裨益。

而俞樾有什么不开心的事也总是对王凯泰倾诉，听听他的意见。比如同治九年（1870）时，当地学界颇有名望的人为俞樾的一个学生代作月考题目，俞樾并不知道这种情形，只是客观地觉得文章很一般，所以就置为下等，没想到他本人竟然亲自跑到书院来当面指责俞樾的鉴赏能力，而且提到中州罢官之事，扬言要将俞樾赶出诂经精舍。当时正是当政者考虑俞樾是否在诂经精舍连任的关键时刻，因为清朝乾隆年间就制定的书院规则有一条就是要慎选山长，“如果教术可观，人才兴起，各加奖励。六年之后，著有成效，奏请酌量议叙”（《清实录·高宗实录》）。当时俞樾已在这里执教几年，这件事令俞樾非常难堪，他很喜欢诂经精舍的学术氛围，还有西湖悠游的生活方式，难道会因为这一件事而被迫离开吗？他给王凯泰写信时多次提到了这件事，王凯泰建议他最好能够和李鸿章及当时正在做浙江巡抚的李鸿章兄长李瀚章说一下这件事，后来俞樾在写给李鸿章的信中果然说到“杭一伧父，自恃其老，无理取闹，肆口谩骂，殊觉咄咄逼人，意者鄙人湖山之缘尽乎”（《与李少荃相国》）。最后总算是大事化小，小事化了，李瀚章也邀请俞樾继续任教于诂经精舍。

从这段时间的书信中俞樾知道王凯泰做福建巡抚并不顺心，甚至都想到要辞官归隐，所以一见面俞樾就关切地问王凯泰现在情形如何。王凯泰长长地叹了一口气，摇了摇头，说：“还是原来的样子。”王凯泰所忧心的是台湾的吏治问题，另外还有抚藩开荒事宜。清朝晚期，吏治腐化糜烂，台湾尤其严重，朝廷也有心整治，王凯泰任福建巡抚后把这件事当作重要的事情来抓，他曾说过吏治不可不整肃，得其人则治，非其人则治功中辍。王凯泰在台湾孜孜经营，但因为触及了一些人的利益，不仅同僚难以相容，朝中也有非议之声。他觉得事情难做，不禁心灰意冷，而且自己也不大适应台湾的气候环境，所以想辞官归老乡里。俞樾劝他还是不要刻意求退，万事顺其自然为好。王凯泰也同意乞假两月在乡间养病，过一段时间再说。

席间两人敞开胸襟，坦诚相见，互相倾诉心曲，欢聚了一日。刚开始王凯泰就嘱咐俞樾不要请别人作陪，俞樾就让自己的小孙子，年方七岁的俞陛云来陪于末座。小陛云竟然也像模像样地在席间陪客，使两人欣喜异常。然而，他们都没有意识到这竟是他们的最后一次相聚。仅仅一年之后，王凯泰便在台湾积劳成疾，扶病回到福州，不到半月就病逝于寓所。俞樾得知后悲痛欲绝，写了长诗《哭王补帆同年》，历述两人的交往经历。后来还写了四首律诗寄寓哀悼之情，追忆几十年风雨与共的友情。其二云：

往迹真如水上沤，不堪回首凤城游。
词林散秩无公事，旅馆清谈有茗瓯。
小步横街同踏月，闲身枯寺共寻幽。
追思二十年前事，那得风前不泪流。

他俩为了前程虽天各一方，但“书问往来，无月无之”，还曾商议一起在王凯泰的家乡宝应买山同隐，去年欢聚一堂时还屡屡谈到这件事，没想到才过一年就已经阴阳两隔。更让俞樾觉得心痛不已的是前两月收到了王凯泰的一封信，他还问起曲园中的风景，俞樾回信说道：“曲园风景，日来柳荫藤蔓，青翠高低，亦小有景致，惟望阁下功成身退……为小园评量花木，妆点林泉也。”（《与王补帆同年》）邀请王凯泰再次返乡之时在曲园一游，没想到这个提议却变成了不可能实现的空想。

曲园是俞樾在同治十三年（1874）秋天买地建造的宅舍。俞樾虽已年过半百，但大半生来一直赁屋而居，从没有自己的房产，当时所赁居的寓所俞樾和夫人都很满意，但因为母亲来了以后，内宅就显得有些狭窄逼仄，所以想谋求新的住处，或赁或买或建。正好他所租住的马医科巷潘文恭旧宅本来有三处，一个东宅，即他们当时的住所；一个是老宅，潘家自住；还有一个是西宅，就在东宅的旁边，但房屋已经在战火中焚毁了，只留下一片废墟，潘家也有意出售。于是俞樾和夫人就商议把地买来自己建一所宅院。

这年秋天，他们终于把地买了下来，并动工营建“春在堂”，计划建造三十多间房子。春在堂修建了半年多的时间，其间，俞樾和夫人因为就住在旁边，所以经常走过来看看工程进度，设想一下建成后的景色。姚夫人最为开心兴奋，她还清楚地记得，昔日刚刚成家之时，丈夫在武林做私塾先生，每年只有四万钱的薪水，远远不够养家糊口，只好借住在自己的娘家。虽然如此，夫妻二人还是互相鼓励，姚氏曾对丈夫说过：“吾终当与君创造一好家居耳。”她对未来和对丈夫的确是有信心的，后来一波未平一波又起，他们似乎一直在为生计奔波，而创建家业的理想似乎也越来越遥远了。如今这个梦想马上就要变成现实了，她心中能不高兴吗？

第二年四月，春在堂终于完工，俞樾一家人在四月十九日乔迁新居，终于结束了五十多年赁屋而居的生活。俞樾在宅第的左侧大门上悬挂着李鸿章题写的“德清俞太史著书之庐”的直匾，魄力沉厚，结体谨严，似乎有垂绅正笏的气象；正门不是很大，能容一辆马车通过的样子，进门是一个大厅“乐知堂”，很宽敞；转西有“春在堂”，上面额刻有曾国藩所写的“春在堂”三个字，是俞樾用来待客之地。

转过春在堂的屏门，后面还有一小片空地，地形狭长，自南到北长有十三丈，但只有三丈宽，又自西至东宽有六丈，但长只有三丈，俞樾和夫人计划在这里叠石穿池，杂莳花木，建一个小园子。因为园子的形状如同一把弯曲的尺子，所以便命名为“曲园”，也取“曲而全”之意。春在堂之后紧连着一个小轩，面南朝北，题为“认春轩”，名字取自白居易的“认得春风先到处，西园南面水东头”。认春轩的北面用石头垒筑了一座小山，山中有洞，洞西行而折南则有阶梯上山，山上可以饮酒赏月。山中最高处建了回峰阁，这是曲园的最高点，可以俯瞰全园风景。从回峰阁下来后有一带竹篱，掩映于花木之中的便是俞樾的一个小书房达斋了。小山的对面隔曲池是一带回廊，起自春在堂后门的西南角，逶迤而行直到达斋而止。这条回廊的中间正与回峰阁相对，还临水建了一个亭子，名“曲水亭”。由达斋而东行，修廊相连的便是俞樾的另一个小书房艮宧了。而艮宧中又有一小门可通向内斋。小园面积不大，但布局精巧，园林中何处叠石成山，何处凿地为池，何处建亭，何处可以造屋，夫妻二人惨淡经营，亲预其事，又花费了半年才完工。其间又点缀四时花草树木，一时间园中花木扶疏、生机盎然。俞樾和夫人闲来无事时便会到曲园散步赏玩，夫人最喜欢曲园中的几株牡丹花，精心培育下有一次竟然开了数百朵。

曲园东北角的艮宧相对比较幽僻，俞樾无事时就带《周易》来这里一读，有所得就记下来，后来成了一卷《艮宧易说》，基本上还是训诂之学。而达斋也是俞樾常来之所，他经常在里面萧然独坐，潜思经义，随手而记，所以在《曲园杂纂》中有《达斋诗说》《达斋春秋论》等，都以达斋题篇。曲园中有一个小池子，称“曲池”，曲池旁边有曲水亭，适合赏月乘凉。俞樾常常在月明之夜，令儿媳妇准备几样简单的酒菜，同夫人有时还有二女儿绣孙、孙女阿顺等一起到曲园中的达斋或曲水亭相聚小饮，清风明月，襟怀顿开，常常觉得人生至乐无过于此了。

俞樾还在曲园中建造了一个小浮梅槛。小浮梅槛的来历在清人厉鹗所作的《湖船录》中有记载，所记为黄贞父制造浮梅槛的故实。黄贞父是明朝万历年间的进士，后来官至礼部侍郎，官至布政参议之时谢病辞官，隐居于南屏山一带，受在黄山看到的山涧间飞速行驶的竹筏的启发，也和朋友一起建造了一个竹筏，下面是一排大竹子，上面铺一层木板，木板与竹子之间有半尺左右的空隙，在前后设四根柱子，三面围以青幕，顶上编篷屋，置竹榻一两副，徜徉于西湖烟水云霞之中，为当时西湖一大胜景。因为《地理志》中记载："有梅湖者，昔人以梅为筏，沉于此湖，有时浮出。至春则开花，流满湖面。"所以黄贞父的朋友周本音就把它题为"浮梅槛"。俞樾读到这段记载之时真是悠然神往，但因为种种原因，他没有机会在西湖上仿制这样一个浮梅槛，现在曲园中有一个小小的曲池，正好可以试试了。俞樾就按书上所写的形制按比例缩小，只是在两边围以青幕，而后面则以玻璃窗固定，又编篷为顶，其中又放了两副坐榻，还有一副棋和茶铛之类的，宽为四尺，长仅五尺，只能容两个人在竹榻上促膝而坐，如同一只简单的小船一样。

夏天无事时俞樾常和夫人闲坐于其上聊天。常常是夫人问而俞樾答，内容涉及广泛，大部分与当时的通俗文学有关，比如对杂剧、小说人物原型和故事情节演变的探讨，还谈到当时的著名小说《西游记》《红楼梦》《封神演义》《三国演义》的作者及流传状况，所说内容也包含道、佛等各个方面。俞樾知识广博，不仅为经学大师，通俗文学、佛道典籍也都有所涉猎。在《曲园杂纂》中收录有一卷《小浮梅闲话》便是这些聊天的记录。

此年七月十二日，俞樾的老母亲正好九十大寿，俞樾在曲园里大宴宾客，江苏自巡抚以下的官员来了很多，吴中名士门生朋友等许多人都到俞府来拜寿。俞樾白发苍苍的老母亲端坐北堂，接受大家的庆贺。俞樾在《曲园自述诗》中有言：“白发慈亲坐北堂，朝来冠盖满门墙。”

更使老太太高兴的是光绪二年丙子岁（1876）两个孙子都有了出息，俞樾的大儿子绍莱提补北运河同知，这是在李鸿章的大力推荐下而补的实缺，俞樾为此还专门写信给李鸿章表示感谢。而兄长的儿子祖绥在这年秋天的乡试中高中举人。这也是俞樾的老母亲晚年最感欣慰之事。俞樾母亲一生最大的希望便是儿孙们科举有成，仕途宽广，两个儿子都是她的骄傲，但现在大儿子已经英年早逝，二儿子又早离官场，她又在孙辈身上看到了新的希望。

定居曲园后，俞樾生活安定，诸事顺遂。此前不久他接到了四川吴棠（字仲宣）制府、张之洞（字香涛）学使、薛焕（字觐唐）侍郎远从成都写来的邀请信，诚挚地请他到成都主讲尊经书院。俞樾以母亲年高、不宜远行为由婉辞了。但他心里也感到很奇怪，自己与这几个人平时并无交往，为何会有此邀请呢？过了一段时间，他又收到了四川张子绂孝廉和廖季平进士写来的书信，说在蜀地十个读书人里有九个都在看《春在堂全书》。俞樾这才恍然大悟，看到自己的著作能够流传如此广泛，他觉得很欣慰。

第二年，俞樾又刊刻出版了《曲园杂纂》五十卷。这是俞樾近年来的读书笔记，内容涉及面广，有经有史有子有集，有考据的小文章，也有杂记，其中还是以《周易》方面的内容最多。他在自序中说到了是书的写作缘起："吾园既小，不足以宴宾客，陈声伎，则仍于其间仰屋梁而著书，温故知新。闲有所得，裒而录之，得五十卷。……名曰曲园杂纂。"其中第一卷为《艮宧易说》，后面还有《达斋诗说》《达斋书说》等。大部分是训诂方面的内容，考释文字，查证脱文、衍文或讹误，除此之外还有一些立论性质的小文章，往往能不同常说，另立新论，出人意表，但又言之成理，颇具说服力。比如卷四《达斋春秋论》中谈到"郑伯克段于鄢"，成论主为"罪郑伯也"，但他认为不是这样的，并且旁征博引地说明"王者欲治天下，先治其国，欲治其国，先治其家"。兄弟之间的争端虽属于家事，但桓叔封于曲沃最终亡晋，汉初分封同姓子侄而引起以吴王濞为首的七国之乱，唐李世民功高封地太奢，亦有玄武门事变，杀太子以自立，所以起自同姓兄弟之间的争端常常会引起亡国之祸，只有齐家才可以平天下。从这一角度，他认为郑伯所作所为是无可非议的。而卷六《达斋丛说》中的《汉唐改笞法说》则体现了朴素的人文精神。另外还有一些考证本事的小文章，如杞梁妻的故事、太一神的故事等。由此可见俞樾学术视野广泛，学识渊博，他在晚年的自我评价中认为《曲园杂纂》和几年后出版的《俞楼杂纂》都是自己后期代表之作。

光绪二年（1876）夏天，冯焌光（字竹儒）观察在上海设立了求志书院，规模很大。他早就听说过俞樾的大名，而且他的祖父和俞樾的父亲是举人同年，两人关系很好，也算是世交了，所以他力邀俞樾到这里做山长主持其事。俞樾还是喜欢杭州诂经精舍的环境和学术氛围，不愿离开，坚决推辞，后来终于答应到这里来兼课，任经学和辞章两门课程的讲授。这一年年终考试之时有两件事给俞樾留下了深刻的印象，一是当时经学课取为第一名的朱逢甲，比俞樾还大一岁；二是辞章课第五名的是王保爽，年仅十三岁。这令俞樾又想起在河南做学政时同时录取的举人中竟有祖孙二人的。俞樾心中不禁感慨万千，在当时的社会氛围之下，大家其实都在批判八股文，认为学习写作八股文而陷入其中不能自拔者足以窒息人的性灵，但读书人除了学习八股文，以此做敲门砖而进入仕途之外似乎也看不到别的道路，所以年龄不论少长都对此孜孜以求。想到这里，俞樾不禁有些庆幸，庆幸自己能从这条路中脱身而出。如果不是意外地中州罢免，可能又是另外一番生活情形吧。在当时或许是无奈之下的选择，现在感觉却是最适合自己，也是最有价值的人生之路了。在这一时期所作的自挽联中，俞樾表达了对当时生存状态的满意之情：

生无补乎时，死无关乎数。辛辛苦苦，著二百五十余卷书，流布四方，是亦足矣；

仰不愧于天，俯不怍于人。浩浩荡荡，数半生三十多年事，放怀一笑，吾其归欤！[①]

---

① 俞樾.春在堂楹联录存(卷四)[M]//王云五.近代中国史料丛刊.台湾:文海出版社,1969:33.

此时俞樾还是湖州菱湖书院的山长，这是同治九年（1870）杨昌浚中丞所推荐担任的，至此已经将近七年了，而俞樾竟然一次也没有去过那里，更不要说去上课主事了。光绪三年（1877）春天，当俞樾又一次由苏州去杭州时，在中途绕路，到菱湖书院游赏了一次，感觉庭院空旷，小有泉石，花木扶疏有致，别有一番趣味。

从湖州到杭州，俞樾听到了一个不好的消息，浙江巡抚杨昌浚（字石泉）竟然因事被罢官归乡。俞樾心中非常难过，因为杨昌浚为政清廉，惠及一方民众，“删除苛细人人喜，感召祥和岁岁丰”（《送杨石泉中丞罢官归湘乡》），当地人已经为他建立了生祠供奉，而对俞樾来讲是又少了一个志同道合的好朋友。这十年来，两人志趣相投，经常在一起清谈小饮，诗文唱和，几乎同行游遍了西湖山水。俞樾专门写了诗（《送杨石泉中丞罢官归湘乡》）来为他送别。

鲰生何幸接余光，十载周旋总不忘。
东野诗寒烦作序，西湖春暖屡飞觞。
即看归棹浮湘水，会有恩纶下建章。
公是凤鸾我鸥鹭，异时还望共翱翔。

而现在杭州一别，不知何时再能重聚，心中的怅然若失之意难以排解。

刚在春天送走多年的老友杨昌浚，俞樾没想到在冬天又和文友恩锡分别。恩锡多年来在苏州做官，和俞樾诗酒唱和之作几乎月月都有，这几年积累下来已经有了三卷之多。这次他进京述职，临行前两人还同咏白海棠诗，互相唱和，没想到他竟然在赴京途中一病不起，就此去世。俞樾听到这个消息时心中很难过，他只好自我排解，告诉自己人生如逆旅，人活于世也仅是这个世间的匆匆过客而已。面对友人的意外去世，俞樾还可以以一种相对平静的心态来对待，他还没有意识到接下来几年自己所要面对的是身边至亲的相继凋零。

这个冬天俞樾的心绪很不好，一方面是因为友人的去世，另一方面是母亲的身体。自秋天起，母亲的身体就不大好，虽没有什么具体的病，但人懒懒的，没有精神，饭吃得也越来越少，原来还可以扶杖在房间和曲园中走一走，入冬后几乎就没有出过房门了，缠绵于床榻的时间也越来越长。虽然俞樾和姚夫人尽心服侍，老人还是慢慢地憔悴下去。俞樾清醒地意识到母亲毕竟是九十多岁的人，老去也是不可避免的现实，但心中总是不愿意接受这个现实。慈亲在堂使他很安心，他还请恩锡为他题写了袁枚昔日的一副对联“已烦海内呼前辈，尚有慈亲唤小名”，并把它一直挂在春在堂的前面。

死亡最后还是不可避免地来了，光绪四年（1878）春，姚太夫人去世，享年九十三岁。秋天，俞樾扶柩回到了德清，在金鹅山下将母亲与父亲同穴合葬。自从把父亲安葬于此后的十余年间，俞樾每年都会来这里扫墓并祭拜先灵，前两年兄嫂之墓也是安在这里的。当时俞樾就发现墓园的西南角有一处空地，刚开始时他种下了一株香樟，没想到第二年便死掉了，以后每次来时都会种上一棵树，但无论怎样养护总会死掉。不料，前年清明节俞樾来这里扫墓之时，发现在这个位置长出来一棵檀树，俞樾命守墓的人不要砍掉，让它顺其自然地生长，后来果然长得郁郁苍苍，俞樾不禁感叹造化的神奇。

第六章　寡鳏孤独一家俱

时光飞逝，日月如梭，转眼间俞樾在杭州诂经精舍为山长已经整整十年了。这十年来，他每年春秋两次从苏州乘船来到这里，住上一段时间，多则一两个月，少则一二十天。他也逐渐习惯了这样来回奔波的生活，每次船上时光都以读书写字以度，倒也不觉得长途寂寞。每月一次的课生题目，他自己也总是会拟写一篇作为范文，十年也积累了不少。这两年在曲园小住时也会稍微整理一下，打算积累到三五卷时就刊刻印行。而诂经精舍自初创者阮元开始便有印行《诂经精舍文集》的传统，就是把精舍诸生每月一次或两次的课业收集整理，选其中优秀的篇章由山长保留下来，积累到一定数量再行出版发行。在俞樾来精舍主事之前已经出版了《诂经精舍文集》两集，第一集是在阮元的主持下出版的，共有十四卷，第二集由昔日掌教罗文俊手订，称为《诂经精舍文集续集》，共有八卷。但历史上诂经精舍共有八集课艺集行于世，后面的六集全是在俞樾的主持下刊印的。俞樾刚刚主事之时，因为经费充裕，所以每年都会汇刻一次；后来经费日绌，生徒日众，只好“阅数岁而一刻”。比如，光绪八年（1882）时刊刻已卯以来四年的课艺为第五集，光绪十一年（1885）刊刻第六集，至第七集付梓之时中间已经隔了十年之久，俞樾在序文中感慨有半数文章已经散佚，若不刊刻肯定会散佚殆尽。至光绪二十三年（1897）秋天第八集刻成，已经是汇印课艺的尾声了。这是后话。

光绪三年（1877）秋天，俞樾像往常一样在八月下旬到了诂经精舍，只住了十多天，也没有什么闲杂事项，所以计划在九月上旬返回苏州。在这十多天里，每天有许多门生弟子前来拜会，或清谈论道或请教问题，诂经精舍第一楼人来人往，川流不息。临行前一日，俞樾如往常一样备下几样小菜，请经常来往的几个同事、门生沈兰舫、孙渔笙、徐琪（字花农）、邬楳仙、王廷鼎（字梦薇）在第一楼里小聚。这一日大家兴致高昂，诗酒唱和，一直到日落西山还舍不得离开。这时孙渔笙忽然提议道：“今日聚会真是难得的尽兴，可惜老师明天就要回归吴下，要重聚也只有明年了。梦薇绘功精妙传神，能不能把我们今日雅集的情景再现于图中，便可日日观赏，神游于其中了。”大家听了，都觉得这个提议很不错，王廷鼎也高兴地答应了。

第二天一大早，俞樾便启棹归苏了。返回苏州没几天，便收到王廷鼎的信与画，画题为《俞楼秋集图》。因为俞樾在这主事已经十年，常年居住在第一楼中，所以大家也习惯称第一楼为“俞楼”。画面疏落有致，人物栩栩如生，看着画面俞樾似乎还能回忆起那天的每一个细节。书信中说到，《俞楼秋集图》已经画了两幅，一幅寄上，还有一幅就悬挂于第一楼中。信中王廷鼎还说了一件事，善于书法的同学汪子乔已经写好了篆书“俞楼”两个大字，正打算作为匾额悬于第一楼正门之处。俞樾马上写了一封信阻止他们，他说道：“仆偶承诂经之乏为第一楼暂作主人，雁爪雪泥，偶然寄迹，……数年后，楼犹是也，楼中人不知张王李赵矣。”但是题写于图倒也无不可，而且说到妙绘妙咏，翰墨流传，如果百年之后有人“补做小楼以存旧迹”，那么再挂俞楼的匾额也不迟。俞樾始料不及的是自己的一句无心之语竟然成为兴建俞楼的诱因。

接到这封信后，大家免不得传阅一番，都觉得老师的说法很有道理。这时，徐琪忽然提议道：“先生年年来杭却没有属于自己的居所，我们不如为先生谋建真正的俞楼吧，到时我们也会多一个雅集之所。”这个提议得到大家的热烈赞同，大家公推徐琪主持其事，于是他们一方面写信给吴下的俞樾告知他们的想法，另一方面也开始在西湖附近寻找合适的地方。刚开始时他们想建在三潭印月上，与退省庵为邻，但考虑到小岛之上舟船往来毕竟多有不便，最后还是决定建在孤山脚下的六一泉西面。地方政府大力支持，允许占地建楼。经过徐琪和王廷鼎的四方奔走，协调沟通，终于可以在第二年四月筹款动工了。先计划建主楼一座，余下的亭台楼阁、四时花木等到以后慢慢添置。这时，俞樾因为母亲姚太夫人正好病重，难以自苏赴杭，所以全部事务都由徐琪和王廷鼎负责，徐琪尤其兢兢业业，尽心尽力，几乎是当成自己的事一样来做，随时向俞樾汇报工程的进展情况。

工程刚开始时还有一个小小的波折。当时由于所筹资金不足，徐琪等人就从钱庄先借了一笔钱。此时西北诸省发生严重旱灾，颗粒无收，百姓流离失所，苏杭一带的书院精舍都在商议捐助生员膏火以救灾，俞樾听到这些消息后很不安，觉得在时局如此动荡艰难之时为自己之舒适而大兴土木，实在有些不应该，便写信给徐琪建议缓建俞楼。徐琪回信时坚决不同意，并且说当地官府已经出过公告，现在大家都知道这里要建俞楼了，“篙工菱女，争望落成，得鼓舲呼渡于其下”。正是在徐琪等人的坚持之下，俞楼建造才得以顺利进行。这年秋天，当俞樾正在家中服母丧之时，彭玉麟侍郎又一次巡阅长江水师，来退省庵中暂居。他路过苏州时也曾到曲园拜会俞樾，当时姚太夫人去世不久，而俞樾的夫人姚氏身体也很不好。俞樾说起同门诸生为自己在西湖建造俞楼的事情，彭玉麟就建议姚夫人春天后便可以到西湖去养病。

彭玉麟到杭州后，俞楼已接近完工，只有两间大小。彭玉麟觉得太过狭小不适宜内眷居住，于是在主楼之西边又加筑了一间。而主楼之后有一个小小的庭院，有石阶通到孤山之上，徐琪等人本来还打算在这里开凿一个小小的水池，但雇来的工人看了以后说不可能，因为这里已是山麓，地上全部是坚硬的大石头，根本没办法开凿。彭玉麟听说后就派军中的精壮士兵来试试，结果花三天的时间，折断了三把鹰嘴锄才凿出了一个深六尺、长宽各两丈的瓢形小池塘，后来便命名为“瓢池”，引来六一泉的泉水和西湖水注入其中，清澈见底。王廷鼎还专门写了一篇《瓢池记》来记当时情形。

这年十二月初五，俞楼主体终于完工。这一天，徐琪等人和诂经精舍的许多同学一起相聚在俞楼，庆贺俞楼建成。这时大家都觉得楼的前面小院子中虽然杂有四时花木，也有藤萝绿蔓，但还是太过空旷了一些，能有一个假山就好了。徐琪便和彭玉麟商议是不是再叠石而成一假山，彭玉麟笑而不答。第三天，当徐琪又到俞楼时，竟然发现前院空旷之地已经叠石成峰，巉然森立，彭玉麟短衣草笠，站在一旁指挥军卒运石工作。原来从前天开始彭玉麟便亲自带领军卒在孤山前后寻找合意的石头，找到后便运来，现在已经接近完工了。看到徐琪惊诧莫名的样子，彭玉麟哈哈一笑，风趣地说道："此峰乃天外飞来也。"徐琪也被逗得哈哈大笑。

俞楼的后期布置点缀在彭玉麟和徐琪的共同努力下完成。彭玉麟为同治中兴名臣，而当时俞樾已经是名满天下的大儒，名臣为名儒经营策划，他们的友情在当时被传为佳话。而俞楼最终选址在这里其实和徐琪的一个梦有关。选址之初，徐琪曾经做了一个梦，梦中乘船到了一个地方，这个地方石壁峭立，下面有一个庙，上有石刻匾额曰"福禄寺"，右边的一扇门是关着的，左边的门开着，上面写着"碧霞西舍"。从门中进去乍见一尊古佛，而古佛并没有外面的金装，后来忽然有清泉从石壁下面流出来，流到没有开启的那扇门。从门缝中望进去，只见里面楼台曲折，书城如堵，旁边有一只通体纯白的仙鹤遗世独立，仙鹤的脖子上挂着一个小金牌，徐琪甚至还能清楚地记得上面的字：“不遇其人，不开此门。”他心里正在思虑这是什么地方时，悚然惊醒。后来踏勘俞楼地址之时正好到了六一泉边，看到这里的古佛不着金装，还有泉水石壁的情形，和梦中的几乎一模一样，不禁叹为惊奇，后又恍然大悟：自己所见之书当是老师胸中之储，而仙鹤便是自己了（徐琪小名鹤根），自己或许前生便是一只仙鹤，职责便是为曲园先生守护万卷书的。徐琪自述的故事为俞楼蒙上了一层神秘的色彩。后来在俞楼通往山上的石径转弯处有一块石头类似于鹤形，于是俞樾还题写了“鹤守岩”三个大字以志其事。

这时的俞楼已经初具规模，门首正门上有彭玉麟颜体所书的“俞楼”两个大字，下面有梅筱岩所题写的“小曲园”。虽说是小曲园，规模却比苏州曲园要大得多。正门两边是俞樾自题的一副对联，上联是“合名臣名士为我筑楼不待五百年后此楼成矣，”下联是“傍山南山北沿堤选胜恰在六一泉侧其胜何如”。这里的“不待五百年后此楼成矣”指当初俞樾曾写信劝阻徐琪等人，说如果有人有兴趣纪念这一切的话，可能会在五百年后在这里筑一小楼，没想到在当世便实现了。

俞楼依山面湖，闲筑垣墙，又以修廊短篱和四时花木点缀其中。以楼为主，轩窗洞开之时可以看到四面之景，南边有一个小轩，模仿湖艇的形状，北面有曲径可通山上，逶迤而上到一平台处建有西爽亭，是俞樾的大女婿王康侯等人资助修建的。从西爽亭沿着石径下来有一个月洞门，走出来便是六一泉了。

再从这个小门向南便是瓢池，后更名为“曲池”，而池的西边又有斗室，室是南北向的，从北门出来沿石径也可登山，从南门出来可以沿游廊而到达湖边，迂回精巧，风景独殊。俞楼建造之经过在杭州城广为流传，成为一时雅事，当年杭州城里元宵灯会的灯谜中便有一谜，谜面是“俞楼经始”，打“四书”中的两个人名，许多人都能猜出是“徐辟”“彭更”。

俞楼兴建集众人之力，除前面提到的徐琪、王廷鼎和彭玉麟外，还有孙瑛、冯一梅、沈燦是、许祐身、汪行恭、张大昌等同门诸生。后来又陆续增建了伴坡亭、灵松阁、小蓬莱等亭台楼阁，这些主要是三年之后由吴叔和增益而成，俞樾曾开玩笑地说，如果再要以“俞楼经始”为灯谜的话，便要猜三个人的名字，除前两个外，还要加上“吴充”，吴充也是《宋史》中有记载的人物。

俞楼中还有多处题榜之景，鹤守岩之上有小蓬莱、曝书台，曝书台是在鹤守岩之上垒石为平台，再上是文石亭。下了曝书台后出一小门沿墙北行，会看到北面的石壁刻有四个大字：“斯文在兹”，也已有二百多年的历史了。而“曲园书藏”便在文石亭旁，一天，汪柳门、徐花农、吴叔和三人在文石亭上闲坐，见石壁之上除了几个大字外空余的地方还很多，就计划在左边开凿一个石室，把俞樾的全部著作都放进去，有“藏于名山，传之后世”之意。而在文石亭之西面，俞樾发现了一个大水池，南北有七八丈，东西有三丈，这里是孤山西面的最高点，能有这么大的一个水池是很奇特的事，且历代《西湖志》之类的书中都没有记载，所以俞樾便命名为“文泉”。

俞楼刚建成时，徐琪便撰写了一篇长文《俞楼记》，详细记载了俞楼的创建过程。后来俞樾把这篇文章写下来挂在了俞楼的墙壁之上。吴叔和等人扩建后，俞樾写有《俞楼诗纪》一组诗，凡是俞楼中有题榜之处都依次形之于诗咏，成为一时盛事。俞楼建成后，同年友人送诗与对联以示庆贺者很多，俞樾觉得好友冯听涛的“诸子群经评议两，吴门浙水寓庐三”最为贴切。

光绪五年（1879）春天，俞楼正式落成，花木泉石也布置停当。此时姚夫人的气喘病又发作了，但不是很严重，俞樾便偕夫人来杭，住在新建成的俞楼里养病。姚夫人多年不来杭州，她早就听丈夫说起杭州湖山最胜之景在九溪十八涧，所以初来时还兴致勃勃打算到理安寺和九溪十八涧一游，并命人把要坐的篮舆都准备好了。但毕竟病体难支，他们已不能像上次一样尽情游玩了。好在两人可以时时相守，或俞楼小坐，看尽湖光山色；或六桥泛舟，在春日的西湖中徜徉。姚夫人觉得神清气爽，精神和身体似乎都比在苏州时好了许多。

久住湖楼，俞樾常常希望能够有一条属于自己的船，这样兴之所至时便可纵其所如，暮景晨曦中也可随时领略西湖美景。徐琪最能领会老师的一片心思，在俞楼完工之后，又为俞樾建造了一条小船。船前是月洞门，门边雕以梅花，两边有短小的栏杆，用幕布围起来，后面是玻璃窗。小船不大，只能容五六人，俞樾手书船名曰：小浮梅俞。这次与夫人同游西湖，乘坐的便是这艘小浮梅俞。

这时候彭玉麟还在西湖退省庵中。两年前，有一次彭玉麟路过苏州，到俞樾寓所拜访，俞樾便把自己年仅十岁的小孙子俞陛云叫出来陪客。小陛云风采初显，落落大方，很受彭玉麟的喜欢，马上就把自己的玉佩解下来送给陛云，表达了结为亲家之意。俞樾初时还有一些犹豫，毕竟彭玉麟为当朝重臣，官宦出身，后来同年勒少仲劝他不必多虑，也不必自谦，彭玉麟为中兴名臣，而他又是天下大儒，名臣与大儒正是门当户对也。于是俞樾便托勒少仲为媒向彭家求亲，为孙儿陛云聘彭氏的长孙女彭见贞为孙媳妇，彭玉麟欣然应允。但时序匆匆，俗务缠身，一直没有行纳采之礼[①]，这次姚夫人拿出金玉凤头钗作为聘礼，彭玉麟也高兴地接受了。

俞樾与夫人是二月二十五日到的杭州，到三月二十四日这一个月间，姚夫人的精神兴致都胜于以前，只是三月二十四日后便有些失眠，胃口也不大好了，但日常起居还可以保持正常。闰三月十五日两人乘船回到苏州曲园，到曲园的第二天姚夫人就病倒了，从此卧床不起。俞樾内心虽然也很着急，但想到夫人每年都要发作一次，每次都能好起来，所以刚开始时也并不怎么在意。但姚夫人清醒地意识到自己已经走到了生命的尽头，对她来讲，已没有太多的遗憾，从十二年前那场大病之后，她

① 古代婚礼有六个步骤，分别是纳采、问名、纳吉、纳征、请期、亲迎，纳采是正式议婚的第一步。

对于世间之事已经看淡了许多，而且晚年持斋念佛，手抄《金刚经》等佛经更让她心灵澄澈，看破尘世生死。当然，她对人世也并非毫无牵挂，她最放心不下的还是丈夫。相守大半生，她了解他，也知道自己在他心目中的地位，她不敢设想，没有了自己，丈夫会怎样生活下去。她想起来自己与丈夫评点古今《悼亡诗》，常说最喜欢赵翼的两句："死在夫前原是福，相逢地下料非迟。"因为这两句情真意切，毫不造作，没想到竟变成了谶语，每每思之，不禁有锥心之痛。

俞樾也渐渐地感觉到夫人这次发病与平时不太一样，以前每年发病时她都不会想到要把远在天津附近做官的大儿子绍莱叫回来，但这次却一定坚持要俞樾写信把大儿子叫来。俞樾在半夜时分会走进夫人的房间，看看她睡得好不好，有时看她竟然强支病体，拥衾而坐，见到俞樾时满心喜欢，依依不舍的牵挂变成万千叮嘱："吾不起矣，君亦暮年，善自保重。"又常言家事，一一备详，俞樾心中不祥的预感越来越浓。他本来满头青丝，这些日子里也愁白了许多。他想尽办法延妻性命，医药已归无用，便开始寄希望于能给人精神安慰的佛教。他想起《冥祥记》中所记载的若有人能持诵《高世观音经》[①]一千遍就可免除灾厄，于是自己也每天写上一遍，希望能够借助佛力为夫人延命。最终，所有的努力都归于无用，姚夫人开始陷入昏迷之中，偶尔清醒时也会和家人说说话。有一天她忽然从昏迷

① 6世纪时出现的一部有关观音菩萨的伪造经书。

中醒来，看到俞樾正坐在床边，于是轻轻地对他说："荫甫，我有个请求，希望我死后能够守望着西湖山水。"俞樾含泪答应，随后姚夫人又重新陷入昏迷之中。

这时，俞家儿女都已经齐聚曲园，他们轮流侍奉在姚夫人床前。俞樾见到这一场景不禁悲从中来，连送行的人都全到了，是不是真的到了离去的日子。那一天，俞樾见夫人安然睡下，便也来到外面的房间里休息一下，忽然听到夫人喊自己的名字："荫甫……"俞樾一惊，急忙奔到床前。夫人在床上忽然圆睁双眼，两手伸出抓住了俞樾的双手，好像有一些恐惧，也有一些仓皇，俞樾还没来得及说话，夫人的手忽然放开了，一缕幽魂，就此离去。

俞樾颓然地昏倒在椅子上，这样的结果虽在预料之中，但真的降临还是让他难以承受。他不知道该如何接受这样的现实，夫人走了，从此阴阳两隔，永无相见之期，生活中再没有这样一个时刻牵挂自己、关心自己的人了，以后的漫漫人生路都将形单影只地走过，春花秋月、良辰美景，再也无人同赏，生活中的喜怒哀乐，再也无人来共享同担，这样的人生还有什么意思。儿女们撕心裂肺的哭声渐渐远去了，俞樾的脑子一片空白。

自从这次在床前昏倒之后，儿女们很注意父亲的情绪变化，葬礼中的一应事务都由大儿子绍莱操持。俞樾终日栖栖惶惶，在内室中徘徊，他真切地体会到了古人悼亡诗中的种种情愫，"遗音犹在耳，芳踪已难觅"。他又想起和夫人同读赵翼的悼亡诗，现在前句已成事实，是不是“相逢地下料非迟”呢？他想到夫人的一生，从少年时期嫁给自己，便时时刻刻为家事操劳，对自己对生活总是抱着感恩的心态，思潮起伏中俞樾忍痛提笔为夫人写下了一副挽联，上联为“四十年赤手持家君死料难如往日”，下联为“六旬人白头永诀我生谅亦不多时”，淋漓尽致地表达了自己的一腔哀思。

很快到了夫人大殓的日子——四月二十四日，俞樾不禁又一次悲从中来，他还清楚地记得仅仅是两个月前的今天，自己陪夫人到孤山寺拜佛烧香，后来又乘船到诂经精舍小坐，昔日之情景还历历在目，同游之人竟已阴阳两隔。俞樾在棺木前站住，又一次凝视着夫人的容颜，他忽然发现夫人的面相似乎发生了变化：去世之时因为已经缠绵于床榻一个多月，而且不思饮食，所以两颊深陷、嘴角下垂，憔悴不堪的样子令人不忍卒睹。但这时竟然变得丰盈而润泽起来了，而且唇角上翘，面含微笑，似乎比生前无病之时还要美。俞樾忽然忆起，夫人在十二年前的那场几乎丧命的大病过后，虽然身体一直不大好，但这十二年中所经历的都是人生中可喜可贺之事，或许她真的已经摆脱了人世间的负累而得往生吉祥福地了吧。想到这些，俞樾的内心也有一些释然。

大殓过后，俞樾就想着完成夫人的遗愿。在此之前，他一直认为自己百年之后理所当然地会回归德清祖坟，但现在不一样了，他要完成夫人的遗愿，他不会让夫人一个人孤零零地在一个陌生的地方，他要永远与她相守，或许在那个世界才有永恒。于是他写信给门生徐琪，请他帮忙在杭州物色一块好些的墓地，最好是向阳面湖的不太偏僻之所。后来徐琪果然在右台山麓买得一片墓地，俞樾即刻便命人开始筑坟修建，打算在金秋十月亲自送夫人至彼处下葬。

转眼间夫人已经去世一个多月了，俞樾都不知自己是怎么过来的。其间，老友彭玉麟也曾写信招俞樾同作湖上之游，也有帮他排解之意，但俞樾推辞没去。记忆涌上心头，春天里，自己还和夫人一起“同舟泛水，联步看花”，现在竟已阴阳两隔，何来游玩的兴致，只能徒增凄怆而已。但他明白老友的良苦用心，一再劝彭玉麟珍爱生命，善自珍重。别人看到的可能是彭玉麟声势显赫的地位与权势，俞樾却能够理解他内心的孤寂与凄苦，还有为国事操劳而日益衰颓的身体，所以劝他以身体为本。信中的一句话可以代表俞樾一生的心态：“自问能达观而不能忘情，能达观，虽早岁罢官，终身无复介怀之日；不能忘情，故晚年丧偶，终身无忘怀之时矣。”

可在家中更是处处皆生思念之情，处处有夫人的印迹，处处有夫人的影子，恍惚间，她的声音似乎又响在耳边，她的身影似乎还会掀帘而入，转念之后才意识到已阴阳两隔、人鬼殊途了，这样时时的锥心之痛真是令人窒息、令人难以承受呀。俞樾想逃离，于是整天在书房中独坐，希望在学术研究中忘怀现实的情愫，五十卷的《俞楼杂纂》很大一部分篇章都作于此时。

但只要一空下来，俞樾的脑海中就马上显现出夫人的影子，回忆起他和夫人在一起的分分秒秒：他想到两人青梅竹马、两小无猜的幸福时光；想起刚刚结婚之时的艰难家计；想到在京城为官时短暂的安定生活；想到中州罢官时夫人的豁达与超脱；想起辗转避难的艰辛岁月；想到定居苏州这十几年来的和谐快乐……于是，俞樾写了《百哀篇》，用一百首诗讲述夫人艰难辛苦、助其成家及两人琴瑟和谐的情景。

慢慢地，俞樾的心境变得平和起来，甚至对死亡所造成的分离也能看得开了。在他的心目中，夫人并未离去，虽然她不在生活中照顾他，但依旧活在他的心中，在精神上与他同在。有一天晚上，他做了一个梦，梦到他和夫人同处一室之中，外面风声猎猎，而他们所在的房间里却温暖如春，这个居室的门楣之上还有俞樾自己所题写的篆书小额：温爱世界。俞樾半夜惊醒，耳边似乎还有夫人的温言软语，他的神思在瞬间模糊起来，这是什么地方，是不是墓穴中的场景？如果是，死亡又有什么可怕的呢，或许夫人只是先行一步，自己终归会去彼处团聚。思虑及此，俞樾内心常有的思念与焦虑之情一下子减轻了很多，他提笔给夫人写了一封信，如日常闲话，娓娓道来，告诉她有关墓地的事，也告诉她有关葬期和葬仪的时间及程序，告诉她自己做的梦：

> ……日前曾梦与夫人同在一处，外面风声猎猎，而居处甚暖，有吾篆书小额，曰："温爱世界"，斯何地也？岂即预示我墓隧中风景乎？苏寓大小平安，勿念。西南隅隙

地，已造屋三间，屋外竹篱茅舍，亦楚楚有致，俟落成后，夫人可来，与吾梦中同往观之。

（《与亡室姚夫人》）

还告诉夫人家中一切平安，又在西南边上的空地里建造房屋三间，屋外竹篱茅舍，建成之后希望夫人再来入梦，同往游观。痴情一片，感人肺腑。

光绪五年（1879）十月，俞樾把夫人葬在了右台山下，并在夫人坟穴的左边自营生圹，打算日后也葬于此处。这里距理安寺很近，想来夫人魂魄有知也可以常去一游。如果月夜之下立于坟头展望的话，还可以看到诂经精舍的第一楼，夫人应该也不会觉得孤独。虽说这里不是自己的祖坟所在，但距家乡不到百里，而且坟墓为东北向，正好面对乡山。刚刚下葬的几天里，俞樾几乎天天都到夫人的坟头盘桓，第三天他忽然看到一只很大的蝴蝶翩翩而来，黑质而黄章，在坟头盘桓了很久。过了两天又来了，俞樾初时觉得奇怪，虽然现在仍旧是十月天气，但已下大雪，早晨起来时严霜满地，似乎不应该再见到蝴蝶了，或许是夫人的一点精魂寄寓其中，再来看看自己吧。

这个秋天俞樾第一次在俞楼度过，他宴请了那些为建俞楼而四处奔波的门生弟子，依旧与新朋旧友时时相聚，依旧忙于世俗的应酬，为人撰写墓志铭、墓碑、传记或题写楹联等，但他似乎已不像从前一样投注心意与热情，他心中总有一处触摸不得的隐隐的痛，在不经意间浮现。无事时他还是喜欢到夫人的坟头，在这里他觉得很安心，也正是在这样一次次的盘桓中他作出了一个决定，在夫人墓地旁筑室而居。于是，他便又买了一点地建房，他称这里为“右台仙馆”，卧室题名“茶香室”，这个名称本来是夫人题写的自己在曲园的卧室之名。这年春天俞樾在整理旧物时偶尔翻出了一个“茶香室”小印，上面芝泥尚新，但主人却已亡故，不禁感慨万端，所以就把这个名字用在了这里。

俞樾以前对怪力乱神之类的传说并不相信，也不关注，但夫人去世之后他开始认真地思考生死问题，对现实生死，他似乎也能超脱无碍，在《嘉平十日自杭回苏为风雪所阻两日行十二里偶赋二绝句》一诗中，他写道：“舟行原与在家同，同在乾坤逆旅中。我似浮云无一定，不知何者打头风。”有佛教偈语的超然。他以前也曾在笔记小说中读到，或听乡间老人说起过一些类似于因果报应、鬼魂显灵之类的小故事，当时也就姑妄听之，付诸一笑，但现在他忽然对这一类故事变得很感兴趣，“正似东坡老无事，听人说鬼便欣然”（《庚辰春戏柬诸同人》）。或许在他的潜意识之中，倒有些希望这些故事是真实的，他希望姚夫人还在另一个空间真实地生活着，而且有时还可以与自己交流。

光绪六年（1880）春天，他写信给自己的同年朋友门生弟子，请他们写下自己所听说过的奇怪之事：“伏愿儒林丈人、高斋学士，各举怪怪奇奇之事，为我原原本本而书，寄来春在草堂，助作秋灯丛话。约以十事为率，如其多则更佳……”（《庚辰春戏柬诸同人》诗序）俞樾把这些事件稍加整理，夏天时便刊印了，这便是后来的《右台仙馆笔记》。

这年清明前后，俞樾回到德清老家去扫墓，不禁又回忆起一年前的这一天，他和夫人同到西湖俞楼，夫人的喜悦真是无以言表，可一年之后，芳踪何在？想到这里，不禁凄然泪下："去年此日至杭州，山色湖光绿满楼。"（《二月二十五日清明家祭回忆去年此日情事凄然有作》）因为夫人去世后俞樾情绪一直不好，所以这次赴杭时带着孙女庆曾与俞樾同行，一方面照顾自己的饮食起居，另一方面也可以暂遣悲怀。在船上，庆曾兴致高昂，俞樾却了无意趣，感觉世事如梦，连路途中的山景水色也懒得再看，想想自己十几年间在苏杭之间已来往五十多个来回，情绪低迷，"旧事迷离如梦境，故人消息隔泉台"（《三月三日登舟如杭州二儿妇携孙女庆曾从焉书示庆曾》）。

这年春天到杭州后俞樾又遵从夫人遗愿，把一头猪和一只鸡放生到了云栖山中，他虽早有断荤之意，但因人劝说没有长吃素食，事实上他的心中还是对天下万物常常抱有一种平等仁爱之心。

早年时有一次亲家翁王凯泰打算归耕田园，耕织自给，曾问未来的儿媳妇是否擅长此道，俞樾说不会，亦不愿为。他提出自己的理论："然蚕之作茧，本以自藏，必糜烂之于鼎镬，而缫取其丝，无乃不仁之甚。"（《与王补帆亲家》）这里固然有万物平等、尊重生命的思想，但也有对因果报应的惧怕之意：

吾湖蚕事，甲于海内，而兵兴以来，受害最酷，菱湖荻港等处，向称蚕桑渊薮，而村落化为丘墟，人民转于沟壑，几乎靡有孑遗焉。意者积数百年养蚕之孽，而发于一旦乎？……不然，吾湖风俗循良……有何获罪于天，而酷烈至此……

（《与王补帆亲家》）

认为湖州一带在这次战乱中受灾最为严重，可能和养蚕时杀生太多有关系。又谈到自己吃瓜果时，看到一条虫子也会把它放回草中，“明知未必能生，要使吾不见其死也”。

他在《春在堂随笔》中所记的一件事也正好体现了他对于人之外的生命的尊重。俞楼中有很多老鼠，每天晚上都很活跃，把蜡烛都嚼烂了。刚开始时俞樾觉得讨厌，后来发现老鼠并没有吃衣服、书籍，吃蜡烛或许是肚子饿了，所以每天晚上把一块饼放于案头，果然老鼠便不再吃蜡烛了。有一次，自己吃饼时觉得不好吃又吐了出来，剩下的就用来喂老鼠，第二天一看，剩下的饼被吃掉了，但自己吐出来的还在，不禁哑然失笑：“冠子亦狷介乃尔。”这天晚上又放了二饼以谢之。第二天看时，发现还是只吃了一块，余下另一块，这下他不禁感叹道：（老鼠）“不惟狷介，乃亦有礼。”体现了他万物平等之思想，不独有人为尊贵而凌驾一切之上的观点。正是有这样的思想基础，他才能意识“一物有一命，忍以充肴核”，所以从此之后便只吃三净肉，即不是为我而杀，非我所杀，非我所见其被杀。这种思想，在俞樾的晚年表现得更为明显。

四月二十二日是姚夫人逝世一周年的忌日，俞樾又一次来到右台山的墓地之旁，同行的还有二儿媳妇、二女儿和孙女庆曾。他在夫人坟前焚化一首诗，告诉夫人这一年中发生的事情：二女婿许子原与门生徐琪都去参加了进士考试，许子原落榜，而徐琪则高中进士。在所有的门生中，俞樾与徐琪相交最深，对他期许很高，认为他一定可以入南书房行走。现在看到他中了进士，心中非常欣慰，所以写给夫人的诗中还有："只有门墙徐稚子，新登蕊榜大罗天。"

六月初三是夫人的生日，俞樾又亲手抄写了《金刚经》一卷，在夫人供案前焚烧，希望能够助夫人早证正果。也就是从这个时候开始，俞樾每天诵《金刚经》一遍，还做了《金刚经订义》一卷补入《俞楼杂纂》。有"自笑迂疏百不堪，敢将时事付空谈。厌闻瀛海九州九，喜诵菩提三藐三"（《余前出堪字韵诗都中诸君子颇有和者因四叠前韵》）。

这年五月六日正好是俞樾父亲百岁冥寿之时，俞樾在定积寺为父亲做了法事，祝他早日脱离苦海，他告诉父亲，他的《印雪轩集》和祖父南庄公的《四书评本》都已经刊刻并在社会上流行，他相信父亲泉下有知一定也会很欣慰。

自从去年夫人去世之后，俞樾就常常生病，多亏儿媳妇和女儿尽心地照顾。这时二女儿绣孙已经搬回杭州居住，大女儿一家也定居苏州，俞樾在杭州时绣孙经常会来俞楼看望他，陪他闲聊家事，也陪他一起到夫人的坟头小坐。这时右台仙馆已经落成，旁边还有一些空地，俞樾便凿石为穴，建了一个书冢，把自己的《诸子平议》《群经平议》《俞楼杂纂》《曲园杂纂》《第一楼丛书》等共二百五十卷聚而埋之。又在右台仙馆中设一龛，左边写着曲园先生之位，右边写着曲园夫人之位，在写给同年好友勒少仲和吴平斋的信中说道："安知他日不为右台山中土地公、土地婆乎。"

九月中旬，俞樾又自苏州到了杭州，在俞楼住了不到半个月便来到了右台仙馆，在这里闲居著述，《茶香室丛钞》《续钞》《三钞》和《茶香室经说》也在随后的几年内次第成书。这几部书都是读书笔记，依照夫人在世之时的习惯，读书过程中每看到一些独特之事辄记录下来，累积到数百条则编为一卷，积累数卷后便刊刻印行。（这一点又和夫人的习惯不同，夫人为此纯粹出于自娱，积累一定数量后往往付之一炬。）内容多是些古僻的故事，还有一些极小的考证文字，间有经、子考据，而《茶香室经说》则是网罗旧闻，间及经书，随笔记录下来纂成，以茶香室命名也有纪念夫人之意。

右台仙馆虽然山居荒凉，但俞樾一点也不觉得凄清孤寂，在夫人的墓旁就好像夫人便在身边一样。寂寞之时，他喜欢到夫人的坟旁小坐，和夫人说说话。十月的一天夜里，俞樾又一次辗转反侧，难以入眠，他看外面月色正好，于是披衣下床，走出房门，来到夫人的墓前，坐在坟前的石头上。这时正是月上中天时分，天地笼罩在清亮的月光之中，四周很静，山中偶尔传来野狐凄厉的长嗥声，坟头上参差不齐的树木在地上投下婆娑树影。俞樾不禁又回忆起昔日与夫人月夜同游的情形，一样的月夜，不一样的心情，于是写下这首《月夜至坟前石上小坐》：

> 夜静无风草不吹，惟看坟树影参差。
> 偶来石上一孤坐，坐对月明有所思。
> 思昔同摇湖舫夕，思前同款达斋诗。
> 今宵风景真相似，独倚枯筇自咏诗。

这时的俞樾想念夫人，但也没有过分悲伤，因为他相信自己在不久的将来便可以和夫人重新相会。他只是想在离开之前把该做的事情都做完，这时他最放心不下的还是孙儿俞陛云，因为他的父亲，也就是俞樾的次子祖仁自从十多年前的大病之后一直懵懵懂懂，不识事理。俞家现在一脉孤悬，只有十三岁的陛云这一个男丁，所以俞樾希望能够尽快为陛云完婚。没想到彭玉麟这年秋天没有来杭州，所以就写信过去，表达了这个意思。

彭玉麟很快就回信了，因为孩子还小，所以他提出了三个不可结婚的理由：一是女工未精，二是妆奁未备，三是母女情深，未忍便离。俞樾对前两个理由一一驳回，只是对第三个理由表示理解，说“此人之至情，最宜体贴”。(《与彭雪琴亲家》)随之提出一个折中之方案，“弟偶思一妙策”，即成婚而不圆房，甚至孙媳妇亦不住俞家，只是随祖父来去湖浙，两三年后再择吉日圆房，老先生在提出这一方案时不禁欣喜若狂，“思之狂喜，辄布陈之”。（《与彭雪琴亲家》）真率之情，溢于言表。彭玉麟想想便同意了，并亲自把孙女从湖南送到了苏州，在这年十二月十六日在曲园举行了隆重的婚礼。婚后大家发现彭见贞知书达理，温柔贤淑，并没有一点官宦小姐的习性，俞樾的一桩心事终于了了。

正好年底之时门生徐琪自京城归乡，路过苏州去拜访俞樾，师生两人相聚甚欢，俞樾写了两首律诗赠给他：《徐花农侍常请假南旋止宿于吴下寓庐赋二律赠之》。这时正好曾国藩的儿子曾纪泽从法国给俞樾写信，谈到将要赴俄罗斯商谈《伊犁条约》的事情，俞樾也写了两首诗致敬。

这年春节，俞樾过得毫无心绪。除夕之夜，当一家人欢聚一堂之时，他忽然有些抑制不住辛酸的眼泪，心中的痛楚忽然又一次不期而至。

整个春节俞樾都处在这样的心绪之中，元宵节时大家都在外面放鞭炮，曲园里也挂起了各种各样的灯笼，俞樾还是了无心绪，他总是不由自主地想到夫人，“空有银花生火树，谅无春色照泉台”（《元宵》），在这样热闹的日子里，阴曹地府是不是一如既往的阴沉黑暗呢？“新年景色匆匆过，往日欢肠寸寸灰”（《元宵》），沉痛中又寄寓了无限哀思。

清明时节，俞樾又一次从俞楼来到了右台仙馆，每日青灯黄卷，勤于著述，闲暇时便入山寺访僧问茶，或在夫人坟前的石头上小坐，每当这时，他会觉得和夫人的距离很近很近。清明过后的第三天，俞樾正在房中小坐，忽然听到外面有喧哗之声，出来一看，竟然是汪鸣銮、沈兰舫、徐琪、王廷鼎、倪倬云、潘凤洲、许子原等门生好友联袂来访，还带来了一坛老酒、一些小菜。俞樾非常高兴，他们已经好久没有聚过了。正好山中客郭君也来访，这一天众人便在右台仙馆中开怀畅饮，纵情谈笑。大家都说老师好福气，能够在明山秀水中隐居著述。王廷鼎忽然说道："我打算为先生作四幅画，正好是四条屏，也正好能代表先生的日常生活。"大家都忙问画什么内容，王廷鼎不疾不徐地说："曲园著书、精舍传经、俞楼雅集、右台归真。"大家纷纷都说这个提议真是绝妙。但后来，王生还没有完成计划，另一个同门张小云听说了这件事，便在一夜之间画了四幅图，并送到了右台仙馆。俞樾见了，欢喜异常，于是在画的留白处亲自各题了一首绝句，而在《右台归真》上的题词"乾坤乃逆旅，久客必思归，诸子来相访，见吾杜德机"恰也表达了这几年他对生命的看法。

午饭过后，徐琪提议到旁边的法相寺小坐，一行人又来到法相寺，欣赏有一千多年历史的唐代古樟树，走到寺中时看到后围墙的旁边有一段不知是什么年代的砖墙。这时汪鸣銮忽然发现上面有一块砖依稀有字，于是踩在徐琪的肩上爬上去把砖拿了下来，上面竟然有小篆的"福寿"二字，字体古雅，拙致可爱。这一发现令大家惊喜异常，都觉得送给老师最合适。于是拿到了右台仙馆，俞樾把它放置到几案之上。后来还专门作了一首《福寿砖歌》的长诗以记其事，弟子们如徐琪、潘凤洲等也各有所作，于是徐琪便把这些文字编成了《名山福寿篇》。不久，俞樾还摹写了“福寿”的砖文制成独特的信笺。后来，俞樾和学生都曾在三台山路上捡到过福寿砖，大家这才知道这些砖都是南宋福寿院的遗物。几年后，俞樾在苏州一处废墟处还捡到了“福禄寿”的砖头，俞樾大喜过望，于是分拓数本寄给弟子们，并作《福禄寿砖歌》。这也是师生雅集的一段逸闻。

九月，俞樾又一次由苏州浮舟至杭。这个秋天他在俞楼住的时间最久，上半年吴叔和又在俞楼添建了一些亭台楼阁，如伴坡亭、灵松阁、小蓬莱等，俞楼里的泉石风景比以前更好了。前两年俞樾因为丧妻之痛，的确也没有心绪与人同饮赏玩，现在心绪稍有平复，正好汪鸣銮、徐琪、沈兰舫等人都在杭州，所以经常相聚俞楼，赏花饮酒，赋诗唱和，他们把俞楼中每一处景点都形之于歌咏。俞樾的《俞楼诗纪》组诗便是这个时候写的。这年的十月初，徐琪、汪鸣銮等人又在“斯文在兹”的古石刻旁边雇石匠凿了一个石穴把俞樾所有的作品藏于其中，并在石室之上以朱漆镌刻了“曲园藏书”四个大字，一时也被传为儒林美事。

俞樾早就向儿女们说过九溪十八涧为西湖胜景，几乎每年都会同游一次，今年刚刚来杭时许子原携绣孙同来俞楼，俞樾便同女儿和女婿一起自龙井到理安再至九溪十八涧，寻幽览胜，兴尽而返。绣孙和许子原都有诗歌记其事，俞樾也有和作，归途中绣孙兴致勃勃地表示明年秋天将故地重游。时间是医治伤口的良药，俞樾的丧妻之痛正在时间的抚慰之下渐趋平缓，他的心也慢慢地沉静下来，谁也没有想到，生活中更大的打击已经到来。

初冬时节，俞樾从杭州回到苏州曲园，一进家门，他感到了一种凝重的氛围，而且在接他的人群中竟然见到了大儿子的小妾，他的心中掠过一丝不祥的预感。果然，大儿子绍莱已在八月二十五日于天津去世了，大儿媳亲自到天津扶丧南归，因为当时俞樾正在杭州，所以家人便没有把这个消息告诉他。俞樾听到后真如晴天霹雳，悲痛欲绝，他做梦也没想到大儿子会骤然去世。“眷属明知同梦幻，家门未免太屯亶，虚名折尽平生福，莫遣灵龟更问天。”（《大儿绍莱既免其母之丧仍赴直隶以知府候补感疾而卒于天津。盖八月二十五日事也，家人以余在杭州，秘不使知，还苏始闻之，哭之以诗》）虽然明知人生于世，如梦幻泡影，但骨肉分离又怎能超然不为所动呢。这时俞樾甚至恨起自己流播海内外的名声来，认为是虚名折尽了平生福。先是老母亲弃世，第二年夫人去世，才隔一年，竟又是长子之丧，短短的四年之内，连连遭受至亲沦丧的折磨打击，这又让他如何承受。更让他难受的是大儿已死，却没有留下一子半女，俞家只有陛云一脉单传，“未符独子双祧例，已止孤孙一线延”。

在这样的打击之下，俞樾又一次病倒了。这次病的时间很长，“病日梅花犹未放，起时桃萼已将残”（《壬午寒食病起试笔》），时序流转，转眼又已是春末。病好后，俞樾便又一次乘船来到了杭州，这一次他是携孙女庆曾和孙子陛云同行。庆曾自幼跟随俞樾，情感上对他很依恋，俞樾也很喜欢这个乖巧可爱、善解人意的小孙女；陛云就更不用说了，俞樾在他的身上寄寓了自己最高的希望。四月，俞樾来到右台山，忍痛在夫人的墓穴旁又别开一穴，安葬了大儿子绍莱。站在夫人墓前，他默默地说："儿子怕你太孤单，现在他来陪你了。或许不久的将来我们便可以泉下相聚了。"对于大儿子的小妾，他最初想遣嫁她出门，没想到她立志守节，誓不再嫁，于是俞樾在右台山的墓园之侧也为她留了安葬之所。安葬了大儿子后，俞樾又带着孙子陛云和孙女庆曾一起来到德清为祖先扫墓。

初夏时分，俞樾和孙子孙女又一次回到了曲园。经过这一次的相聚和长途旅行，俞樾一下子感觉到孙辈的确都已经长大了。以前他总把他们当孩子看待，这一次竟然是他们在路上精心地照顾自己，不仅饮食起居无微不至，还会帮自己排解郁闷的情绪。陛云再有几年便可以参加乡试了，庆曾也快到了谈婚论嫁的年龄，自己前两年总是沉浸在忧伤之中，竟然无视他们的成长。大儿子的突然去世似乎让俞樾清醒，他开始对子女后辈敞开心怀，享受平凡生活中的浓浓温情。

长夏无事，俞樾平时还是在曲园读书著述，但与家人团聚的时间渐渐地多了起来。这时的家里还是很热闹的，有大儿媳妇、二儿媳妇，还有孙子陛云、孙女庆曾、外孙女抱珠等。这时长女锦孙一家已经定居苏州，距曲园很近，所以也常常来相聚同游。除了原来的曲园，竹里馆也有一个小小的园子，大家一般称"前曲园"，而原来的曲园称"后曲园"，俞樾和家人喜欢到竹里馆里闲坐小饮，随意地聊聊家常，而这些小辈们都很喜欢原来曲园的小浮梅槛，总是坐在上面在曲池里划来划去，嘻嘻哈哈地玩笑打闹。

中秋之夜，月色很好，天空中没有一丝浮云，俞樾命儿媳妇们在曲园的达斋里安排了家宴，大家团团坐下，一起欣赏中秋月色。过了一会儿，月上中天，两个儿媳妇和大女儿带着女孩子们去曲亭处拜月。拜月本是传统的礼俗，在宋朝之时还是男女都可以拜月，男子祈愿早日蟾宫折桂，女子则希望圆如皓月、美若嫦娥。但不知从什么时候开始，拜月似乎已经变成女性特有的活动了。

这时达斋中只剩下了俞樾、陛云和锦孙的长子，俞樾笑呵呵地说道："她们去拜月，我们来作诗咏月吧。"这时陛云略一思索，马上出口成章："……隔篱透出一灯红。"看着孙子才思如此敏捷，俞樾自是很欣慰，他说道："意境还是很不错的，只是咏月而用了'红'字，本来就极其少见，别人恐怕很难和你之作了呀。""什么红呀绿的？"他们说话之时，庆曾已经拜月完毕，又回到了达斋。陛云便把自己所作的一首绝句念给了姐姐听，庆曾想了一下说道："我这里有一首和作了，不知可不可以？"说完便念道："……墙根桂影重重上，不羡三春万紫红。"（《中秋之夕与两儿妇及长女及孙儿孙妇孙女外孙儿女玩月曲园率成四律》自注）俞樾一听，不禁拊掌大笑，说道："好，不错，的确小有思致呀。"

正在这时抱珠忽然从外面跑了进来，大喊着："你们快来，我带你们去看一个奇景。”曲园中会有什么奇景呢，大家将信将疑地跟着抱珠出来，一直来到曲亭之上，“我天天站在这里看风景，哪里还能看到什么奇景呢。”庆曾笑着说道。“别着急，你们看那排柳树。”曲池的一边种了一排柳树，垂到水面上的枝条在月光下更显得婀娜多姿，“是叶子。”抱珠提醒道。他们定睛一看，果然有所不同，现在已是半夜时分，柳叶上已经有露水凝聚在上面，在月光的照射之下看上去竟然烁烁如珍珠，微风轻拂，珠子似乎还在轻轻滚动。儿孙辈们已经在拍手称奇，俞樾也不禁在心中暗暗感叹造化的神奇。

蓦然之间，他想起了逝去的母亲和夫人，曲园建成后母亲已九十岁高龄，年纪大怕风寒，从没有在晚上到园子里来过，所以曲园夜景母亲是无从领略的。而夫人，虽也有过夜游小园、偶醉花荫之举，但也只是偶一为之，这样的景色竟然也从未见过。想到这里，他的心中不禁又是一痛，在心中暗暗吟道：“浮生草草真如容，旧梦重重化作烟。”（《中秋之夕与两儿妇及长女及孙儿孙妇孙女外孙儿女玩月曲园率成四律》）但他马上又抑制住了自己伤感的情绪，无论如何，在这样一个欢乐的时刻，他不想煞风景，令别人不开心，所以不禁出声吟道：“且对一樽开口笑，不知秋月几回圆。”（《中秋之夕与两儿妇及长女及孙儿孙妇孙女外孙儿女玩月曲园率成四律》）这一夜，大家直到三更时分才各自散去。

中秋之夜，俞樾又偶感风寒，身体有些不适，他忽然觉得日常所做的有些事真是耗神伤力、芜杂烦人，比如为人写碑传序记或书楹联等。这次，他下决心接下来几年不再写这些东西了，所以写了一首小诗：《衰老多病戏作小诗布告海内诸君子请以本年八月始停止作文三年，凡以碑传序记等类相诱者概弗应》。当时已经答应的还有三篇传记和两篇墓志铭，俞樾打算在一年内完成，余下的时间便诂经课生，悠游度日，闲暇时分写一些性情文字。

秋天，俞樾又浮舟去杭，这段时间徐琪正在杭州，无事之时常来俞楼小聚，两人来往唱和的诗作很多。除了徐琪外，彭玉麟也因为巡视长江水师而在退省庵中小住。大家都知道俞樾的原则是不赴宴饮，所以想相聚时总是载酒而到俞楼。一天，马星五、徐花农、吴叔和同时来到俞楼，徐琪还像原来一样是载酒而来，俞樾派人去退省庵请来了彭玉麟，几个人在俞楼开怀畅饮，纵情谈笑。秋高气爽，大家兴致都很高昂，彭玉麟甚至有“今日吾得一醉”之语，俞樾听后也开玩笑地说：“莫负佳辰小青月，已拼烂醉老彭庵。”曲终人散之时，俞樾不知为何，忽然有些意兴阑珊，不禁脱口而出：“盛筵此后应难再……酒阑便有临歧感，惟盼轺车早指南。”徐琪笑着说道：“先生此言差矣，何必有盛筵难再之叹呢，比如明日我们还可以重聚俞楼呀。”俞樾听了呵呵一笑，说：“明日我将到山馆小住几日，等我回来你可能已经入都了吧。”“那么载酒入山，饮于秋日山风之中当更有一番味道吧。”徐琪又接口说道。“你载酒入山之日也是我流连于云栖竹径之时呀。”俞樾的确有些想念山中风物了。

第二天俞樾便离开俞楼前往右台仙馆，到山馆的第二天忽然有客联袂来访，俞樾开门一看，原来是江梅生、邹镜堂、蒋泽山等人，急忙延入房中。谈兴方浓之时，徐花农忽然载酒而入，说道：“先生，今日我们便重续前日之筵。”说罢与俞樾相视大笑，俞樾这才明白他们三人也是事先约好，先来这里以清谈羁留不使自己入山。对徐琪的这份良苦用心，俞樾感动不已：“感君此竟流连久，短晷浑忘日至南。”

十一月初十，俞樾又一次回到了苏州，一家团聚，常常到曲园中小聚游赏。俞樾没有意识到，人生中的又一场风雨将要袭来了。十二月二十四日，俞樾收到了二女婿许子原寄来的一封信，说女儿绣孙竟然已经在十二月十八日因病去世了。俞樾简直不敢相信自己的眼睛，这怎么可能呢？自己在回来前的两天还刚刚去过女儿在杭州横河桥的家里小坐告别，父女闲话家常，一直到日落西山才回到俞楼。女儿怀孕了，虽然身体不是很好，但也没有特别的病症。没想到这一见竟成永别。这让人如何接受呢？短短一个多月怎么会发生这样的事情？然而，女婿的信摆在面前，俞樾真是欲哭无泪。绣孙，绣孙，你果然还是有慧无福呀。

绣孙是俞樾的二女儿，自幼聪慧伶俐，应对机敏，很有才气，俞樾总担心她聪慧有余而福气不足，所以未出嫁时便把她所居住的楼称为慧福楼。她最喜欢填词，但词格纤细伤感，有一次她作了一首《金缕曲》咏落花，词意凄婉，有“叹年华我亦愁中老”之句，俞樾读了以后不禁摇头感叹，觉得伤感太甚，少年人不宜作此，所以曾广其意而成一词：

> 花信匆匆度，算春来，瞢腾一醉，绿阴如许。万紫千红飘零尽，凭仗东风送去，更不问，埋香何处。却笑痴儿真痴绝，感年华写出伤心句。春去也，哪能驻。
>
> 浮生大抵无非寓，漫流连，鸣鸠乳燕，落花飞絮。毕竟韶华何尝老，休道春归太遽，看岁岁朱颜有故。我亦浮生蹉跎甚，坐花荫未觉斜阳暮，凭彩笔，绾春住。

最后的“凭彩笔，绾春住”与“花落春仍在”一样的健康昂扬，充满了积极向上的意味，与原作之意已大不相同。

绣孙出嫁之时不满十六岁，所嫁许氏本是杭州武林望族，但未嫁之前公公已在京城病逝，而丈夫许子原年未弱冠，家境之清苦自不必言，女儿在京城时也曾写信表达对于艰难生活的无奈。俞樾对她勉励劝解，劝她以豁达的心态面对生活中的逆境，并借彭玉麟的“欲除烦恼须无我，历尽艰难好作人”的话来劝慰女儿。后来京城难以谋生，回到了杭州老宅，住在横河桥边。俞樾每次到城里访客应酬从不在别人家里吃饭，总是绕路女儿家，让女儿为自己随意炒几个家常小菜，闲话家常。同时，女儿时不时地来访也给烦琐的生活平添了几许期盼与轻松，每次听到门人报说二小姐来了，俞樾总是心清神旷，感觉良佳。每次自己到右台仙馆之时都是她陪侍左右。

曲园建成之后，居所宽敞，绣孙每年春天都会来到苏州，一直到秋天才又回去，有时甚至一年来两次，全家团聚，其乐融融。她很羡慕大姐住在曲园附近，来去方便，所以也曾打算迁居苏州，连房子都看好了，就在曲园之后，可以置业居家。在修建曲园中的艮宧斋时俞樾还命人特意在廊下开了一个小门，走出去便是曲园后的那栋小庭院。但由于种种原因没有迁成，但绣孙每年还是会携儿女来曲园住上半年左右。秋天时，俞樾在俞楼还收到她的一封信，信中对去年的九溪十八涧之行念念不忘，希望能故地重游，没想到这竟成了她的遗愿。

十二月十八日，这一天刚刚雨雪初霁，曲园中风景很好，恰好长女也来探望自己，于是家人便一起在艮宧小饮，欢笑竟日。怎么也想不到自己最最疼爱的女儿却在这一天溘然而逝。俞樾真是想不下去了，那种难以言传的锥心之痛又一次淹没了他。悲痛之余，他记得当时在右台山夫人的墓地旁，绣孙曾不止一次地表示说自己死后也希望能够葬于右台山旁，这样即使一个人也不会觉得很孤独。

女儿去世后最使俞樾揪心的还是几个外孙的去向问题，许子原心灰意冷，暂时也没有续弦的打算，而且还在为功名奔波，所以想把八个子女寄养于哥哥、姐姐还有岳父这里，兄弟姐妹各奔东西，情景凄惶，真让俞樾心痛呀。但他也没有能力抚养八个孩子。俞樾在《次女绣孙于十二月十八日卒于杭州哭之于诗得十五首》其五中说道：“身后零丁事事非，二男六女痛无依；呢喃一队梁间燕，母死巢空四散飞。”最后，许子原将八个子女中长子阿春和六女阿仙交给岳父，次子阿冬和五女阿藕交其二伯父，三女阿贤交姑母，二女阿引本来一直在苏州，长女阿多四女阿莲本在二伯父处。女儿身后八个子女东西零落，令俞樾思之惨然。

> 十岁能诗，廿岁能词，错认痴儿兼福慧。
> 去岁哭子，今岁哭女，怎教老泪不干枯。

这是俞樾所写的挂在女儿灵堂上的挽联。绣孙有归葬右台山的遗愿，后来女婿果然在距右台山半里之遥的大兔山之麓买地而葬。俞樾也很满意："余不习形家言，然其地土高燥，四山环抱，躬履其地，决为吉壤。"（《次女绣孙于十二月十八日卒于杭州哭之于诗得十五首》序）送葬之日，他不禁老泪纵横，有"待余潜闼长扃后，明月清风与汝偕"（《次女绣孙于十二月十八日卒于杭州哭之于诗得十五首》）之句。

第二年俞樾又想到女儿平时擅长诗词，日常所作应该不少，所以就去其家中访求。这时听到家中的老仆人说，夫人在去年九月就已把自己的所有手稿全部焚毁了。俞樾听了，心中一痛，这么说女儿对自己的死是早有预感了，但为什么自己十一月到她那里去时她竟然能够那样的若无其事。唉，女儿的作风与夫人何其相似，姚夫人平时也喜欢写些性情文字，但在去世之前两个月都付之一炬了。俞樾搜集了自己留存的女儿写的诗词，有75首，便在这一年刻印出版了。或许在另一个世界的女儿早已不在意这些俗世浮名，但这样做俞樾觉得心里舒服一些，也算是留下了女儿的一些东西。

绣孙的去世使俞樾刚刚好转的心境又变得颓唐无趣，这年元宵，风雨凄凄，先生感丧女之痛，赋诗一律以焚寄爱女：“试灯风里太无聊，连日阴霾积未消，人以伤心催暮景，天将苦雨作元宵。如斯佳节真堪笑，已与泉台不甚遥，莫怪老夫心绪恶，女儿四七是今朝。”正月二十九日俞樾回到俞楼后发现徐琪竟然还没有返京，而他在苏州时听人说徐琪在正月二十五已经离乡北上了。因为徐琪知道先生的丧女之痛，想留下来劝慰先生。俞樾对弟子的盛情十分感激，他这段时间的确心境极其不好，有感于衰颓暮年，在《正月二十九日招花农饮于俞楼之碧霞西舍即送其北上》中云：“事业无穷期后日，儿孙有托慰衰年。”似乎有临终托孤之意。

到杭州后不久，俞樾便来到了右台仙馆。这里原来只有三间房屋，去年又在后面盖了三间，里面供奉高祖、曾祖、父亲的神位，时时祭祀，这时又设了女儿绣孙之灵位为“慧福楼主人”，命儿媳妇辈设奠祭之。又一次伫立在夫人坟前，不禁百感交集：不知她们母女在另一个世界是否团聚了，自己昔日来到右台仙馆时，绣孙常陪侍左右，但因家事难以脱身，所以在红日西斜之时必定会急急忙忙地辞别入城，现在终于不需要再如此匆忙了，“不如此后从容甚，遮莫斜阳树杪催”（《右台仙馆旧止屋三间耳，今又补筑三间于其后，奉高祖、曾祖、父四代神位而祀之，谨记以诗》）。

这次来杭州之时二儿媳妇和孙儿陛云、孙媳妇彭见贞同行。前两年陛云、见贞虽然结婚了，但并未圆房，孙媳妇总是随祖父彭玉麟回到家乡，现在两人已正式结为夫妻，所以见贞也便长住曲园了。清明时分，俞樾携家人回到德清老家扫墓，接着又回到了苏州。这次随行的还有俞樾的长外孙和两个外孙女，因为二月时二女婿许子原要到京师应试，所以带到曲园抚养。

自光绪四年（1878）开始，俞樾数年之内连遭四丧，对他精神上的打击很大，但他基本上能以顺其自然的心态来对待生命本身，更珍惜周围的亲情。但无论如何难以摆脱低沉的情绪，这年端午节前的《茶香室丛钞》二十三卷刻印也并没有给他带来什么好心情。此书主要汇集他的读书杂记，有一些古僻故事，还有一些极小的考证，间有经、子考据等。

惨淡生活中的一抹亮色来自徐琪，他在散馆后又授翰林编修，俞樾写诗道贺。俞樾曾预言徐琪日后必入翰林，而且可以进南书房行走，现在他的第一个预言已经实现，想想后一个预言实现的日子也不会远了吧。徐琪本是世家子弟，他的曾祖徐潮曾官至吏部尚书，徐潮的两个儿子徐本、徐枢，或为巡抚，或为军机大臣，父子被称为“钱塘三徐”。由徐潮至徐花农止，他家共出了六个翰林，为时人所羡称。

除此之外，现实中的一切都令人心生郁闷。光绪七年（1881），同治光绪年间的自强运动（洋务运动）大力推行，面对这样的时事巨变，俞樾忧时伤局，乃有三大忧论，一忧中国之号将替，二忧孔子之道将终，三忧天地之道将终。其末篇附识云：“念天时人事，国家多故，不禁悲从中来，抚膺三叹，泪潸潸下。”另外，还作了《治河论》《自强论》《海军论》等，感叹时局，都收在《宾萌集》里。在这样的时局之下，俞樾的心境也是可以理解的。

第七章　书生门户又传孙

数年之间，亲人相继去世，接连不断的打击使俞樾一下子苍老了许多，然而也使他对生命的感悟更深了一层，浮世如梦，生既无所喜，死亦无所惧，顺其自然而已。他能够调整自己的心态，尽量不使低沉恶劣的情绪影响自己的心情，也更珍惜自己所拥有的一切，友情、亲情、师生之谊。授课与著述依旧占去了他大部分的时间，闲暇无事之时他喜欢和家人一起清游赏玩，家人之中他最喜欢的是孙子俞陛云。陛云现在已经成了俞樾人生最大的安慰，也寄托了他重振家声的希望。转眼间陛云已经十七岁了，俞樾想到自己应童子试而入县学读书是十六岁，中了乡试副榜时才十七岁，所以就决定在光绪十年（1884）让陛云参加童子试。当时规定，不论生活于何处，参加县试时都要回原籍，于是在这年的春天，俞樾带着孙子俞陛云回到了家乡德清，同行的还有二儿媳妇姚氏和长孙女庆曾。

又一次故地重游，俞樾生出无限感慨。这里是他的故乡，他并不陌生，几乎年年都来；但又不是很熟悉，故里无家，每次来都是匆匆忙忙。在陛云考完之后等待结果的这段日子，祖孙二人经常在德清城中走走看看。俞樾早就想去城里的柳侯祠祭奠。德清柳侯祠供奉的是柳察躬，柳宗元的祖父，他曾在此地做过县宰，爱民如子，所以去世后当地民众便建祠祭拜，香火一直很旺盛。这次终于有时间从容地去游览祭拜了。

半月之后成绩公布，陛云高中县考第一名。县试过后他们又到湖州应府试，高中第二名。俞樾真是非常开心，口占志喜，“五十年来旧梦存，书生门户又传孙”（《孙儿陛云应科试以第一名入县学，口占志喜》）。俞樾的喜悦是可以理解的，他的心中还有通过科举以光耀门楣之意。这两次在德清和湖州应试，他们一家人并没有入住旅舍，而是在租来的小船上度过了一个多月。考试完毕，撑船的船夫也认识了这位和蔼可亲的大学者，他请求俞樾为他写一副联额悬于船头，俞樾欣然答应，挥笔题了“六旬泛宅”四个大字，又写了副对联：“昼夜六时大安乐，翁孙两月此勾留。”语意巧妙，对仗工整，书体非楷非隶，古朴拙致。船工如获至宝，急忙请人裱糊悬起。一年后俞樾又一次因故乘他的小船时，发现题额和对联都还好好地挂着。

当时俞樾已经是名满天下的大学者，他的书法作品在民间流传也很多，许多人爱若珍宝。俞樾自己还曾听说过一件趣闻：在常熟有一顾姓人家，家里珍藏着一副俞樾所作的对联，后来同乡徐木君因为家里有喜事就借去挂了一下，过了几个月才归还。顾家的人发现对联上似乎沾过水迹，而且纸质黯淡，墨迹剥落，便认为徐氏一定是到上海的石印局照印过，所以把真迹损坏了，一怒之下要求赔偿。于是徐氏便从上海花了两枚银圆买了俞樾的一副对联，但顾氏不要，说这一联是自己辗转托人求得的，价值百金。他曾从徐氏的钱庄里借过三十个大洋，不仅要抵销债务，而且还要求再补七十个大洋，否则就要到官府去告他们。徐氏没有办法，只好买来纸辗转请托，找到俞樾的孙女婿再请俞樾补书一副。俞樾知道后不禁展颜一笑，他在给孙婿的回信中说道："为地不过百里，为时不越十年，而拙书已几经肇讼端。然则数百年后，不大可虑乎。是亦足一大噱也。"俞樾一直希望能通过立言而留名后世，这样的事情虽是笑料，但他的内心还是有一丝窃喜之意。

在民间也有人景仰曲园先生的学识与人品的，有一次听人说在杭州驻防营里有一位六十多岁的老者，名凤瑞，援引郑板桥之例[①]，也刻了一个小印："曲园门下走狗"。俞樾听说后觉得很惊讶。随着名望日益增高，他的润笔费也越来越高了，他自己曾提道："曲园文价年年长，试比随园总来高。"（《即事口占》）有人把他比作袁枚，因为袁枚晚年享誉文坛，经常有人请他写行状和墓志铭一类，有时甚至有千金求一文者，俞樾自言不及随园居士的三分之一。后来也有人讥讽《春在堂杂文》中相关的文章太多，俞樾也曾有过解释之言，在他看来，自己所写的墓志或碑铭都是有感而发，实事求是，并无谀墓之迹。

① 郑板桥非常仰慕徐渭的才华，因为徐渭号青藤老人，所以他自号"青藤门下走狗"，并以此为文刻了一方小印。

第二年春天，俞樾由苏州再到杭州，临行之时与陛云闲聊，陛云提起自己昔日到超山赏梅之时登上了超山之巅，那里视野开阔，可以俯眺钱塘江，远望龛、赭两山。俞樾听后不禁悠然神往，这么多年在杭州与苏州之间来去，竟然连赏梅胜地超山都没有去过，于是决定在此年路过之时稍做盘桓。俞樾一行来到超山，正是初春二月花蕾暴发之时，白花平铺散玉，十余里遥天映白，劲风吹过，也有早谢的梅花漫天飞舞。在清新的梅香之中他们来到报福寺，在这里见到了著名的唐梅和宋梅，老枝遒劲，花苞遍布，能够感觉到孕育其中的勃勃生机。最让俞樾感觉奇特的是这里梅花的形状，别处的梅花都是五个花瓣，而这里的梅花却都是六个花瓣，面对“十里梅花香雪海”的盛景，俞樾不禁在心中感叹造化的神奇。遗憾的是这一天的风实在太大了，俞樾并没有能够一登超山之巅，在报福寺用过素斋之后又在香雪楼题诗留念，表达了“何当更蹑超山顶，海色江声在舄前”（《舟过塘西观梅于超山饭于报福寺留题香雪楼》）的遗憾，但在报福寺中他们看到了唐代吴道子所刻之观音像，线条细腻柔和，造型优美，衣带飘举，神态典雅端庄，具有极强的立体感，不禁叹为观止。

光绪十一年（1885）秋天，已经成为秀才的俞陛云如期参加了浙江省乡试，九月十五日发榜，俞陛云高中乡试第二名，这一年他十八岁。虽在意料之中，但俞樾还是禁不住喜出望外。他又想起了四十多年前自己参加乡试的情景，当时他中的是第三十六名举人，后来参见学政时听说自己本来是高中第二名的，因后来被人在试卷中挑出了一点瑕疵，便被抑为第三十六名，当时俞樾心中有些怅然不乐。现在他终于明白，冥冥之中似有前定，祖父的留功名于子孙成就了后代五人中举，自己的第二名也是“榜头名竟为孙留”（《九月之望浙闱揭晓余孙陛云中式举人第二名赋诗志喜》）。这里还有一则趣闻，当时陛云考完之后便把自己所作之文默写下来请祖父指正，这时正好瞿子玖学使来拜访俞樾，见到陛云的这篇文章不禁击节叹赏，说如此文章必会高中，后来果然中了第二名。

中举的喜悦过后，俞樾命陛云继续备考，为明年春天在京城举行的会试做准备。这时远在京城为官的徐琪和汪鸣銮等俞樾昔日的门生也知道了这个好消息，徐琪马上发来贺信，并邀请陛云即刻上京，就住在他那里备考会试。俞樾这时有故地重游之意，他想亲自送孙儿到京城参加考试。

晚清，科举考试虽然采用匿名评阅制度，但各种请托之风却是屡禁不止，俞樾当然是深知其中内幕的，他虽与孙儿同行，却没有请托之意。俞樾自从上次入京后便再也没有去过京城，距今也有二十年了，京中的新朋旧友曾多次邀请，但都因故未能成行，此次正好可以借机访友，一举多得。

光绪十二年（1886）二月初四，俞樾携孙子俞陛云、二儿媳妇姚氏、孙女庆曾一起踏上北上的旅程。这一次他们从上海出发，乘坐的是上海到天津的海轮船。又一次沿相同的路线行走，俞樾不禁想起二十多年前携全家避难从上海到天津时的情景。时光易逝，日月如梭，这期间发生了多少事呀。

旅程很顺利，很快到达天津，这时俞樾昔时的学生朱伯华早把住处安排妥当，等候在码头了。见到朱伯华，俞樾不禁老泪纵横，他想起了一起为避难而辗转流离的日子。朱伯华自那次到天津后一直在这里谋出路，现在已做到了观察之职。他与俞樾的情分非同一般，昔日逃难之时同吃同住有两年多的时间，途中姚夫人待他亲如子女，他也一直把姚夫人当作母亲一样侍奉，他与俞樾的大儿子绍莱也情同兄弟，绍莱在天津不幸去世，所有的后事都是他出面帮助料理的。俞樾见到他也不禁想起了早逝的儿子绍莱，有感赋诗："苏台魂梦廿年别，柏府头衔二品新，官职会须功业副，交情已见死生真。"（《至天津赋赠门下士朱伯华观察》）师生秉烛夜谈，感慨万端。

在天津停留了一天，俞樾一行便来到京城，徐琪等人早就为他们在潘家河畔赁了一所民居。安顿下来的第二天俞樾便写了一首诗贴在了临时会客之所的墙壁之上："一不入酒坐，二不登歌筵，长安人海中，若无此叟然。待过四月望，一笑吾其还。"（《次日赋五言一章题客坐之右》）因为他知道自己在这里新朋旧友很多，请托一定不少，所以就事先为自己也为别人定下了行事的规矩，出言拒绝也比较好说话。从这里也可以看出他并没有想要为俞陛云的应试拉关系、走后门。

第二天，俞樾的弟子汪鸣銮和徐琪便载酒而来，师生相见，分外开心。这样的相聚又令人想起昔日在右台仙馆之时，徐琪和汪鸣銮也总是载酒来访，然后宾主尽兴而返："仍仿右台仙馆例，倍征东道主人情。"（《汪柳门阁学徐花农太史载酒见访赋谢》）席间徐琪谈起自己去年京城秋闱之时曾参与阅卷，得士十七人，他们也很仰慕先生才学人品，想择日前来拜见，俞樾欣然答应。果然，过了两天，徐琪便带着这十七个新中举子来寓所拜见俞樾，俞樾心中很高兴，“汉以授业为弟子，转相授受为门生”，而后来科举制度兴起后也沿用此例，“既有座主有门生，门下自宜逮五代”，而自己与徐琪的交情又不仅限于此：“徐陵才调冠吾党，二十余年相往还，虽以文章相契合，实与骨肉同交关。”（《花农率去年秋闱分校所得士来见赋此纪事》）“琼柯玉树交相对，几人翰墨有前缘”，望着眼前如琼林玉树一般的新科举人，俞樾内心充满了希望，他并不仅仅希望这些人能高中进士，扬名科场，更希望学术一脉能够薪火相传、发扬光大。

在京城的日子俞樾基本上杜门不出，推却了许多应酬，但还是有许多老友上门拜访，除徐琪、汪鸣銮等弟子门生外，张之万相国、徐树铭侍郎都曾上门过访。然而当他拿到彭丽崧孝廉做八十大寿的请柬时却欣然赴约，因为当时彭丽崧正在船山书院做教席，而船山书院是俞樾的老友彭玉麟所兴办，学术主张与俞樾基本相同，更为重要的是俞樾和彭丽崧为昔日友人，他们相识在南京曾国藩的官署之内，当时俞樾赴南京探访恩师曾国藩，彭丽崧为曾国藩的幕府文人，也是曾国藩的好友。俞樾在南京的那段日子里他们几乎每天都欢聚在幕府之内，“节堂高会群英集，讲舍清尊一笑同”（《彭丽崧孝廉八十寿诗》）。当时的场景还历历在目，而曾师早已作古，自己也垂垂老矣，彭丽崧竟有八十高龄，时间真是奇妙呀。

四月中旬发榜后，俞陛云榜上无名。饶是生性旷达，俞樾也不禁心情黯然，他们收拾行装准备离京，临行之时汪鸣銮和徐琪等人都来送行，他们邀请俞樾三年之后再陪陛云来京师应考，师生重聚。俞樾意兴阑珊，说道："须念颓龄将七十，岂能后约订三秋。"（《出都留别诸君子》）他想起了自己的父亲在六十四岁那年还来京师应试，下第归乡时怅然而作道："寄语杏花休恋我，残年未必再来游。"自己现在比父亲昔日还要年长两岁，再来京城已不大可能了。路过天津时李鸿章还在总督府宴请了俞樾和其孙俞陛云，清谈叙旧。

回到苏州之后，俞樾依旧在春在堂著述为事，闲暇之时曲园小游，含饴弄孙，经常与家人一起在园中小集。冬日的一个晚上，俞樾兴致突发，想到曲园中游赏，但这一天正好是十一月上旬，天上无月，俞樾便命家人买来数十枝红烛，插在灯笼之中，放置在曲水池边、望月亭旁，遍布花间草地，整个曲园里烛光点点，摇曳生姿，俞樾与家人同游其中，欣赏与平时不一样的景致。

初春时节天气晴暖之时，他经常带一壶米酒，加一些小菜和果蔬点心之类，与儿孙辈在曲园中清谈赏梅。二月十五民间俗称"花朝"，俞樾在夜深人静之时难以入眠，于是信步来到曲园。园中花木扶疏，笼罩在清冽可爱的月光之中，令人心神俱寂。临离去之时他暗暗祷告，希望明晚月色如旧，他也当再来园中。第二天晚上果然万里无云，月色清朗，俞樾又一次来到曲园之中玩月，漫步在曲水池畔，还可以闻到将谢的梅花的隐隐香气，月光下可以看到池边的柳树，柳枝萧疏，还没有冒出新芽，偶尔抬头发现了一株盛开的玉兰花树，在这样的月光之下晶莹剔透得如同玉树一般。遥想月满西湖的景色，不禁发出“料得西湖应更好，湖楼遥望兴遄飞”（《十七日又至是夕月初不佳，已而风起云开，清光大胜》）的感叹。

与子孙辈相聚游乐，也是俞樾晚年生活的一大乐趣，每月十五日前后，他们经常会做一个镜屏串月的游戏。这是俞樾偶然间发明的一个游戏，当时在春在堂西偏房的窗下正好有一面大镜子，有一次在十五前后月上中天之时正好斜射在镜子之上，他偶尔望见镜中之月，竟然变成一串，细数一下竟有五个之多。想到《墨子经说》中有“一光夹二光”之说，想来说的便是这个情景。由此又联想到三潭印月和石湖串月，都是在特定的情境之下幻化出一串月亮，应当与这个情景相同。平静的湖面如明镜，令月光斜射于镜子之中，角度如果得当时可以看到一串月亮。俞樾的孙女庆曾、孙子陛云和孙媳妇彭见贞对此都很感兴趣，有一次彭见贞手持小镜站在回廊之下做试验，镜中的月亮竟然有十二个之多，俞樾为此还写过《镜屏串月歌》长诗来记其事。后来他的同年友人严缁生读后很感兴趣，专门在家里试过，果然如诗中所描绘的一样在镜中看到了一串月亮，而且屡试不爽，不禁大喜过望，专门赋长诗《串月弟子词》相谢。

经常游于曲园之中，俞樾感觉曲园也的确需要再行修整一下了，于是请人疏浚了湖底的淤泥，修好小浮梅槛，又兴工在曲园上新添了一座小石桥，掩映于依依垂柳之中。月明之夜俞樾常常在桥上依栏而立，微风生树，花香送凉，耳边听到的是檐间铁马的琳琅之声，真有不知今夕何夕之感。

这时孙媳妇彭见贞已经生了两个女儿，没有曾孙是俞樾心中的遗憾，但看到两个聪明可爱的曾孙女，俞樾还是很开心的。这时大曾孙女琎宝已经三四岁了，聪明伶俐，乖巧可爱，而小曾孙女珉宝只有七八个月，她是光绪十一年（1885）十二月十七日出生的，十二月十九日正好是她洗三之日，她的外曾祖父、俞樾的老友彭玉麟正好从广东来苏州探望，于是俞樾命家人薄治汤饼，小集宾朋，在家里小小地庆祝了一下。当时苏抚卫静澜、滇抚谭叙也在这一天来拜会彭玉麟，两人都是兵部侍郎的军衔，而彭玉麟当时为兵部尚书，俞樾为曾孙女洗三，座中竟然有兵部三大官，这件事也成为林下难得的盛会。这次见到老友彭玉麟，俞樾还是暗暗地吃了一惊，他们已经有几年没见面了，彭玉麟比他年长几岁，现在已是年逾古稀，形容憔悴，意兴萧索，已经没有了昔日西湖泛舟时潇洒出尘的风神意趣。

宴后彭玉麟便留宿在春在堂，两人彻夜长谈，俞樾也终于知道他现在所面临的困境。去年他临危受命，到广东前线与法军对抗。因为有感于数十年来与国外签订的各种屈辱条约，常常想在战场之上和他们一决高下，这次终于有机会了。所以接到朝廷的调令后，马上调集四千湘军由海道前往，自率随从由陆路星夜兼程到达广州。到了那里后，他察看地形，检查各炮台、营垒，整修虎门要塞，并在沙角设防，凿山石为炮洞，以便掩护士卒，同时组编沙户渔船，分守横门、磨刀门、崖门等沿海一带海口，积极备战，并与两广总督张树声、广东巡抚裕宽等一起协商，就地举办团练，勤加操练，在短期内训练出了一支守土御侮的军队。

光绪十一年（1885）春天，法国侵略军进犯谅山，窥伺广西，彭玉麟和当时已经升任两广总督的张之洞都大力支持老将冯子材抗击法军。镇南关（今友谊关）谅山一战，清军大获全胜，这就是有名的镇南关大捷。清廷却在胜利形势下屈辱求和。他不胜愤慨，反对和议，多次上疏力争，疏中有“五可战，五不可和”之语。但因为朝中有李鸿章等人“未可轻言战事”的指导方针，最后和议已成，只好停战撤兵，对这种结果他颇有无可奈何之感，正好自己感染了瘴气，于是因病乞归。面对这样的时局，两人也只能相对默然。

后来，彭玉麟还是如以前一样每年巡视长江水师。光绪十三年（1887）冬天，彭玉麟又一次来到春在堂，老友相见，分外亲热。俞樾看到彭玉麟须发尽白，身体瘦削，精神也大不如以前了，只是一双眼眸还闪现着清亮坚毅的光芒。俞樾自己也是旧病复发，回想昔日在湖楼清谈、九溪十八涧游赏之时意气风发的情景，似乎已经是很遥远的事了。这次彭玉麟病体未愈，想携孙女彭见贞同回湖南省亲，俞樾在《送彭雪琴亲家还湖南》诗中说道：“回思历历梦中事，相对依依病里深。人羡还乡衣有锦，我怜揽镜鬓如银。”希望他还是暂离俗务，调理身体。

彭玉麟并没有听从俞樾的劝告，因为这段时间以来长江水师军营的风纪似乎又有些不好，夹带私货、欺凌百姓之事时有发生，所以从广东回来后的几年他还是每年都强支病体，巡视水师。光绪十六年（1890）春天，彭玉麟在巡视长江水师途中病倒，回到家乡不久便病逝了。噩耗传来时，俞樾正在右台仙馆闲居著述，乍听之下他不禁大放悲声。彭氏对他来讲，并不仅仅是四海推崇的兵部尚书，功在天下、名在国史的中兴名臣，也不仅仅是儿女亲家，他们是志趣相投的朋友，是可以倾诉、可以互相理解的知己，一朝离去，再会无期，情何以堪?

俞樾挥泪写下了《哭彭雪琴侍郎一百六十韵》，诗中回忆了两人的订交历程，从同治八年（1869）彭玉麟借住于湖山第一楼养病开始，“走笔画梅花，权作屋租抵”，直到后来交往日密，交情日深，“清游踵相接，高谈掌共抵”，来往唱和，酒筵频仍，再到彭氏定居三潭印月的退省庵，两人隔湖相望，舟船往来。十几年间彭氏每年都会巡视长江水师，每次都会在退省庵小住，两人几乎踏遍了杭州的山山水水——西湖泛舟、西溪赏梅、九溪十八涧寻幽、云栖山访古……后在曲园见到了年仅十岁的陛云，于是两人又和合二姓之好，结为儿女亲家。昔日俞楼初成，彭氏觉得不适合内眷居住，又更添偏房，这些俞樾都记在心间。后来南方战事又起，诏令督师作战，他又与战士同甘共苦，终于积劳成疾。自粤而还时，恰逢曾孙女洗三，所以有汤饼之筵，也是吴中盛事。当时虽病体支离，但还可以饮酒吃饭，如果即能按自己的建议潜心养病，应当还有希望康复，但操劳日甚，最终形骸枯槁，一病不起，谢绝尘寰，飘然仙逝。

如今他的音容笑貌，依旧历历在目，他的声音似乎还回荡在耳边，却已是阴阳两隔。更使人觉得心酸的是家中西斋中还有一榻悬起，是上次他所用过，约好下次再用的，现在却再也没有下次了。俞樾沉浸在悲伤之中难以自拔，亲旧的相继凋零使他对现实人生颇生厌倦，他真的希望能够很快从公同游于幽冥之中呀。

彭玉麟去世之后，葬礼极尽尊隆，朝廷谥号为“刚直”，并敕令西湖退省庵为供奉祭祀他的祠堂，俞樾忍痛为老友撰写了祠联：

伟哉！斯真河岳英灵乎！以诸生请缨投笔，佐曾文正创建师船，青幡一片，直下长江，向贼巢夺转小姑山去。东防歙婺，西障湓浔，日日争命于锋镝丛中，百战功高，仍是秀才本色。外授疆臣辞，内授廷臣又辞，强林泉猿鹤，作霄汉夔龙。尚书剑履，回翔上接星辰；少保旌旗，飞舞远临海澨。虎门开绝壁，岩崖突兀，力扼重洋；千载后过大角炮台，寻求故迹，见者犹肃然动容，谓规模宏壮，布置谨严，中国诚知有人在。

悲夫！今已旂常俎豆矣！忆畴昔倾盖班荆，借阮太傅留遗讲舍，明镜三潭，劝营别墅，从珂里移将退省庵来。南访云栖，北游花坞，岁岁追陪到烟霞深处，两翁契合，遂联儿辈因缘。吾家童孙幼，君家女孙亦幼，对桃李秾华，感暮景桑榆。粤峤初还，举足已怜蹩躠；吴阊七至，发言益觉含糊。驾水遇归桡，俄顷流连，便成永诀；数日前于右台仙馆，传报噩音，闻之为潸焉出涕，念酒坐尚温，琴歌顿杳，老夫何忍拜公祠。

洋洋洒洒长达三百多字，感情真挚，语调凄恻，令人读后悲从中来。语言全为散文句式，变化多姿，流畅如行云流水，以此来寄托自己的无限哀思。

这一年俞樾正好七十岁，日子似乎并不顺遂，二月得到彭玉麟去世的消息，孙子陛云又一次进京应礼部恩科会试，依旧不中而归。去年，也就是光绪十五年（1889），陛云和俞樾的孙女婿宗子戴一同前去应试，均荐而不售，两份试卷都推荐在潘祖荫（字伯寅）尚书处。潘尚书在陛云的试卷上批了“惜之”二字，又在子戴的卷子上批了“惜哉”二字，因为录取名额已满，所以有遗珠之憾。后来徐琪写信转来刘次方的一首诗，诗中还叙述了其中的一段文字因缘。刘次方在当年参加了会试阅卷，他与俞樾并不相识，但他对俞樾的人品与学问都非常敬仰，徐琪也曾托他有关陛云之事，并给他看过陛云日常所作之文，所以他见到浙江省的一份试卷“笔气疏爽，潇洒出尘”，感觉是俞陛云的风格，于是便推荐给了尚书潘伯寅，没想到竟有遗珠之憾，所以他在诗中也不无遗憾地说道：“照眼明珠竟使沉，谁知艺海费搜寻。”但又勉励陛云“来年杏苑看花日，证取焚香选士心”，俞樾和诗道谢。在《曲园自述诗》中尚有“惜之一叹惜哉又，恼乱尚书老郑庵”之语。

这件事俞樾的确觉得有些懊恼。当时清代的科举考试，虽然制度森严，匿名阅卷，但在录取之时依旧有人为的因素。如甲午年（1894）恩科会试中的状元是江苏人张謇，其子张孝若在撰写的《南通张季直先生传记》中披露了张氏高中的内幕，原来是得益于当时的帝党领袖翁同龢。他在这一科中是卷阅大臣之一，早就属意这位同乡门生，在张謇刚交卷之时便令人替他改了一两个小错误，坚持取为状元，为此还与当时的首席阅卷大臣张之万发生了冲突。这一故事在《张謇日记》和《翁同龢日记》中都有记载，由此可见科场风气。俞樾是过来人，对此当然也了然于胸，但他因为秉性之故，所以并未请托于人。其实他和尚书潘伯寅还是有私交的，当年到京城之时还从他那里借到了一些流行的小说来看，没想到孙儿竟还是在他这里被漏掉，俞樾心中的滋味可想而知了。当年也正是姚夫人去世十周年的日子，在夫人忌辰时他写了一首诗来祭奠，其中还提到这件事：

年年此日一吁嗟，自隔幽明十载余。
孙不成名吾已老，贫仍如故病稍加。
竟登耄耋诚无味，欲抱曾元未有芽。
细事报君聊发噱，小浮梅槛又堪划。

（《四月二十二日为内子姚夫人忌日，
距其亡也正十年矣，漫赋一律》）

孙不成名，未有曾孙，这两件事成了俞樾晚年最大的两个心病，他虽然屡次表示对现实人生的超脱之意，“我生亦似灯将烬，世味真如蜡不甘”（《六月三日为内子姚夫人生日计其生年七十岁矣，又赋一律》），但世俗的功名与传宗接代、光耀门楣之心却从未消歇。在这一年自苏州到杭州之时，他又特意绕道德清扫墓，并去德清兰村庙求子。兰村庙自宋朝便有了，据说这里的百子堂求子灵验，香火最盛，俞樾对此深信不疑，希望能心想事成，实现夙愿。在大儿子绍莱五十岁生日之时，俞樾又薄营斋奠，祭祀长子，不禁发出“少个曾孙小石麟”的感叹。在这一年姚夫人忌辰时所写的《四月二十二日亡妇姚夫人忌辰焚寄》依旧表达了“历试三科仍未第，连生两女竟非雄”的遗憾。

这时的俞樾弟子门生遍布天下，他已经预想到在七十岁寿辰之时会有大量的贺词与贺礼，而这些又是生性简易、不事张扬的他所不愿意见到的，所以这年初夏时分他写了一首《余今年七十矣，犬马之齿，不足言寿，预赋一律敬告同人》，分寄给各地的友人学生，自言已经是“逆旅已知身是寄，畸人本与世相违”，所以不想接受任何的寿礼与贺词，这些祝词还是等他百年之后再送来，以悬于纪念之处，这也是身后之名吧。

这时的俞樾的确有些勘破生死，他的《咏老》诗又一次表达了对人生的厌弃之意，觉得年华老去，衰病俱至，“始信有身真大患，老聃此语竟无差”，饮食不可随意，早晨只能吃白粥，晚上必须喝红茶，记忆力变得很差，写信之时总是会忘了当天的日期，刚刚通过姓名的访客也会忘记他们的名氏。这种厌世情绪在教学中也有体现，在这样的心境之下想到张船山的《观我诗》四首，这四首诗也是说到了人生的生老病死，生命的最终连佛教的涅槃和道教羽化也一起否定，只剩下了“为想归途尽渺茫”。这种意绪基本上也代表了俞樾这几年来的心绪，所以秋天他便要求精舍诸生拟作这《观我诗》四首，自己“因亦同作”。他关于死的看法与船山诗中所表达的意趣基本相同：

莫将夭寿较彭殇，同是黄粱梦一场。
空向名流乞铭诔，虚留子姓奉烝尝。
仙家尸解终销灭，佛说轮回更渺茫。
还我本来了无物，不从石火再争光。

这里对于道教的尸解和佛教的生死轮回都持怀疑的态度，他所关心并服膺的依旧是道家生死观中“人之生，气之聚也；聚则为生，散则为死，若死生为徒，吾又何患”（《庄子·知北游》）的了无挂碍。虽然他对生死似乎已经勘破，但生活中亲人的去世依旧带给他难以抑制的悲痛。

这年冬天，俞樾的大女婿王康侯不幸去世。王康侯是俞樾的同年好友王凯泰的儿子，王凯泰去世之前官至福建巡抚，王康侯这些年来一直努力在科场中建功立业，也曾多次向俞樾请教学习的方法、八股文的写作方法，没想到多年奋斗后依旧没有能够考中进士。十二月初二是王康侯下葬的日子，王氏本来祖籍苏州，后来才迁到宝应县，这次又归葬在苏州象宝山，俞樾亲自为女婿送葬，这一天也正好是他七十岁生日，不禁感触万端，以诗哭之：

回思二十五年前，迎到王郎正妙年，
门第乌衣仍未改，科名金榜竟无缘。
欲为先世存遗迹，不碍他乡卜墓田，
七十衰翁初度日，山中亲送汝归泉。

大女婿的突然去世让俞樾久久难以释怀，原本已有的厌世之心更加强烈。有一次闲居于右台仙馆，徘徊于荒岭坟头，不禁又开始思考这样的问题：人生而何益，为何人人都乐生恶死呢，到底生又何乐，死又何苦呢。于是写下了《生死问答》四绝句，在想象中设计了生与死的问答之语以表达自己对生死的看法：

闻说生人乐，生人乐若何。
春花与秋月，想比夜台多。（死问生）

人间是何物，道左一凉亭。
各走东西路，无非都暂停。（生答死）

但有生而死，从无死而生。
茫茫死后事，尼父不分明。（生问死）

闻君体不适，一睡即安然。

暂眠犹是好，何况是长眠。（死答生）

从诗中可见他的生死观明显地带有道家生死观的印痕。庄子说，气聚而生，气散而死，人之生本来便是偶然的现象，而死只是复归于元气之中；生于世有种种难以忘怀去除的负累，而死则可以安心长眠，有南面王不易的大快乐。俞樾这里奇特的想象或许也受到了《庄子》中庄子与骷髅对话这一寓言的启发。后来俞樾便把这四首诗寄给了远在京城为官的同年徐树铭侍郎，徐树铭很快也寄诗一首相和，但还是表达了不同的看法。

于是，俞樾又作了两首《人生天地间二首答坐客》来进一步阐明自己的生死观。开篇便说到“人生天地间，与戏场无异”，其实便是生死问答诗中“人间是何物，道左一凉亭”的具体阐发。所谓亲属也只是偶然聚合，只是同处一室中，还是难以免俗，往往会产生情意，比如自己现在念念不忘的还是“犹未抱曾孙”。其实“人生天地间，与戏场无异”，世间之人，或高贵如帝王，或贫贱如仆役，所有这些在茫茫大化流行之间只不过“鲍老与郭郎，各坐各人位，苍鹘与参军，各执各人事”而已，须明白“笙箫闹袍笏，金鼓舞旗帜。不过梨园中，各演一场戏”的现实。最后四句之意，俞樾其实是受到了姚夫人的影响。据他在《春在堂随笔》中所载，有一次夫妻二人谈起人们有喜庆之事时总是会请人来唱堂会，最后一个曲目往往以笏圆终之，就是演郭子仪生日上寿事。姚夫人对俞樾说道：“袍笏满场，可谓极盛矣。但极盛之后又会怎样呢?”俞樾饶有兴味地看着夫人说道：“你说会怎样呢?”夫人不疾不徐地回答道：“也就是如赵嘏所说的‘门前不改旧山河，破虏曾轻马伏波。今日独经歌舞地，古槐疏冷夕阳多’吧。还有张籍的《法雄寺东楼》‘汾阳旧宅今为寺，犹有当时歌舞楼。四十年来车马散，古槐深巷暮蝉愁。’笏圆以后之事，也就是此二诗所写呀。”俞樾当时不禁拊掌称绝。但当时因为现实诸多琐事的牵绊，俞樾并没有过多地考虑生死问题，多年以后的今天，他也从心底认同了夫人关于生命与人世的看法。而他在戏台两边的题联，也确实表达了对生命本身的认识：

一部廿四史，谱成今古传奇，英雄事业，儿女情怀，都付与红牙檀板；

百年三万场，乐此春秋佳日，酒座簪缨，歌筵丝竹，问何如绿野平原。

（《春在堂楹联录存》）

在俞樾这里，勘破生死并没有带来对现实生活的厌弃，在生活中俞樾还是很有兴致。这几年来俞樾和家人相聚游赏的时候很多，每次到杭州一般总是有孙辈同行，光绪十三年（1887）三月初一，他曾携家人到绍兴游玩，登上南镇，又拜谒了大禹陵，还去了吼山七星岩览胜，一路悠游，写《越中纪游》诗十九首。来到七星岩时面对明朝胡梅林所刻的“天然广厦”四个大字，俞樾不禁又回忆起咸丰十一年（1861）避兵乱和夫人携儿女辈同游的情景，时光飞逝，转眼已有二十七年之久，而昔日同游之人却已有半数凋零了。俞樾曾多次向陛云说起在禹寺看到的那块唐朝“往生碑”，所以陛云希望能够亲眼目睹。一家人来到禹寺时发现这里比以前更荒凉了，游客稀少，而放置往生碑的侧殿门锁着，门扇棂格之上落满了灰尘。他们找来了寺里的道人，这才又一睹真迹。

这次最热闹的一件事便是在周桥看社戏了。当时，这里正好有龙船之会，赛完龙舟之后又在河边的戏台之上演戏，孙辈都想看戏，但又想起俞樾去年在京城之时有“一不入酒座，二不登歌筵”的规矩，怕老人不同意，便公推陛云去问一问，没想到俞樾笑呵呵地就答应了。庆曾奇怪地问道：“祖父去年在京城不是很讨厌看戏吗，现在咋又改变了呀？”俞樾手捻短须，含笑回答道：“在京城不可，但在周村便可以了。”陛云站在一边，忽然理解了祖父的用意，祖父在谦和的外表之下颇有狷介之意，在京城有这样的规矩，其实也是不想为应考之事请托于人呀。

年华逝去，俞樾发现自己这段时间总是不由自主地回忆童年和少年之事，他这才意识到自己已经有好几年没有去过临平了，那里还有他的表哥与表姐。光绪十四年（1888）四月中旬，俞樾携二儿媳妇、孙女庆曾、曾孙女珉宝，还有两个许氏外孙女一同前往，在那里见到了春伯表兄和伯兰表姊，这时伯兰表姊已经八十一岁了，但耳聪目明，相谈甚欢。他又来到昔日的住处，看到昔日在史家埭的住处已经片瓦无存，而后来所移居的印雪轩也只存沿河老屋了。寻访旧迹，心中难免感怀良多。

俞樾天性好善，常有好生之德，这年腊月二十九日正好是立春。早晨起床后俞樾从棉袄中捉到了如黍米一样大小的虱子，因念春德在生，不忍心扪死，于是放于草丛之中任之自去。还戏赋一诗："是时甫立春，生气正和煦。君子顺时令，推爱到雏乳，是亦一佛子，岂论微与巨。余不忍汝杀，放尔就泥土，尔其吸春风，尔其饮春雨，物类有变化，久久且生羽，化尔为青虫，飞翔到园圃……"虽是游戏笔墨，却也可见先生之纯良本性。

他也并非一心只读圣贤书、两耳不闻窗外事者，这几年中各地陆续有自然灾害，他也尽自己绵薄之力为赈灾奔走呼号。光绪十四年（1888）夏秋之际，直隶省河南省出现了大水灾，郑州一带黄河溃决，灾情非常严重，俞樾昔日做河南学政时便有过这样的隐忧，他可以想象得到灾民苦难的生活。于是便拟作了各省乡试闱题，有八股文七篇、诗歌四首，合成一册来刊售，所得的钱都寄到了上海赈局，用于帮助河南救灾。第二年即光绪十五年（1889）九月，浙江省湖州各县大水灾，初一这天俞樾自杭州乘船返苏，沿途所见，灾情严重，又听说故乡德清尤其严重，于是又拟作了闱墨四篇，印了一千本，得银百元汇到德清赈局救灾。

俞樾很有仁人之心，每次面对天灾人祸之时总是尽自己的努力去救助，对于灾民寄寓了无限的同情之意，而且对于灾祸的起因和官府的表现也有颇多不满之处。昔日在新安时如此，在河南为学政时也是如此，后来俞楼修建之初，他写信给主事者徐琪表示想停建俞楼，原因也是这一年西北各省大旱，他想节约以赈灾，拳拳赤子之心，可见一斑。

光绪十四年（1888）夏天，俞樾为孙女庆曾订婚，庆曾的未婚夫是宗湘文观察之子宗舜年（字子戴）。后来他写信把这件事告诉了徐琪和彭玉麟，他们一个在北京，一个在金陵，没想到在来信中不约而同地都说道："误矣，误矣。"宗湘文惧内，而他的夫人为当地有名的悍妇，这在官场中已不是秘密。了解到这些情况后，俞樾心中也有一丝反悔之意，毕竟庆曾是他最为心爱的孙女，她自小便随他往来于苏杭之间，时刻陪伴在左右，善解人意，娇憨可爱。但碍于情面，退婚之言难以出口，转念之间又想到反正说好是宗舜年入赘于俞家，或许也没什么关系。况且宗舜年正好在秋天的科考中高中举人，俞樾便在当年的十二月十三日在曲园为他们举行了隆重的婚礼。俞樾亲自在红纸之上写下了八个金色大字："金榜题名，洞房花烛。"贴在了乐知堂的墙壁之上，这在当时也被传为佳话。

但是令俞樾始料不及的是，这竟是庆曾不幸生活的开始。婚后二人同住于曲园之中，子戴忙于读书备考，闲暇之时夫唱妇随，与家人清游小集，倒也和谐惬意。不料不到两年，婆家便招儿子媳妇到无锡同住，虽然庆曾知书达理、温柔贤惠，但婆母却百般挑剔，肆意虐待。每次庆曾回曲园省亲之时都强作欢颜，但时间久了大家从婢女处也听说一些她在婆家艰难度日的情形，虑及此事，俞樾常常心如刀绞。当时订婚之时，宗家曾托人打听庆曾的品貌如何，老先生曾自豪地说："品貌俱佳。"这不仅仅是一个溺爱孙辈的祖父的评价，更是他对庆曾的客观评价，他实在不能理解，她的婆婆到底是一个什么样的女人，为什么竟不能相容。二儿媳妇也曾有意无意地表示对庆曾的担忧，俞樾虽然心疼庆曾，但总觉得这或许便是庆曾的命运吧，内心还是希望情形会有所好转。后来宗家举家迁至温州，情形似乎更为恶劣：

落溷飘茵任所遭，命宫磨蝎总难逃。
年年树上听姑恶，飞上高枝声更高。

（《前诗意犹未尽，再成十绝句》之一）

庆曾遂积郁成疾。后来庆曾的婆婆还为儿子买来了一个小妾，没想到这个女子得了杨梅疮，没有能够按时迎娶。子戴的父亲问起这件事，婆婆便诡称是庆曾不许子戴娶妾，庆曾真是欲辩无言。最后一年中，庆曾没有单独往家中写过一封信，后来听婢女说起，小姐每次提笔想向家中报一声平安时，总是半天无法落笔，只有泪水扑簌扑簌地落下来，打湿了信笺，最终只好作罢。家中最后一次收到庆曾的亲笔之言是附在丈夫信后的一句话："朱喜何病而死？"朱喜是家中的老仆人，三月中旬时忽然得急症而死，当时大家看到这句话时都觉得有些莫名其妙，不知道庆曾为何说这句话，没想到几天后便传来噩耗，庆曾自缢身亡。

悲痛之余，俞樾才意识到庆曾当时只是为了给家人写一个“死”字，其时可能便已萌死志。俞樾在哭庆曾的诗中曾说道“……春林风紧啼姑恶，秋浦潮回断子规。已杜生机生亦赘，莫名死状死犹疑”，满腹心酸，于诗中倾泻而出。“十年幽恨苦难平，荆棘丛中了此生”是他对孙女庆曾婚后不幸生活的形象概括。

庆曾去世之前，俞樾还经历过一次刻骨铭心的丧事，那便是孙媳妇彭见贞的突然去世。光绪二十年（1894）夏天，彭见贞病逝于曲园，俞樾简直痛不欲生。这不仅因为彭氏是自己知交好友彭玉麟的嫡亲孙女，更重要的是彭见贞温柔贤淑、处世得体，而且事长辈至孝，不要说对祖父和婆母恭敬有加，就是对早已懵懂无知的公公也孝行严谨。

初嫁来时，家人还担心她会恃尚书门第而骄矜，没想到她生性谦和，即使对丫头仆妇也从来不发怒斥责，和俞陛云更是琴瑟和谐，十五年来从没起过争执，总是举案齐眉、相敬如宾。而且她胸怀旷达超脱，有姚夫人遗风，当陛云多次应礼部会试而未中之时，见贞还劝慰他说：“吾家并不以科名富贵为重。”

这几年来，二儿媳妇日见年长，而且常随俞樾往还于苏杭之间，所以彭见贞实际已经当家，把家中管理得井井有条。她心地善良，如果有贫者来告贷，总是千方百计地帮助他们。自祖父彭玉麟去世之后，因为悲痛太过，又操劳过度，所以身体一直不好，病中自知难起，所以就把家事一件件地托付婆婆。最让俞樾唏嘘不已的是，她甚至已经安排好丈夫的续弦之事，俞樾的许氏外孙女，也就是二女儿绣孙的二女儿自幼便住在俞樾这里，与彭见贞也是闺中密友，年长尚未出嫁，彭氏临终时表示希望他们能喜结连理。诸事完备后才安然而逝，年仅二十九岁。

俞樾一向对彭见贞爱怜有加，现在忽然逝去，真有痛彻心扉之感。他写了长诗《哭孙妇彭氏》："……老夫何罪又何辜，总坐虚名误此躯。泡梦电云十年内，寡鳏孤独一家俱……"回顾十余年来，老母亲先逝，接着夫人、大儿子、二女儿、孙媳妇，家人至亲接二连三地离开人世。大儿媳妇无夫为寡，自己老而无妻为鳏，孙儿陛云过继给大儿，而大儿已死所以为孤，孙媳妇无子而死为独，一家人中寡鳏孤独竟已俱全，只有二儿夫妻相守，但二儿早已懵懂无知，与废人无异了。想到这些真觉得人生多苦，反不如阴间之乐。为什么会这样呢，或许是因为自己虚名太盛，才有如此惩罚吧。思前想后，俞樾内心的悲痛之情真是难以抑制。第二年，俞樾还是按照彭见贞的安排为陛云迎娶了许氏二外孙女。

俞樾这些年在精舍授课之暇，主要住在右台仙馆和苏州曲园，虽然多与友人门生交游唱和，来往频繁，但也并非终日悠游，而是依旧著述不辍。光绪十年（1884）出版了《茶香室续钞》二十五卷，光绪十四年出版了《茶香室三钞》二十九卷，光绪十五年五月有《曲园自述诗》一百九十首刊行。光绪十八年夏天在曲园杜门不出，以书卷自娱，有所感触则记下，得文十四卷，署名《九九销夏录》，属于杂文掌故之类。光绪十九年（1893）春天在吴中著述庐中又草订了《茶香室四钞》。著述之作已经超过了四百卷，书房中真是书多为患。因为他所刻之书大都采用传统的刻版印刷技术，而俞樾的著述卷帙浩繁，木刻本携运困难，在光绪二十年（1894），俞樾的弟子曹小槎采用了最新的石版印刷技术来刻印《春在堂全书》，以广为流传。

俞樾著述一向以训诂音韵为主，前期的代表作有《群经平议》《诸子平议》和《古书疑义举例》等，中期的《曲园杂纂》和《俞楼杂纂》中也包含许多相关内容。自从夫人去世之后，《右台仙馆笔记》的撰述标志着他的研究开启了一个新的领域，那便是笔记小说。这些年来的《茶香室丛钞》系列便是类似的撰述，俞樾在《茶香室丛钞》的序言中曾谈到写作因由：姚夫人生前读书时有个习惯，总是把一些罕见罕闻之事抄在纸上，常常是积上六七十条之多后，自己也觉得有些厌倦，又想到自己见闻有限，安知自己所认为的罕见罕闻之事不是别人所习见习闻的呢，虑及于此，便又把这些记录焚烧。夫人去世两年后大儿子绍莱也弃世而去，此后第二年二女儿绣孙去世，骨肉相继凋零对俞樾打击很大，他自言："老怀索寞，宿疴时作，精力益衰，不能复事著述。"但多年的习惯使他在独处之时还是以书籍自娱，于是依照夫人故习把所见到的一些罕闻罕见之事随手记录下来，日积月累有了近千条，不忍心像夫人一样焚弃，所以便整理刻印出版。而以"茶香室"命名也是因为夫人生前是把卧室称为"茶香室"，茶香室系列都是由此而撰述的。

就内容而言，《茶香室丛钞》中也有如《右台仙馆笔记》一样的道听途说之作，但大部分还是录自所读之书中，由此也可见俞樾读书兴趣非常广泛。既然精力不济，所以治学兴趣也有所转移，他不再殚精竭虑于经学著述，而是对一些当时流行的非主流文学如小说、弹词类很感兴趣，常常在乘船之时读小说作为消闲，如光绪七年（1881）自杭返苏之时便在舟中读《儿女英雄传》，题为文康著，光绪四年出版。

光绪十二年（1886）送孙子俞陛云赴京应考之时还从潘祖荫（字伯寅）尚书那里借来了《三侠五义》。《三侠五义》是根据当时的说书艺人石玉昆所说的包公案故事整理而成的，俞樾不仅很喜欢读，而且还“戏仿淘真作平话”。“淘真”也称陶直，是平话小说中的一个类目，宋时便有这种名目，也是汴京旧俗。他把《三侠五义》更名为《七侠五义》，内容上也稍做删改，并在上海印行，自己也有“拼将暮史朝经力，都付南花北梦间”（《偶于吴蔗农孝廉处借小书数种观之漫赋一律》）。这里的南花是指《天雨花》弹词，而北梦则是指《红楼梦》平话，在当时并称“南花北梦”。俞樾对《红楼梦》应该是比较熟悉的，曾与姚夫人讨论过红楼梦的作者问题，在《小浮梅闲话》中有记载。他还计划写以史载骊山女事为蓝本的《骊山女纪》，又拟撰《梓童文君传》，可见其兴味志趣非常广泛，并没有正统文学的守旧观念。后来林纾等翻译了《巴黎茶花女遗事》等西洋小说，俞樾也在闲暇之时阅读，这些小说使他了解到一种崭新的文学叙事方式、一种崭新的情感和生活方式，从而也增长了见闻。

第八章　悠悠时局使人愁

以前，在传统文化的浸润之下，俞樾对于世界和社会的认识没有超出儒家思想的设想，他对世界的看法虽然有佛教中三千大千世界的启示，但基本上还是抱着一种姑妄听之的态度，并没有真的相信实有其事。

自鸦片战争后国门被打开，思想界也开始接受西方文化的影响。魏源受林则徐嘱托，于道光二十二年（1842）编成《海国图志》一书，提出“师夷之长技以制夷”的思想，为中国近代思想的发展提出了一个全新命题。后来在19世纪60年代兴起的洋务运动基本上便是沿着这一思路发展，在恭亲王奕䜣、两江总督曾国藩、直隶总督李鸿章和湖广总督张之洞等人的主持之下，兴办一系列的近代军事工业，如造船、制炮等，同时还兴办了煤矿、铁厂、缫丝厂、电厂、自来水厂、织布厂、电报、铁路等民用工业，这些民用工业的创办打破了西方资本在中国的垄断，后来又陆续开办了外文、军事、西医、电报等学校培养技术人才，并于同治十一年（1872）开始向海外派出留学生，西式教育的引进在一定程度上使中国人的思想开始摆脱蒙昧状态。

随着与西方交流的日趋频繁，西方的哲学与思想也随之而来，和当时的大多数文人一样，对这些知识，俞樾最初的反应是否定与嘲弄，如光绪八年（1882），俞樾作了一篇《病中偶作》，很能代表他当时的世界观。从中能看到他似乎是依旧相信有神仙世界的，对于海外仙山的传说也颇为认同，有“须知灵气蟠空际，不比凡山在世间”，认为有缘者就可以看到传说中虚无缥缈的仙山，可以羽化成仙，而世间传说中的如徐福等方士应该是曾见过的。这还是传统的世界观。而此时西方地理学的相关知识已经传来，俞樾也曾听说过哥伦布、麦哲伦都有环绕地球的航海旅行，由此证明天下并不是我们所熟知的“天圆地方”，地球本身便是圆的，人一直走下去可以重新回到起点。刚刚听到这样的知识时，俞樾认为是无稽之谈，斥为井蛙之见，“浪夸地轴周游遍，此境辽辽未许攀”，完全是一副排斥的态度，此时在他的心目中，或许中国国力已经不再强盛，但文化上还是有绝对的优势的。

但仅仅十几年的时间，随着洋务运动进一步深入，中国与西方的交流也日益增多，中国的国门一步步打开，西方的思想学说与理论也随之在中国快速传播，一批有先见之明的知识分子开始睁开眼睛看我们所生活的时代与世界，并积极地学习西方思想与理念。尤其是中日甲午战争，中国惨败，最后签订了中国近代史上最为丧权辱国的不平等条约《马关条约》，割让辽东半岛和台湾全岛及所有附属各岛屿和澎湖列岛，赔白银二万万两等。当这一消息传开之时，上自皇帝下至民众都受到了强烈的震撼，他们的心中充满了忧郁激愤和耻辱无奈相交织的感觉，被自己昔日所不屑一顾的岛国虾夷打败，而且竟然要割地赔款，这样一来真是国将不国了。因为北洋舰队在甲午战争中的表现，使洋务运动也成为战后国人攻击的目标，当时大家所迫切渴望的便是“自强”，而“自强”并不仅仅是学习西方的技术，还要学习他们的思想与政治形态，这也成为朝野上下的共识。

俞樾作为一个时刻关心国事、有忧时济世之心的知识分子，这样的现实也令他忧心忡忡。甲午战争正在进行之时，有一次他到西湖彭刚直公祠去祭拜，想到时局动荡，心中有无限感慨，“无端毒雾起扶桑，又费军符日夜忙”，如果彭刚直公在世或有退兵奇策，现在只能徒劳地说，“问公何计固金汤”（《彭刚直公祠下焚寄》）。冬天在右台仙馆小住，想到当前局势，还认为“消除兵气无奇策”（《雪后口占》）。

战争的结果同样使俞樾的思想和心理都受到了极大的震撼，光绪二十二年（1896）除夕之日，俞樾回想到自己是道光丙申年间入县学读书，距今已经整整过去六十年了，六十年的时间对一段历史来讲只是很短的一段时日，但在这样一个变化频繁的时代却已经发生了天翻地覆的变化。六十年前自己刚入学之时正是承平盛世，民众安居乐业，战争似乎还是很遥远的事，而这六十年来，国内战争持续了十几年，还有鸦片战争后国际列强时时入侵，伴随着一系列不平等条约的签订，沉重而古老的国门被渐渐打开，未来的国家命运、学术命脉真不知走向何方。虑及于此，俞樾内心真是百感交集，“谁知一领旧青衫，斑斓渍透忧时涕”（《余于道光丙申年入县学至今光绪丙申六十年矣，追念前昔，怃然有作》）。

面对这样的艰难时局，俞樾的心中有疑惑也有焦虑，他在积极地思考现实中国的出路。他认为现实政治制度中有许多不完善之处，而根本原因在于郡县制，“郡县之天下，积弊皆如斯”，面对国内官场政治中“政以贿赂成，柄为胥吏持”的现象，他认为解决这个问题的方法便是恢复封建制，如果真能恢复，就可以天子明堂安坐，天下垂拱而治了。但他也知道这种设想在现实中不大可能付诸实践，“惜无彭与乔，吾言竟谁验。”俞樾在《七夕戏作》（1896）中谈到自己的理想社会的生活图景：“吾愿世之人，不雕又不琢，风俗洗浇漓，纪纲守严肃。”官僚胥吏各司其职，士农工商各行其道。真能如此，那么葛天氏民之乐也不过如此呀。

然而，在当时的社会中又如何能实现这样的社会理想呢，这里始终不能逾越的一个问题便是如何看待西学。俞樾在同年的《告西士》三首长诗中表达了自己的看法，他认为这些西方之人工于奇巧之事，比如使用枪炮火药，发明了电线电报，面对这些，一方面，他站在传统思想的立场上认为这都是奇巧之技为术之末端，是不值得学习的，“究之何所益，徒为识者哂”；另一方面，却还是觉得有用且值得学习的。心有不甘的背面含有以中国传统文化与西方科技相抗衡之意。比如第一首便说到了生死之事，中国传统之道教中人如魏伯阳、李八百等通过内丹修持和外丹助力可以改变死生的自然规律，白日飞升，无限延长生命的长度；第二首又说到传统幻术可以呼风唤雨，这样对国计民生真是大有裨益；第三首是说中国古代有点铁成金之术，有了足够的黄金，社会财富极其丰盈，就不会有战争与盗窃，人民可以不事生产而生活得富足惬意。既然西方之人巧于心计，可以与造物者争奇，那不知这三方面的事能不能做得到，如果能做到，那么对于全世界民众而言都是天大的好事，必定可以“万国同升平”。现在看来，这些观点颇多幼稚之处。

在随后所写的《咏古》诗中，他又一次从邹衍大九州的设想中来规范现在的时代，他肯定古人“分久则必合，合久则必分”之言，但又认为古人眼界太过狭窄，仅仅着眼于我们所生活的赤县神州，“北不越幽蓟，南不逾粤闽。东不出辽沈，西不过峨岷”，真正的天下观应该以邹衍的大九州说为基础，每一州周围都有大海环绕，所以难以交通。立足于此再来观照历史，可以发现中国自黄帝以来一直处于“分”的状态，而现在与西方交流日多的情形应该是体现了天下将“合”的趋势，正所谓“分久则必合，闭久则必通”。“时既逢其会，天亦开其蒙”，未来的世界将是天下万国合而为一的时代。站在这个立场之上再来看看新近传来的新技术，如“电线捷如响，火轮迅于风……遂令禹迹内，皆有海客踪”。这种趋势为分久后必合的趋势，是不可阻遏的，对拒不接受者持批判的态度：“竖儒不知变，成见犹未融。谓可绝其使，谓可摧其锋。岂知天视下，廓然而大公，皆吾所覆载，无南朔西东。分久而欲合，谁能违苍穹。……久之同文字，学校彼可充，久之同风俗，嫁娶人皆从。此谓一大合，不复分华戎。”站在这一角度再来看历史上所谓的三国之争与南北朝之分，“小哉蚁与蜂”。而分分合合，无非天意，再过千百年后，现在的合又会变成了分，那时重可以“完我清静天，还我干净地”。理论上认识到了这一点，那么在现实中应该也有超脱之意吧，然而依旧是“吾侪生今日，空洒忧时涕”。

最为奇特的是俞樾在这里竟然会有超越了国家与种族界限的“大合”思想，究其思想根源，当出自儒家经典中所提到的小康与大同社会，与康有为在《大同书》中所提到的社会理想有相通之处。康有为在《大同书》中也说到要取消家庭、家族、国家、私有财产，甚至是民族和种族的界限，建立一个真正公平、公正、合理、自由、平等的大同社会。这样的大同社会必将是人类社会进化的方向。但俞樾没有强调这是进化的方向，而认为是“分久必合，合久必分”这一历史循环论的结果。

在19世纪末期的中国，西方的科学技术与现代理论已经广为流传。俞樾并不是被动地接受这些理论，而是经过了自己积极的思考与比较。比如说到天体空间意识，西方的现代理论认为：“日月及五星，各自成一天，亦有人有物，亦有山有川，推之于恒星，无量复无边。”在接受这些理论的过程中，俞樾不禁想起了佛教关于空间世界的理论，佛教中经常提到三千大千世界，说外部空间浩瀚无垠，如“恒河沙数”一样，与西方的这些理论正相符合。当时经常提到金木水火土等诸星体，俞樾又把这种说法与中国传统的“九重天”联系起来作了合理的解释，最后又谈到“惟月去地近，与人疑可即”，从嫦娥奔月的故事谈到了登月的可能性。当时已经有氢气球扶摇直上天空，他认为百年之后应当有更先进的飞行技术，真正地登上月球并不难做到，而太阳因为温度太高难以接近，但登上火星和金星、水星却有可能。俞樾当然没有想到，自己登上月球的设想七十年后真的实现了。

然而，客观而言，作为一介儒生，俞樾所受的教育使他习惯于用儒家思想来解决一切现实问题。在面对以自给自足的小农经济为基础的封闭社会状态时，他的这些理论或许有解释的价值，但事实上他所生活的时代，无论是政治、经济或者文化都与以前的情形大为不同。当时社会中西方的科学知识已经相当普遍，俞樾并没有意识到这些知识与传统文化是两个不同的知识体系，他在接受这些知识时采取的方法是把这些知识纳入自己原有的知识理论体系之中，圆凿方枘，于是他的某些思考和结论看起来便有些不合时宜了。如关于郡县制的看法以及大合和大同社会的思想等。面对列强的入侵，他在《国朝柔远记》中竟然认为洋人来华是分久必合的表征，甚至预言中国将出大圣人，这个大圣人将合大九州而君之。这种观点不能不使人感叹他对时势剧变的无知。最为可悲的是俞樾的思想在当时士人中颇具代表性，他们一味排外，盲目虚骄，在应对新的局势中盲目乐观，亦是迂腐的极端。

这时，俞樾的心胸开阔，思想也趋于澄澈，他勘破了生死大关，对天下大势也有自己的见解。这种见解或许失之偏颇，却是他所信服的，使他在心理和思想上都处于平衡状态。晚清许多知识分子都与他一样面对险恶的现实而借此保持精神上的平衡和优越感。

俞樾一向以道统自居，在当时西学日盛、经学式微的情势之下传统学脉将如何延续，这也是他这一时期思考较多的问题，集中体现在他这一时期所作的《三叹息》上。这三首长诗都围绕经学衰微的主题。第一首写经学从汉代的许慎、郑玄到宋明程朱理学的发展历程，但“自从西学来西洋，细入微芒不可诘。尼山旧位几从祧，利玛新书方竞译”，两千年来的经学传统一齐付于东流之水，想起来令人不禁发出一声叹息；第二首回顾清朝以来乾嘉学派顾炎武、戴震、段玉裁、钱大昕、阮元等老一辈学者在音韵训诂和典章制度方面的成就，现在也付诸东流，不禁又发出一声叹息；第三首回顾自己七十多年的人生经历，自从中年罢官后，“妄拟名山留著述”“博观国朝诸老书，最喜高邮王氏说”，于群经诸子各书均有涉猎，集为《春在堂全书》四百卷流行于海内外，但西学日盛，对经学有兴趣的人越来越少，大家都开始学习西方的相关知识，国家似乎也在提倡西方的教育内容与教学模式，而且这也是不可阻止的必然趋势，自己辛辛苦苦四十余年的著述心血必将付于滔滔东流之水，儒学命脉，到底该如何延续呢？或者是真的无可延续，两千余年的学术命脉将终于一夕之间。近几年来，俞樾越来越有这样的危机意识。

光绪二十三年（1897）春天，俞樾循例开课，他主讲杭州诂经精舍已经整整三十年了，这三十年来无论谁做浙江学政都夸奖在浙江所有的书院中诂经精舍的人才是最盛的，三十年中中举之人多多，为人师表、著作等身者也有数人：“几辈翱翔到云路，几人著述寿名山。”但现实的情景又是严酷的，现在全国上下都被西学之风所笼罩，西方的礼仪制度和思想理论也成为大家关注的焦点：

三十春秋成一世，天时人事从而异。
梨枣争刊新译书，丹铅竞写旁行字。
万国同文西学兴，西方教士发鬅鬙。
已愁禹迹淹将尽，更恐秦坑焰又腾。
孟氏遗书深有味，一言反本无辞费，
省刑薄税信能行，坚甲利兵非所畏。
如何异喙各争长，辛苦群公日夜忙。
未见长材能逐鹿，空教大道叹亡羊。
今朝循例来开课，吾道非欤无乃左。
痛哭先师许郑前，一杯难胜车薪火。
老我行将与世辞，诸生努力强支持，
守先待后百年事，会有庆元极盛时。

当时世变在即，大清帝国已濒临灭亡，朝野内外竞学西方之法令制度，自己穷毕生精力所研究而且寄托了自己的生命价值的经学，现在却面临被西学所替代的命运，俞樾心中的彷徨悲痛无以言喻。他对经学还是充满感情的，而且坚信其中有救国富民强兵之道，只是后人未按此行事，国家与政局才有如此困境。虽然已经明确地意识到危机就在眼前，但他还是忍不住勉励诸生，把重振经学传统的希望寄托在他们的身上，殷殷期盼之情溢于言表。

在这样的情势之下，经学将走向何方，俞樾的心中也感到难以把握。另外，让俞樾寝食难安的一个因素是现在朝野内外在教学模式和教学内容上都主张向西方学习，书院改学堂的风气也席卷全国，诂经精舍又会走向何方呢？事实证明俞樾并非杞人忧天，这年七月，浙江巡抚廖寿丰即奏请朝廷把省城的敷文、崇文、紫阳、诂经、宁海、东城六所书院酌筹改并，同时设立专门讲授学习中西实学的求是书院。乍听这个消息，俞樾心中的悲凉之意无以言喻，他罢讲以示抗议，于是这个提议在当年也不了了之。

一叶落而知天下秋，俞樾内心清醒地意识到，撤并书院、改变教学模式已是大势所趋，自己对此无能为力。这年冬天，他向当政者提交了辞呈，但浙江巡抚廖寿丰和中丞廖谷士都竭力挽留，于是俞樾答应再留任一年，以寻找合适的继任者。其实在俞樾的心中还是有一丝隐秘的希望，那便是希望事情能够出现转机，然而第二年，也就是光绪二十四年（1898），形势更加明朗，朝廷饬令把各省大小书院都改设为学堂。俞樾知难而退，飘然引去。在《续曲园自述诗》第三十四首中他还谈到了这件事："高据湖山第一楼，居然三十一春秋，明年勇撤谈经席，坐看滔滔逝水流。”注云：“余丁酉岁主讲诂经三十年矣，即拟力辞，然念时势至此，或藉孱躯稍留大局，故又留一年。今则横流更甚，断非区区螳臂所能枝柱矣。因力言于廖谷士中丞，坚辞斯席。自今思之，不得谓余无先见也。”有抑郁悲愤，有无可奈何，还有掩抑不住的凄凉之意。

俞樾不得不承认，经学的衰微已是大势所趋，并不会因为个人的意志而有所转移，而他对新式学堂怀有复杂的情绪，从理性上来讲，是可以接受的，但情感上难免有些许的排斥之情。尤其当自己的子孙舍弃书院而步入新式学堂时，这样的心绪就更为明显。光绪二十四年（1898），俞樾的重孙箴墀考取了天津二等中西学堂，俞樾送其北上时赋诗一首，集中表达了这样的意绪：

> 百年世业守箕裘，惟有楹书数卷留。
> 祖德衰微行且尽，儒门淡泊竟难收，
> 遂教吾党趋新学，不及农夫守旧畴。
> 送尔北行虽可喜，悠悠时局使人愁。

自祖父以来俞氏一门本以儒学传家，但现在家族中的子孙竟然不能继承祖业，而去学习新学，或许新学的确是时代的潮流，对以后个人的发展也颇有裨益，但这样的现实情形还是使人忧虑呀。俞樾的另一个重孙俞同悌也在福建上新式学堂。面对现实的无奈，俞樾内心充满了一种难以言传的复杂情绪。

当时不仅是家里的亲属后辈，即使是在精舍里读书的学生，他们的眼界和思想也不再局限于传统的经学了，他们接受了经学之外的许多理论，面对现实，他们往往有出乎俞樾意料之外的举动。比如章炳麟，他是在光绪十六年（1890）进入诂经精舍读书，从学于俞樾，但学无常师，经常向仁和高宰平先生探求经义，向谭献（仲仪）先生学习文辞法度。章氏思维敏锐，思想活跃，关于经义也常常能道人所不能道，知人所不能知，他在诂经精舍所作的课艺有十几篇还被收到俞樾所编的《诂经精舍课艺》之中。对于经学的认识，他专尚古文经，推崇刘向、刘歆父子，俞樾很欣赏这位能够独立思考的学生。

光绪二十二年（1896），康有为路过杭州时来拜见俞樾，俞樾请了几个得意弟子作陪，其中便有章炳麟。[①]席间，大家畅论古文经义，自然谈起了康有为几年前的著作《新学伪经考》。这本书被梁启超誉为“思想界之一大飓风也”，当时光绪帝的老师翁同龢看完后在日记中写道：“看康长素《新学伪经考》，以为刘歆古文无一不伪，窜乱六经，而郑康成以下皆为所惑云云，真说经家一野狐也，惊诧不已。”大多数人都认为此书荒谬绝伦，是“非圣无法，惑世诬民”。此事甚至惊动了当朝天子，光绪帝责令两广总督李瀚章查复：“如康祖诒所刊《新学伪经考》一书，实系离经叛道，即行销毁。”后来在梁启超的曲意斡旋之下才大事化小，小事化了。

---

① 在《章太炎先生自定年谱》中记此事是光绪二十二年，而《康南海自编年谱》中提到去上海而路过杭州是在光绪二十三年，今从《章太炎先生自定年谱》所说。

俞樾对这件事的来龙去脉也比较清楚，因为当时徐琪正在广东为学政，此事他也曾介入其中，其间曾写信向俞樾说起。相对而言，俞樾本来思想开明，对这样的观点虽不能完全接受，但他学术态度有兼容并蓄之意，对学术中的不同意见也认为是“君子和而不同”，都可以理解，毕竟也代表了不同的学术观点。康有为的目的只是为了破除古文经典的永恒权威和价值，破除人们迷恋古籍、故步自封、漠视世事的保守心态。俞樾知道章炳麟最为崇尚刘歆，而康有为的学术主张最排斥刘歆，认为他诬孔子误后世。于是俞樾手捻长须，看看康有为，又看看章炳麟，笑着说道：“炳麟常自称可列于刘歆的门墙之内，而康君却是专门与刘歆为敌，你们两个人正水火难容、针锋相对呢。”大家哈哈一笑。

章炳麟此时也有了一定的知名度。光绪二十二年（1896），梁启超、黄遵宪、汪康年等人在上海创办了《时务报》。当时维新变法的风气大开，全国各地都有宣扬变法言论的新式报刊创刊，如严复、夏曾佑在天津创办《国闻报》，译载赫胥黎的《天演论》，湖南巡抚陈宝箴等也办了《湘学报》倡言新政，康有为在广西创圣学会开报馆，江浙闽粤鄂陕京师等地都有新报出现。变法自强、维新立宪的风气蔚然而起。《时务报》发刊以后行销海内，有万余份的发行量。梁启超任总撰述，他的文章文笔畅达，感情充沛，《变法通义》等数十篇文章都是在这里发表的。这年冬天，梁启超写信邀请章炳麟到上海去为《时务报》撰稿，章炳麟这时在诂经精舍已经学习了七年时间，在这样一个动荡时局之中也希望能够有所作为，他的确想到上海看看有没有一展抱负的机会，于是欣然应允。当他去向俞樾辞行之时，俞樾却很不高兴。俞樾虽然思想较为开明，但毕竟是一个旧式文人，对于现代报刊这样公开议论时局、批评政府的形式还是难以接受。况且章炳麟天性聪慧，学有所长，俞樾真心希望他能够为学术命脉的延续做些事情，而不是这样直接地议时议政。

临行之际，师生两人都没有意识到这虽然不是他们的最后一次见面，但再次见面时却会发生激烈冲突。

离开杭州后，章炳麟来到了充满机遇与挑战的上海，他的思想在这一时期发生了重大的变化，不仅要改良社会，而且要兴起革命，推翻清政府的统治。

光绪二十七年（1901）春天，当时俞樾已经辞去杭州诂经精舍的教职，定居于苏州。章炳麟因为唐才常自立军事失败后被牵连，于是避祸苏州，在当时的东吴大学任教。一天章炳麟来拜访俞樾。俞樾虽隐于野，但消息并不闭塞，他对这几年章炳麟的思想言论和行为举止多所耳闻，心中早有不满，于是以前所未有的凌厉语气怒斥章炳麟："闻而游台湾，尔好隐，不事科举，好隐，则为梁鸿、韩康可也。今入异域，背父母陵墓，不孝；讼言索虏之祸毒敷诸夏，与人书指斥乘舆，不忠。不孝不忠，非人类也，小子鸣鼓而攻之可也！"这种情形大大出乎章炳麟的意料，来之前他也曾设想过老师的态度，但他所感念的是侍师七年的情分，又想到老师一向恂恂儒雅、开明豁达，或许可以理解自己的所作所为，他实在没想到会面对这样一场

“疾风暴雨”。其实俞樾的开明豁达主要是在学术方面，他遵行君子“和而不同”的原则，对一些学术上的争鸣能够理解甚至接受。但他有自己的人生底线，忠君爱国在他看来是一个人的基本品格，而学生章炳麟的所作所为已经超越了这个底线。面对盛怒之下的师尊，章氏急忙搬出老师一向推崇的顾炎武来为自己挡驾，顾炎武生活于明末清初之时，由于特定的历史环境，所以他的思想中有“推寻国性，识汉虏之别”的论调，章炳麟说自己今天的思想也是有所继承的，并没有违背师尊的教诲。说完后便匆匆告辞了。后来，章炳麟便写了一篇短文《谢本师》，以此反驳俞樾的批评，并不客气地说：“先生既治经，又素博览，戎狄豺狼之说，岂其未喻，而以唇舌卫捍之。将以尝仕索虏，食其廪禄耶?”但他这篇文章并没有立即发表，而是在五年之后，即俞樾去世前几个月才刊载于《民报》第九号上。这里的“谢”为谢绝之意，并不是谢绝师生关系，而是谢绝老师对自己的批评。事实上尽管有这样一段不愉快的记忆，章氏对业师俞樾还是非常尊重的。俞樾去世后他还写了一篇《俞先生传》，虽不无微词，然通篇充满敬意。[①]这些都是后话了。

---

① 此段叙述曾参考高为的《章太炎何以要“谢本师”》,《中华读书报》1999年8月18日。后来俞樾的玄孙俞润民在《德清俞氏:俞樾　俞陛云　俞平伯》中谈到这段公案时说章太炎作《谢本师》是为了不连累业师,因为在当时险恶的政治环境中革命者周围的人往往会被波及。又举例说1932年章氏曾在北京讲学,俞樾之曾孙俞平伯也曾去听讲,课后请求章氏写一副字,章氏欣然应允。并称其为“世大兄”,依旧是按照师尊这里的辈分,可见他的心里未曾真正地与业师俞樾脱离关系。这种说法还是很有道理的,因为章氏在晚年自编文集之时并没有收录《谢本师》,却收录了《俞先生传》。

在当时两耳不闻窗外事、一心只做学术研究的学生即使是在精舍中也是越来越少了，这也是当尤莹（字麓孙）去世之时，俞樾不禁迎风洒泪、亲自撰诗悼念的原因。尤麓孙是浙江临海人，曾在诂经精舍学习，“所嗜惟学问，不知有余事”，曾为《皇清经解续篇》作了目录。又把俞樾的《春在堂全书》分为经、史、子、集四个目录来编排。他非常仰慕俞樾的学识与人品，曾打算为俞樾撰写年谱，摭拾颇备，后来回到临海应试时被海风所阻，没赶上考试，后来便得病去世了。生病时还感叹说：“我功名不成无所恨，只可惜不能再到西湖侍奉吾师曲园先生了。”俞樾在悼诗中表达了自己对于现实中经学命运的忧虑和希望：“硁硁抱经术，将为世所弃，惟望二三子，起而张我帜。”但天眼不开，这样的人才本来少之又少，现在尤又壮年而卒，所以不禁老怀感伤，生出“吾道殆将废”的叹息。

面对如此现实，俞樾虽然心胸豁达，思想也并非冥顽不化，但内心还是常怀有一种隐隐的郁郁之情。光绪二十四年（1898），孙子俞陛云在本科会试中高中进士，使老先生怀抱为之一开。这些年来，俞樾对许多事情已经可以淡然处之，但有两件事却难以释怀，一是孙子俞陛云久试不第，二是俞陛云至今无子。现在，陛云参加六次礼部会试后终于榜上有名了。陛云当然也明白祖父的心情，所以发榜之日马上发电报告诉家里这个好消息。俞樾知道后，激动地写下了《礼闱揭晓孙儿陛云获售口占一律》：“未冠先登乡饮筵，五回辜负杏花天……固由祖德留犹在，一半还因汝母贤。”

过了几天，京城又传来了好消息，陛云在殿试中脱颖而出，以第三名探花及第。多年夙愿，一朝得偿，俞樾开心激动的心情难以言喻，提笔写下《胪唱日孙儿陛云以第三人及第再纪以诗》：

毡笔才题淡墨香，又听胪唱九天长。
未符吾邑戍年盛，已放先茔丙舍光。
梓里补全三鼎甲，棘闱阅历六科场。
微名回溯真堪笑，云路无风鹢退翔。

陛云自十八岁中举后便在第二年参加礼部会试，如今也已经是三十多岁的人了，终于以探花及第，在德清县的历史上曾出过状元和榜眼，但还没有出过探花郎，陛云及第不仅光耀门楣，同时也使乡里增光。

果然，第二年故乡德清的明伦堂落成，门楣之上专门写上了“三鼎甲”的姓名：状元蔡启尊、蔡升元，榜眼胡会恩、徐天柱，探花俞陛云，以诱劝乡人读书求取功名。俞樾最感欣慰的是，他曾听父亲说起过，两百年前康熙年间的高祖曾经预言俞氏家族将在两百年后名动乡里，现在终于应验了高祖的预言。这时徐寿衡侍郎、徐花农、汪柳门等都纷纷写诗祝贺，俞樾的心中也充满了喜悦之情。

但一时的喜悦掩抑不住内心的凄凉，这年冬天，俞樾正式辞去了任教三十一年之久的诂经精舍山长之职。当时精舍诸生和廖谷士中丞都曾挽留，但俞樾执意离开，他已经很清醒地意识到，变革已是大势所趋。对于这一年所发生的“百日维新”，俞樾没有明确地表示过自己的意见，但相信各地书院皆改为新式学堂这项内容一定深深地触动了他，使他对现实有了更深刻的了解。虽然变法终归失败，但有一些举措比如设报馆、向日本和西方派留学生、在各省设立小学堂等必将继续推行。

辞去诂经精舍的教职，对自己可说是结束一个时代的生活方式，想到这些，俞樾的心中有些凄凉和无奈，但也平静了许多。回思三十一年的教学生涯，自己已经桃李满天下，“几人白发名山长，几辈青云阆苑仙”（《戊戌冬日留别诂经精舍》），总算也没有虚度光阴。最难以释怀的还是学术命脉难以维系，所以又有“难将一掬忧时泪，重洒先师许郑前”。

临行之际，俞樾强支病体，来到了三潭印月上的彭玉麟祠中辞行。春花秋月，在昔日的升平盛世两人共同度过了多少美好时光，而现在却正是动荡乱世，“大局艰难不可知”，只知道“幕下危巢真似燕，道中坚卧奈无罴”。怀着这样沉重的心情，俞樾离开了三十一年来来去去的杭州西湖。

这些年来与俞樾交往最多的还是弟子徐琪。徐琪自入翰林院后一直仕途顺利，先在京城为副主考，后来又外放为山西副主考，光绪十七年（1891）以翰林编修出拜广东学政，这一年他才三十四岁，少年有为，意气风发。当他为广东学政之时俞樾曾写诗道贺。徐琪为学政之时还曾做过一些改革措施，在考试中加了一些兵法和医学上的内容，这是别的省试所没有的，他也曾把这些试题寄给远在杭州的俞樾看，俞樾对此嘉许不已。

这几年师生两人来往密切，虽不常见面，但诗书唱和，几乎每月都有。徐琪也常把广东的一些特产如罗定蒲席、蜜渍荔枝橘、珠蜜渍龙眼等寄赠俞樾。徐琪在广东学政任上，也曾有过一些麻烦，因他这两年主持考试之时，所选中的举子大都是年轻俊朗的世家子弟，一时之间，谤议横生，满城风雨，都说徐琪收贿滥录。徐琪也很苦恼，曾写信给俞樾，请师尊指出自己的短处，俞樾写信回答道：作为一个奉君命出使之人当用其所长而避其所短。

但这件事还是给徐琪带来了麻烦，第二年就有人启奏朝廷，弹劾他“考试各属生童，所出题目率多割裂经文，并关防不严，操守不谨”。朝廷于是派两广总督李瀚章查察，后来李瀚章上文表示“所参各节，并无其事”，这才不了了之。三年任期已满，徐琪又重回朝中。路过苏州之时与俞樾在曲园中欢聚十余日，畅谈别后情景。临别之时，徐琪相约日后重聚，俞樾却有感于自己已是风烛残年，有“他时英荡重来日，未必衰翁尚似前”（《送花农学使还朝》）的感慨。

徐琪回京后不久便升任翰林院侍讲，入值南书房，俞樾听到这个消息后非常高兴，因为他第一次见到徐琪之时便觉得他气宇轩昂，风姿不凡，便和当时的杨昌浚中丞说起徐琪前程远大，最终会入值南书房，没想到昔日的预言在今天真的变成了现实，所以马上就写了一首《闻花农入直南书房寄诗贺之》，有“三十年来有此谈”之语。

随着年纪一天天地增大，俞樾的同年与朋友已经相继辞世。有一次同年杨性农写信给俞樾，历数庚戌同年，以为只余下他们两人与孙衣言了，俞樾回信中还订正了一下，悠游林泉虽只有他们三人，但在朝中为官的还有徐荫农参知和钱馨伯、许筠庵两侍郎。在孙衣言八十大寿之时，俞樾又写诗道贺，追述了两人论文订交数十年的历程，回忆昔日同在翰林院庶吉馆之时，孙衣言以书法知名于同僚之中，后来自己罢官归隐，主讲于各个书院，而孙衣言却仕途顺遂，以翰林编修入值上书房，后来出为安庆太守，也曾主讲于杭州紫阳书院，当时自己正主讲于苏州紫阳书院，所以有“两紫阳”之称，后来终又以太仆卿还朝，虽然两人所走的人生之路迥异，但友情却历久弥坚，常常诗书往来，“相期同作济时才”。现在两人都已是耄耋老者，于是相约十二年后同赴鹿鸣宴。

同年之中与俞樾一直保持来往的还有李鸿章，两人同出于曾国藩的门下，都受到曾国藩的赏识。以前俞樾的大儿子绍莱也受到李鸿章的提携，这时的李鸿章已经成为晚清政府最有实权的汉族大臣，深受慈禧太后的信任与倚重，近代史上一系列丧权辱国的条约有许多都是经他的手来签订的，俞樾觉得他也有苦衷，毕竟他所秉承的还是最高当权者的意愿。李鸿章也很尊重俞樾，经常有书信往来，光绪十九年（1893）还写信给俞樾，认为俞樾声名和随园居士一样，并且说起在士林中有说自己与俞樾同出曾文正公门下，一文一武，光大座师门楣。俞樾在《书四绝句》中表示自谦之意：“曲园何敢比随园，未许山庄旧例援。却笑合肥贤相国，强从师友较渊源。”

除同年门生之外，俞樾与苏杭两地的地方官也一直保持着良好的关系，来往频频。虽然已是“扶杖伛偻，龙钟老态”，但每次自苏至杭居住于俞楼后，总是送往迎来，终日忙碌，有时还会到城中去拜会客人。在苏州之时，当地巡抚太守也经常登门聚首。光绪十八年（1892），俞樾在春在堂，任筱沅中丞、潘嘉蔚中丞和盛旭人观察同时来访，当时主宾都已是耄耋之人，四人加起来竟然有二百九十岁之多，四老之会在林下也被传为一时盛事。当年秋天，俞樾在俞楼小住，崧镇青中丞、刘景韩方伯、黄泽臣廉访、王心廉观察等几个人也不期而至，数人都是翰林出身，相聚甚欢。

俞樾日常所交往之人，既有达官贵人，也有平民百姓，更有方外僧道。每年在右台仙馆小住之时，无事总是会到法相寺小坐，和法相寺的僧人醒机、法机、般渊等一起赏花品茗，闲坐清谈。而且“舆丁与舟子，相习总相亲”（《湖楼山馆杂诗》）。轿夫阿王，船夫沈阿长，还有湖楼守门的五十，都已经为俞樾做事多年，俞樾无事时也总喜欢与他们闲聊。后来当俞樾知道沈阿长竟然壮年无妻时，还把自己家的婢女瑞香许配给他，并专门为他们做了一条小船，令夫妻二人在西湖中操舟为生。还说道：“浮家莫笑似浮萍，为制烟波一小舲。他日我来湖上住，渔童前导后樵青。”

说到俞樾嫁婢女的事，还有一段趣闻。昔日俞樾家的婢女玲儿和福儿都嫁给了长江水师中的实缺武官，相比较而言这个婢女似乎嫁得并不好，但俞樾自有自己的看法，“云水光中，浮家泛宅，亦是神仙眷属，数十年后，吾此诗流播人间，好事者来游西湖，以此两人及事曲园，争求一见，则雨笠烟蓑，青裾白发，亦是《西湖志》中人物矣”（《曲园日记》）。自此可见俞樾的确很在意后世之名声，所以想当然地认为别人也有同样的心思。

俞樾当时已经名满天下，而且风气日开，许多有才华的女性也把自己的诗文拿给他看，表示很想做他的入室弟子，俞樾一一拒绝了，但对于张贞竹，俞樾却破例允许她以“曲园女弟子”的名义在外行事。有一年俞樾在右台仙馆闲居之时，张贞竹携自己所书的一个八尺见方的“鹤”字求见，俞樾感觉字体雄伟，拙致朴茂，赞赏不已。后来又听到张贞竹自述身世，原来也是小康之家的女孩，自幼多诵诗书，尤其喜欢写字，后来祖父去世后，父亲不谙生意，家产消耗殆尽，便来杭州投奔亲友，没想到亲友已经亡故，而母亲又大病，没办法只好在杭州卖字为生，久闻曲园先生的大名，所以登门拜访，希望能够列入门墙。

俞樾觉得她身世可怜，又爱其才，于是便破例允许她刻小印一方，上书“曲园女弟子”，这样她的润笔费也比以前丰厚了许多，生活也免于陷入困顿之中。后来张贞竹父母双亡后，俞樾又于光绪二十一年（1895）做主把她嫁给了杭州士子钱英甫，因为钱英甫是徐琪的门下士，所以当时有曲园女弟子嫁小门生的戏谈。

第九章　生前自定名山业

光绪二十四年（1898）冬天，俞樾辞去杭州诂经精舍山长之职后，在年前返回了苏州寓庐。这几年，俞樾的身体一直不好，七十三岁那年冬天，俞樾忽然觉得腰腿酸楚，后来越发严重起来，连拜起行坐都觉得很不方便，他心中涌起了一种不祥的预感。他略通医理，知道这是因为“气机之阻滞，以将来论之，实为瘫痪之根株”（《与孙海澄书》）。更重要的是他知道兄长俞林和亲家彭玉麟都是得了这种病，反复数次之后便因此而去世。

俞樾得了这个病后也是时好时坏，发作之时甚至连日常起居都很困难，痊愈后便如常人一样活动自如。光绪二十五年（1899）元旦又一次发作，这一次比平时更加严重。本来每年的元旦之日俞樾都要先到影堂祭奠祖先，再到曲园之中望空长揖三次以祭拜花木之神，再去书房中挥笔写下“元旦举笔，百事大吉”几个大字，以预示一年中的好兆头。但今年实在是病体难支，在家人的搀扶之下祭奠了祖先后便又回到了病床休息，连每日念诵一次《金刚经》的常课都没有做，更不要说到曲园之中祭拜了。

元旦过后，俞樾的身体才一天天好起来。这年春天，俞樾在春在堂著书庐中整理旧文，这才发现近年来所写的有关祝寿、诗文集序跋、碑铭、行状和本传等文字已经积累了很多，于是决定整理出版六编《春在堂杂文》。日间在书房中忙碌，遇到春秋佳日，便常常和小辈们冶游于曲水池畔，尽享天伦之乐。这年八月，他忽然收到浙江巡抚刘树棠（景韩）的邀请信，这才知道他所推荐的诂经精舍的继任者瑞安黄体芳已经在两个月前不幸亡故，精舍诸生和浙江当政者都希望俞樾能够重新回去执教，俞樾以老病衰颓为由婉辞谢绝了。其实就内心而言，俞樾对诂经精舍还是充满感情的，但他对现实已经有了清醒的认识，他知道诂经精舍必将会面临被改为学堂的无奈命运，自己既然没有能力改变现状，那么也只好选择全身而退了。在《诂经精舍今岁又虚讲席刘景韩中丞两次来书请复主诂经精舍而精舍诸生亦同禀中丞力申是请率赋小诗谢之》一诗中，他明确表达了自己的心绪：

衰翁八十太颓唐，坛坫湖山卅载长。
世上从无不散席，人生难得好收场。
蛇成画足功徒费，豹死留皮愿或偿。
他日讲堂香一瓣，可容末坐附孙王。

千里搭凉棚，没有不散的筵席，俞樾觉得自己能够据湖光山色一驻三十一年已是人生幸事，没必要再画蛇添足，重起赴任。“孙王”是指孙渊如和王兰泉，他们都曾长时间地任诂经精舍的山长，所以在诂经精舍中供奉了他们的木主影像。俞樾在这里明确地表示自己不可能再去主持精舍，但希望百年之后如同孙渊如和王兰泉一样被供奉于精舍之中。于是他推荐了昔日的门生今日的侍郎汪鸣銮主持诂经精舍，当时汪鸣銮刚刚以侍郎解组放归，主讲于杭州敷文书院。

令俞樾始料不及的是，精舍诸生收到他的信后，马上禀报了刘景韩中丞，于是正式聘请汪鸣銮为诂经精舍的山长，而且还为俞樾在诂经精舍设立了长生牌位以接受诸生的烟火供奉。俞樾知道这件事时已是几个月后了，他连说“不可，不可”，他想到自己非常尊敬的座师曾国藩，生前也有人想为他设立长生牌位，他听后只说了一句话：“我要见到这个长生牌位一定亲手焚毁。”俞樾一生为人内敛，不事张扬，有意无意间还觉得虚名太盛会折尽现世福报，生前设立长生牌位实在不是他的本意，他诗中所提到的也只是百年后的情景而已。于是连忙分别写信给当时精舍的监院曹小槎和院长汪鸣銮，还有巡抚刘树棠，但他们都没有答应俞樾的请求，大家的确觉得俞樾德高望重，值得以这种方式表达生员们的敬仰之情。在俞樾的内心深处，虽然有感于诸人盛情，但的确是不想在生前把自己的长生牌位供奉起来，他想有机会到杭州一定要亲手把牌位取下来。

闲居春在堂时，俞樾和同年门生赋诗酬唱很多。同年好友已经所余无多，正好传来徐树铭升任工部尚书的消息，徐树铭和俞樾是同年，又曾共任翰林编修，平时交往比较多，俞樾少不得写诗表示祝贺。徐树铭马上复信，他也知道俞樾之孙俞陛云正在翰林院供事，于是便为陛云写了一个条幅以资勉励："五十年翰林始至一品，得力在耐字。"这年冬天，李鸿章也曾写信给俞樾历数尚在世的甲辰科同年，只剩下他们三个人而已。没想到第二年的夏天，俞樾便听到了徐树铭去世的噩耗，不禁悲从中来，赋诗吊唁："寥落交游三五少，优长学问九重推。哭公自是悲吾道，岂为黄垆酒一杯。"（《徐寿衡同年前辈挽词》）

这时来往最为密切的还是徐琪，虽然徐琪已经入值南书房，但心中还是把俞樾当作自己的老师，经常向他请教一些问题。当时徐琪常常有机会面对太后和皇上，也会讨论一些时政问题。徐琪常把自己和帝后之间的问答记下来，寄给俞樾，请教自己所答是不是合于事宜。而且他还用现代照相技术拍了全家福给俞樾寄来。徐琪的全家福令俞樾感慨万端，他最为羡慕的并不是徐琪的高官显位，而是他与夫人琴瑟和谐，双双健在，而且三子三女都能承欢膝下，一家人尽享天伦之乐。家庭生活是俞樾晚年最为看重的，他希望家族延续、人丁兴旺，他一向称自己是"能达观而不能忘情"，但自从二十年前夫人去世之后，俞樾不得不面对家中至亲相继凋零的惨痛现实。唯一的孙子虽然在年前一举高中，也已有了两个女儿，但还没有儿子，每每思及于此，俞樾心中总有难以抑制的悲伤和焦虑。

光绪二十五年（1899），七十九岁的俞樾终于迎来了盼望已久的好消息。腊八节这天，孙媳妇，也是他的外孙女为俞家生下了曾孙，俞樾的内心无比激动。因为孩子出生前三天二儿媳妇姚氏曾做了一个梦，梦到有一个僧人来到房中，对她说："我将托生在这里。"俞樾觉得这个僧人可能是孩子的前生，于是给曾孙取了小名叫僧宝。这时俞陛云还远在京师翰林院中，于是急忙电报告知，俞樾又想到自己出生之时父亲也远在千里之外的京师，听到自己出生的消息后有"春风吹喜气，千里到幽燕"的诗句，一晃已经七十九年过去了，想来陛云也会有同感吧，于是喜赋"七十九年春不老，又吹喜气到幽燕"（《腊月八日陛云举一子赋此志喜》）之句。

这时徐琪也知道了师尊得曾孙的消息，赋诗道贺，俞樾次韵酬唱，表达了老怀得舒的喜悦之情："且喜芳孙新在抱，已征乔木略敷荣。迢遥汤饼难相饷，聊把清谈付管城。"（《花农知余新得曾孙赋诗寄贺次韵酬之》）俞樾晚年最大的两个心愿在此时都得以实现，他又想起了高祖的预言，于是欣然提笔而赋长篇《述祖德》诗。这几十年来，德清俞氏一门五举人三进士，在乡里也被传为美谈，尤其陛云高中探花，更是补全乡里的"三鼎甲"，刻名于乡里的明伦堂上，俞氏家族也巍巍然成为德清望族，所遗憾者只是后继乏人，现在曾孙已有，虽然人丁依旧不旺，但毕竟已是后继有人了。

婴儿本应是在满月时理去胎发，但小僧宝满月之时正好是正月，而苏州当时的风俗是正月里不可以理发，农历二月初二为龙抬头的日子，本来是理发的好日子，但这天偏偏是火日也不适宜，于是在二月初四给小僧宝理去了胎发。理发时按风俗应该是由父亲抱着，但这时陛云还在京城为官，于是八十岁的曾祖俞樾便抱着孩子理发。他还专门写了《曾孙僧宝双满月剃发》一诗来记其事。

转眼间小僧宝已经满周岁了，生得方面大耳，宽额广颐，很有福相，俞樾真是看在眼里，喜在心头。在僧宝周岁那天，俞樾在家中大宴宾客，又举行了抓周仪式，想测一下僧宝未来的志向。于是在床上放了一些书籍、笔砚，还有小宝剑、小秤杆之类的东西，小僧宝被抱来后，两只眼睛骨碌碌地到处看着，灵活地爬来爬去，他先抓起一册书摩挲了一下，马上又丢开，左手拿起了一个小金印，右手拿起了珊瑚帽顶，把持不放，对小宝剑、小球、小秤杆之类不曾一顾，宾客见了不禁交口称赞，纷纷道贺，俞樾心中也非常高兴。

在小僧宝过周岁生日之前的六天，俞樾刚刚度过了自己的八十岁生日。这一个生日与前几年的生日没什么不同，只是家人小聚而已。早在这一年春节刚过之时俞樾便曾经作诗一首，遍告诸亲友八十岁生日与七十岁生日一样不收贺词贺礼：

七十才过八十临，更将微意付长吟。
要须贱子归真日，再费群公念旧心。
或助麦舟营后事，或歌薤露发哀音。
此时投赠真无谓，徒惹衰翁泪满襟。

（《余往年七十岁时，亲友馈赠寿言寿礼，概谢不受，

赋诗云："诸君莫费殷勤意，留唱虞歌赠襚衣，"今年庚子余八十岁矣，再申前说敬告同人》）

这一年，八国联军侵华并占据北京城。列强侵华的直接原因是两年前在华北地区兴起的义和拳运动。初始之时义和拳的成员主要以农民为主，打出了"兴清灭洋"的旗帜。拳民们"不但嫉视外人，抑且禁用洋货，甚至迁怒于西人所修之电线、所筑之铁路及所居之房屋等"，最主要的特点便是持续高涨的禁洋、排洋和灭洋浪潮。他们在各地攻击教堂、学堂，杀死外国传教士和许多教民。后来被以慈禧为代表的清廷顽固派所利用，参加者也由原来的"粗食布衣"的农民变得鱼龙混杂起来了，上自王公卿相，下至倡优隶卒，几乎都有入团的。甚至清朝宫廷亲军虎神营中的大部分士兵也加入了义和团，许多王公贵族都伪装成拳民，连慈禧太后也装出一副虔诚的样子。

其实对于最高统治者而言，他们更想利用义和团达到自己的政治目的。戊戌变法失败以后，清朝统治阶级内部争夺皇位的斗争变本加厉。

在当时的情势之下，各列强早已环伺于中国周围，义和团运动终于为他们的正式出兵寻找到了貌似合理的借口，于是在这一年联合出兵，入侵中国。慈禧太后和光绪皇帝仓皇西逃，京师陷落，中国自元明以来的积蓄，上自典章文物，下至国宝奇珍，几乎损毁殆尽。中国遭遇了一场亘古罕见的浩劫。战争过后出于利益均衡的考虑，帝国主义列强没有瓜分中国，苟延残喘的清政府感激涕零，“量中华之物力，结与国之欢心”，与列强签订了丧权辱国的《辛丑条约》。

这时的俞樾虽然没有亲身经历这场战乱，但耳目所及，对当时的情形也有一些了解。在《仿船山宝鸡题壁诗十八首》中，他对于京津地区几乎全民狂热参加义和拳表示不可理解，“横流初起只涓涓，谁料崇朝便蔓延。妇女能为袄庙火，儿童竞习内家拳。岂真梵呗传红教，更甚奸民聚白莲。……”最让他觉得不可思议的是竟然有那么多的王公贵族参与其中：“最奇笃信有诸贤。”而帝辇西逃和八国侵略军入京城焚掠之事更使他心生惨然之意，“一朝戎马满京师，三月光阴遽至斯……赫赫宗周今茂草，伤心欲废黍离诗”。更何况，他心中还牵挂着远在京师的亲友。当时北京城被联军控制，好在孙儿陛云已经在战乱之前返回苏州，弟子徐琪也已经到固安去避难，只是不知道自己的二女婿许子原和外孙王少侯情形如何。

秋天，俞樾得知：他所熟悉的翰林院竟然已经在六月的大火中化为一片废墟。他内心的痛楚简直无以言喻，作为一个学者，他深知翰林院藏书的价值，那里有卷帙浩繁的各类古版善本。闭上眼睛，俞樾脑海中马上浮现出用金黄色丝绸装订而成的《永乐大典》。经过明末文渊阁大火后万册《永乐大典》只余下了八千册，都藏在翰林院的书库之中，而七万九千卷的《四库全书》底本也全部珍藏于翰林院内。一把大火竟然已使这一切化为灰烬。精美的建筑，古老的槐荫，珍贵的书籍，所有的一切都随着这场大火荡然无存。数百年来，聚集在这里的都是当时知识分子中的精英，他们在古朴轩昂的殿堂中议论时政，探讨学问，这里走出了数不清的庙堂高官、封疆大吏。俞樾初入官场、挥洒书生意气的青年时期便是在这里度过的，现在这样的场景竟然已永远地在现实中消失了。

更使俞樾感到愤懑不平的是，据说这场大火并不是八国联军的军队燃起的，而是清政府和义和团为了进攻隔壁的英国大使馆而点燃的，结果大使馆安然无恙，而翰林院精美绝伦的建筑和难以用金钱衡量的珍贵古籍却被付之一炬。对于这种公然践踏文明的野蛮行为，俞樾除了心痛，还有惊诧。但对于时政俞樾从不想多说什么，这一次也不例外，他只是沉浸于无限的悲哀与凄凉之中。秋风乍起之时，北京城里依旧还在八国联军的控制之下，俞樾独坐于曲园艮宧斋中，心潮起伏，思绪万千，悲愤之余他挥笔写下了《秋怀四咏》，以表达自己难以言传的幽微心绪，第一篇《辍笔》颇可以代表他那时的心态：

平生撰述费居诸，卷帙裒然四百余。
老窃虚声虽可喜，生逢末劫待何如。
将来伏胜谁传业，此后虞卿罢著书。
水火风灾更迭起，名山料亦不堪储。

诗中的伏胜是西汉著名的经师，曾协助他的父亲向晁错传授今文《尚书》；虞卿为战国时期的游说之士，史籍中曾有其“穷愁著述”的记载，俞樾在这里以虞卿自比。俞樾穷其毕生精力所追求的只是儒家所说的“立言”之道，通过著述而藏之名山传于后世，彰显后世之名。现在虽然已有著述四百余卷，闻名当世，但生于末劫衰世，世上再也没有像伏胜这样的经师来传承学术，自己的著述也难保能传于后世，所以不如连著述之意也去除了吧。最后两句在有意无意间传达了对火焚翰林院之事的无奈与沉痛。在“干戈况乃正喧豗”（《断荤》）的无奈现实中，俞樾在《祈死》里又一次表达了对现实生命的厌弃之意：

世缘梦幻本非真，况此胶胶扰扰身。
岂望死归兜率国，莫教生作乱离人。
旧疴犹记前庚子，佳话思符两戊辰。
寄语儿孙休恋我，十年前已厌风尘。

释迦牟尼佛在《佛说观弥勒菩萨上生兜率天经》中说到弥勒菩萨将在未来成佛，入主兜率国。兜率国是欲界第四层天之名，这里国土清净，人人丰衣足食，生活安宁幸福，兜率天的一昼夜，相当于人间四百年，天寿四千岁，折合人间五亿七千六百万年。中国历史上许多高僧大德如玄奘、窥基等都希望自己归于兜率天国。俞樾有感于世事如幻，动荡乱离，在内心深处对和平安宁的幸福生活非常渴望，即使不能往生安宁幸福的兜率天国，一死了之总也胜过现实中时时刻刻的煎熬吧。在无可奈何之中表达了自己对现实的不满，这样的无奈与不满在《八十自悼》组诗中得到了更加充分的体现。

诗中“戏场离合悲欢幻，劫运刀兵水火全”集中表达了他对于生于末世的无奈与悲哀。在这里他回顾了自己的生活道路，数十年过去了，再回想一下少年时期奔波于教馆以谋生计的艰辛情形，还是不禁悲从中来。三十岁时有幸中了进士，在复试之时因为“花落春仍在”一语被曾国藩点为头名，当时也是无上荣耀之事，但现在细细思来，花落之语依旧不是春风得意中人所有之句呀。后来因为人品学问受到咸丰帝的欣赏，以“写作俱佳”视己，外放河南学政出都时也曾是春风得意马蹄疾，但不到三年便因事罢免而且永不叙用。初闻之时也有晴天霹雳之感，然而塞翁失马，焉知非福，自己也因此而确立了“立言”以藏之名山传于后世的人生理想。

以后的十六年间，或为生活所迫，或为躲避战乱，曾辗转迁徙于苏州、德清、上海、天津各地，竟然从没有在一个地方住过三年以上，其中的酸辛不足为外人道也，而俞樾觉得最为心酸的是昔日共历患难之人竟已经将要凋零殆尽，只剩大女儿和二儿子两个人。自从三十多年前执教杭州诂经精舍以来，生活才逐渐稳定下来，但没想到现在风气日开，“常愿师承牢守旧，岂期学派骤开新”。既然回天乏力，不如知难而退，归于春在堂著述之庐。

回顾生平经历之后，俞樾还就自己的学术成就做了一个总结：

溯自青年至白头，曾于四部略研求。

著书不仅两平议，观世曾有三大忧。
骊女姓名登十乱，孟皮俎豆到千秋。
老来回想皆堪笑，付与悠悠逝水流。

一年之后，八国联军撤兵，慈禧太后携光绪帝又重返北京城，时局也趋于平稳，能够聊以自慰的是二女婿许子原和外孙王少侯都平安无事。但使俞樾难过不已的是他的日本学生井上陈政（字子德）却在战乱中不幸遇难。井上陈政是在光绪十年（1884）由日本大藏省公派出国留学的学生，在中国游学之时倾慕俞樾的学识与人品，至俞楼请求跟随俞樾读书。当时俞樾也曾推辞过，但井上陈政态度诚恳，意志坚决，于是俞樾便留他在俞楼住下学习，他是跟随俞樾学习的第一个外国留学生。

井上陈政对于西湖风景和俞楼建筑赞不绝口，并告诉老师说日本也有俞楼，俞樾觉得很奇怪，急忙问为什么。陈子德答道："先生有所不知，昔日有田边参赞，奉命出使来中国，曾在杭州游赏逗留，也很仰慕先生的高风亮节，因先生在苏州而无缘拜见，于是画下了详细完整的俞楼图，回到日本后依图而建的。"俞樾觉得有些不可思议，曾有"虚名浪窃亦堪羞，竟使流传遍十洲。试向海外问徐市，居然域外有俞楼"（《日本人井上陈政字子德航海远来愿留而受业门下，辞之不可遂居之于俞楼赋诗赠之》）的感慨。在诂经精舍学习期间，井上陈政勤于学习，敏于思考，师生相处非常融洽。

三年期满后井上陈政离开了俞楼回到日本，但还是与俞樾时时保持联系。在七十岁生日那年，俞樾本来早就晓谕师友，不收相关的贺词和贺礼，没想到第二年八月却意外地收到了井上陈政从英国伦敦寄来的数十篇祝寿诗文，都是他为师尊在国内学界征集而来的，而彼时他正好作为外交大臣出使英伦，俞樾感其盛意，于是破例刻成《东海投桃集》一集行于世。日本学界对俞樾评价很高："论学几同郑北海，策勋竟配李西平（李鸿章）。"（《余去年七十生辰友朋投赠概谢不受，不料日本有旧来门下井上陈政为我遍征诗文也，今年八月寄至吴中，因刻成一集，名曰东海投桃，率题其后》）后来井上陈政娶妻之时也曾特意向俞樾禀报，听说井上陈政遇难之时妻子西乡氏也在北京城里，变故过后便携稚女回家乡去了。井上陈政在前年还曾寄来一家三口的照片给俞樾，没想到照片依旧而人已赴黄泉，面对井上陈政的照片，俞樾不禁泫然泪下。

俞樾在日本的名声最早来自于他的《诸子平议》和《群经平议》，在《五十初度偶成》四首其四中，俞樾便曾提道："颓唐无分到公卿，聊复安排身后名。海外流传两平议，人间游戏一宾萌。"当时日本商人把俞樾所著的"两平议"各印了三十部带到日本，这是俞樾作品流传海外的开始。随后经常有日本文士慕名而与之交往，有的是文字往还，诗歌唱和；有的亲自上门拜访，同游山水。日本儒官竹添渐卿（光荐）便是俞樾的文友之一，他与俞樾经常诗歌唱和。光绪元年（1875），他还曾把自己所著的《栈云峡雨日记》寄给俞樾看，并请他为之作序，俞樾欣然答应。另外，日本僧人心泉与俞樾书信往还也很多。

心泉，字小雨，他给俞樾寄来自己所撰写的楹联数副，请俞樾指正，并把国内学者青山延于所著的《史略》和赖襄所著的《外史》各一部寄给俞樾，由此俞樾对日本国的汉学研究也有所了解。

光绪八年（1882）之时，俞樾在几年内连丧至亲，意兴阑珊，于是写信公告于海内外，封笔三年，停写一切碑传序记一类文字。但这一年日本人岸田国华搜集了日本国一百七十人的汉诗寄到苏州请俞樾审订编选，于是俞樾在这年冬天和第二年夏天将这些作品编成诗歌四十卷，补遗四卷。这个诗集在日本流传很广，俞樾文名也随之在更广泛的范围中流传开来。就俞樾内心而言，他一直希望经学能够发扬光大，现在看到远在异域之人竟然对汉学如此感兴趣，所以觉得十分难得，在力所能及的范围之内总是愿意尽自己的绵薄之力。井上陈政也是因此而知道俞樾的。

随着名声在日本学界日益流传，与俞樾有文字交往的人也越来越多，几乎每个月都有日本人来请俞樾书写序言或楹联之类的。俞樾对于日本的一些风俗习惯也越来越熟悉了，他逐渐了解樱花在日本文化中的重要地位，在曲园中俞樾还种下了几株日本友人赠送的樱花。还了解到佛教在日本非常普及，最重要的一个派别名真宗，它是中原净土宗传到日本后演变而成，真宗贴近世俗生活，弟子可以娶妻生子，也可以开荤吃肉等。他在光绪十一年（1885）赠日本僧人无适的诗歌中说道：“始信天涯若比邻，但论文字总相亲。……何肉周妻平等法，郊寒岛瘦苦吟身。昔年枉结珊瑚网，海外犹余未采珍。”这在俞樾看来也颇有趣味。光绪十二年（1886）日本人佐藤楚材（字晋用）行年八十有八赋诗征和，俞樾还曾为此赋诗一首。

正当俞樾为庚子之乱而哀悼不已时，忽然听说上海主张新学的一批人认为中国之所以落后挨打，与国家的教育制度和科举选才制度紧密相关，主张废除科举，废除群经，从儿童起便学习西方的数理之学，培养有知识、有见识的新型人才。听到这个消息之时，俞樾的心中霎时充满了难以抑制的凄凉之意，早在二十年前俞樾在一篇文章中便提出过“三忧论”，一忧后世将没有中国，二忧孔子将不受尊重祭祀，三忧没有天地。现在第二忧竟已成为现实，而中国似乎也名存实亡，主权已被列强瓜分控制。在《愤言》中他表达了自己对现实的强烈不满：“公然倡议废群经，异论高谈不可听。……昔抱三忧今竟验，坐看白日变幽冥。”

面对国内学界的情势，俞樾心中常常涌起无可奈何的凄凉之意，聊以自慰的是，一衣带水的日本国似乎还有许多人对经学很感兴趣。这一年俞樾便曾收到当时日本驻上海领事馆的翻译白须直寓写来的一封信，信中表达了对俞樾的无限景仰之意，还提到自己曾读过俞樾的《课孙草》。这件事让俞樾心生感慨，在国内“时论方将制艺焚，科场学校议纷纷”的情形之下，竟然还有人表示对八股文感兴趣，实在是出乎俞樾的意料之外。而且《课孙草》也只是自己一时兴起所编的小册子，没想到竟也会流传海外。

最使俞樾心生感慨的是日本长冈护美的来访。长冈护美子爵是日本国后的兄长，出身文士之家，自幼对汉学颇有兴趣，虽然日本自明治维新之后西学流行，但他依旧不改初衷。在青年时期他曾读过俞樾的学术著作，对俞樾的学识敬仰不已，这次特意来苏州春在堂拜访俞樾，并购买了一套《春在堂全集》带回国内。后来俞樾和长冈护美一直保持着联系。长冈护美回国后曾给俞樾寄赠了一套仿宋刻本的《尚书正义》。这套宋刻本非常珍贵，本来藏在日本的足利学，据绍熙壬子黄唐《毛诗》和《礼记》跋可知是南宋初年的刻本，昔日经学大师阮元作《尚书校勘记》时便是根据这个宋刊本，但他只见过《盘庚》以下各篇，并没有见到全刊本。机缘巧合中竟能一睹宋刻本全貌，俞樾内心也觉得颇为庆幸。

晚年的俞樾在日本国享有盛誉，受到普遍尊重，而且与许多日本文人保持密切的联系。他曾经与日本文士金井之恭和蓄堂生结城琢诗文唱和。有一次俞樾到杭州俞楼小住之时，当时日本国驻杭州领事磊河平隆曾去拜访，俞樾还详细地问起了长冈护美子爵、嘉纳治五郎、岸田国华等人的近况。

除了日本文士外，俞樾的文名也传到了朝鲜，朝鲜文人也有慕名前来拜访者。如光绪十九年（1893）夏天，朝鲜文士池文光慕名自平壤到苏州春在堂来寻访俞樾，但当时俞樾正在杭州诂经精舍，于是他又赶到了杭州，正好俞樾又从杭州回到了苏州。杭州西湖的风光也吸引了池文光，他在杭州游赏数月，一直到秋天俞樾再一次由苏到杭时才见到，这种拳拳挚诚之意令俞樾感动不已，有“自愧衰羸甚，虚叨誉闻隆。西湖好风月，聊慰子游踪”之语。另外，朝鲜文士金泽荣也与俞樾交往了两年多（1905—1907年）的时间。[①]

战乱虽然暂时结束了，但俞樾心中也清楚，时代已经发生了翻天覆地的变化，有些事情已经不可再现了。本来俞樾晚年最为期盼的一件事便是孙儿高中进士，如今陛云虽已探花及第，但随后政局动荡，形势逆转，以后的政治走向并不明确，现实的情景又能够维持多久呢？俞樾对现实局势缺乏清醒的认识，内心对孙儿的未来也充满了不确定的惶惑之感：“一入承明能几日，两番风景够彷徨。”（《八十自悼》）在这样的心态之下，俞樾有些不知何去何从的犹疑。

这时，局势基本稳定，《辛丑条约》已签订，国家的政府部门也进入正常运转阶段。俞陛云要入都销假，俞樾心中有一些难以言传的情绪。他既已知时局处于动荡之中，也觉得孙儿的仕途已不可能如自己那个时代一样按部就班地升迁了，或许如庄子所说的不为世所用而处于才与不才之间方可以全身远祸，再说陛云在翰林院中也有三年了，依旧蹉跎岁月，不知几时才有转机。思前想后，俞樾的心中充满依依不舍。然而现实中的生活压力又迫使陛云入都而仕：“菽水承欢力尚艰，重将风景认蓬山。家贫未办莼鲈计，宫冷宜居木雁间。”

---

① 参见庄安正.金泽荣与俞樾交往述论[J].史林，2004(1).罗雄飞，赵剑.俞樾在日本、韩国的影响及其与外国友人的交往[J].首都师范大学学报，2004(2).

还好第二年的初夏时分，俞陛云便从京城传来了好消息，这年五月二十二日，陛云经过考试后被皇帝御笔亲点，蒙恩简放为四川的副主考。俞樾怀抱为之一开，如果说去年在送陛云入京时心中还充满了犹疑，那么现在有机会外放为主考，仕途似乎出现了转机，预示了光明灿烂的前景。这次正主考是陛云的房师毓绍岑学士，应该诸事顺遂吧。陛云所去的四川也让俞樾觉得有些亲切，同治末年曾听当地的朋友说起四川的儒生十之八九都在读他的著作，当时的四川巡抚和学使都曾盛情邀请他到成都主讲尊经书院，当时因为尚有老母在堂，不愿远游，所以自己便婉辞了，后来听说当地诸生都很失望。而现在孙儿陛云却要赴蜀地担任主考官，选拔人才，也算是和这里的文士重结文字之缘吧。

听到这个好消息没几天，春在堂又迎来了一位意想不到的客人，这便是俞樾的二女婿许子原。这么多年来许子原一直在京城做官，今年以台谏的身份出守扬州之下的松江。因为来的时间还早，所以先去杭州省墓，又来到苏州拜会岳父大人。看到女婿，俞樾真是百感交集。他还记得当时他在杭州的日子，女儿在家里操持家事，女婿许子原随自己在诂经精舍读书访学，自己每次到杭州城里拜客之时总要绕到他们家中，探望一下女儿女婿。人生如梦，一晃已经过去二十多年，女儿绣孙去世都已经二十一年了，这二十多年间他总共也没见过女婿几次。暮年时分再次乍然相逢，俞樾一下子觉得女婿也老了许多，额头鬓角处竟然已有了丝丝白发，不禁心酸不已。这次听说他将要出任松江太守，真是非常开心，垂暮之年有亲人在身边总是觉得安心踏实一些。

光绪二十八年（1902），对俞樾来讲注定是不平淡的一年。春天他辞去了归安龙湖书院、上海求志书院的讲席之职，并推荐贤者接替；接着孙儿简放为四川副主考，女婿许子原回江南为官。此外，他还面临着自己人生中的一件大事，那便是在明年秋冬将会有的重宴鹿鸣宴盛举。鹿鸣宴本来是科举及第后官府组织的庆祝宴会，参加者都是新科举人，席间要演奏《诗经》中的《鹿鸣》，所以自宋朝开始便称为“鹿鸣宴”，往往还要跳“魁星舞”，以祈求主宰文章兴衰的魁星来助文运，以期甲科登第，场面显赫热闹。自乾隆三十九年（1774）开始有重宴鹿鸣之举，也就是说中举一个甲子（六十）还健在的举人，由国家集中起来在京城举行盛大的鹿鸣宴，这对于当时的许多举人而言是一种极大的荣耀。俞樾本来是道光甲辰恩科的举人，应该在光绪癸卯（1903）正科重赴鹿鸣宴，按惯例应该在这年冬天奏请朝廷批准。但这年春天从湖南传来一个消息，在湖南也有一个八十多岁的甲辰恩科举人姓周名乐者，于是在春天时湖南巡抚俞廙轩就预先为他疏请重宴恩诏。

听到这个消息后，俞樾远在德清的亲友和地方官就开始为俞樾准备材料，直接负责这件事的德清县令（大令）戴少镛，是俞樾祖母的侄曾孙，按辈分算还是俞樾的重表侄，特意乘船自德清而至苏州和俞樾商量。毕竟能够重宴鹿鸣，并不仅仅是一个人的荣耀，还是一乡甚至一州的荣耀。俞樾心中很感动。

材料准备好以后便由浙江巡抚任道镕具表上报朝廷。听说同时上报的还有张丙炎，和俞樾一样也是甲辰恩科的举人，但平时疏于交往。

表文呈上之后，朝廷在六月便有圣旨下来，“俞樾早入词林。殚心著述，教迪后进，人望允孚，加恩开复原官，准其重赴鹿鸣筵宴”。能够重赴鹿鸣本是意料之中的事，但复原官却大大出乎俞樾的意料。本来重赴鹿鸣对于一个读书人来说已是天大的荣耀，虽说每个举子都可能有这样的荣耀，但毕竟年命不等人，能在六十年后依旧幸存者却也不多了。俞樾不禁想起自己的兄长俞林，兄长本来便是癸卯科的举人，昔日兄弟二人前后中举，同时中进士，在乡间闾里也是一件传诵人口的盛事。如果他现在还在人世的话，兄弟二人则可以联袂而行，同赴鹿鸣宴，这又将是百年所无的盛事呀。

最让俞樾感动不已的是官复原职，这是极少有前例的恩宠。现在祖孙二人同为翰林编修，也是少有之奇事了。四十六年前中州被罢免后，朝廷曾有永不叙用的断语，没想到暮年竟然还有这样的机会。这种象征性的官职所带来的生前身后的名声，是俞樾所看重和在意的，在这样的心境之下俞樾提笔作了七律两首以表达自己的愉悦之情：

> 卌六年来草莽臣，重烦丹诏起沉沦。
> 试从废籍稽昭代，再入词曹得几人。
> 喜有故官题墓碣，怅无前辈列朝绅。

只愁计较芸香俸，甘为吾孙步后尘。

忽闻恩命降从天，自抚衰躬转黯然。
竟许祖孙同翰苑，未容兄弟共宾筵。
望中长路五千里，梦里前游六十年。
尚有琼林一杯酒，春风能否再流连。

当俞樾还沉浸在重宴鹿鸣和官复原职的喜悦中时，又一次在不经意间遭受了命运的重重打击。这年七月十四日，他的大女儿锦孙突然去世。俞樾内心的凄恻之情真是难以言喻，晚年已经连逢丧事，家人友人相继亡故，大女儿已成为他重要的感情寄托。她自从三十年前定居苏州之后，与自己比邻而居，经常过来探望。去年秋天春在堂前的一株桂花开得很好，父女二人在春在堂竟日赏花饮酒，回忆过去的点点滴滴，俞樾还为此赋诗遣怀，有《春在堂桂花盛开归王氏长女来与之游赏终日》：

桂花香满小庭中，准拟年年一醉同。
不是多愁即多病，更难无雨又无风。
秋光却喜今番盛，良会休教此日空。
草草杯盘谁与共？招来月上伴衰翁。

大女儿的骤然去世，使俞樾又一次体会到那种难以言传的锥心之痛，这种痛楚是他在夫人、大儿子和二女儿去世之时都曾感受到的。在大女儿刚刚去世的这段日子里，俞樾感到了前所未有的孤独。这年十二月初四长女入葬，俞樾在十二月初二这一天到王家送女儿，这一天正好是他八十二岁的生日，他又想到十几年前在七十岁生日这一天正好是大女婿王康侯入土的日子，是自己亲自送去安葬的，没想到十几年后的同一天自己又来送女儿。屡屡白发人送黑发人，俞樾不禁发出“人生高寿真非福”（《哭归王氏长女》）的哀叹。难过中他的心中又升起了新的希望：“凭棺欲哭还收涕，相见黄泉乐正长”，自己已是风烛残年，其实也不必特别地难过，相信不久之后一家人又将在黄泉重新相聚。这时俞樾的二子二女只余下久已得废疾的次子祖仁了。

这年冬天，俞陛云从四川典试归来，俞樾关心地询问他在四川典试的情形，俞陛云恭恭敬敬地一一告之。在苏州春在堂小憩几天后，俞樾忽然对陛云提到了自己这几年的一个愿望：他想再去一次杭州。在诂经精舍任教的三十一年中每年都会在苏杭之间往返两次，似乎已经成为一种习惯，这四年一直闲居于苏州春在堂，俞樾很想去访一访杭州的老友。而且三年前诸生在诂经精舍第一楼为自己立了长生牌位的事也让俞樾不安，他是真的不希望这样。这几年，眼看年华渐渐老去，身体也一天天差下来，俞樾真担心自己以后再也没有机会去杭州了，这次正好陛云请假归来，自己这段时间的身体也不错，所以便在陛云的陪同下乘船来到了杭州。

俞樾一行人从武林码头登岸之后便乘篮舆而行，走了不到半里路便看到了亭亭玉立的保俶塔，在蓝天白云的映衬之下更显得婀娜多姿，似乎对自己笑靥而迎。在俞楼安顿下来后，俞樾马上在孙儿陛云的陪同之下来到了诂经精舍第一楼，在这里他第一次看到了自己的长生牌位，于是亲手取下。取下后俞樾心中有一种如释重负的感觉，不禁轻松地长吁了一口气。

俞樾徘徊在俞楼之中，几年未有人住，楼中处处生尘。俞樾本想进城访友，一打听才知道四年的时间竟已是物是人非，昔日的好友朱茗生、丁松生、谭仲修、吴季英、毛葆国等人竟然都已经去世，昔日经常在一起清谈品茗的昭庆寺云溪和尚、净慈寺的雪舟和尚、广化寺的悦勤和尚、法相寺的依盟和尚、乾坤洞的开亮和尚等竟然也已经圆寂了，俞樾在杭州之时熟悉的地方官如中丞廖谷士、学使陈桂生、方伯恽菘耘、廉访丁潜生等人也已相继作古。面对此情此景，俞樾心中真是感慨万端：“欲向杭州访旧游，惊看华屋变山邱。戏场袍笏年年换，看戏人争不白头。”

在俞楼住了两天后，第三天早晨俞樾起床后竟然发现天空中飘洒着纷纷扬扬的雪花，不禁惊喜万分。杭州谚语中有晴湖、月湖、雨湖和雪湖之别，在湖楼一住三十余年，俞樾对晴湖、月湖和雨湖都非常熟悉了，但雪湖还只见到几次，没想到这次竟然又有缘见到。陛云借来一条小船，祖孙二人乘船摇荡在碧波荡漾的西湖之中，极目四望，周围的景物都已经笼罩在茫茫雪雾之中，呈现出一种别样的风情。

这时俞樾随身还带着自己在曲园和孙儿陛云与曾孙僧宝的

合影，有客人来时给大家传观把玩。在当时照相还不为大家所熟悉，但俞樾对这些新生事物接受很快，早在光绪十七年（1891）他便在曲园照过一张全家福。当时俞樾扶杖而坐，孙女庆曾和许氏第二外孙女站在他的后面，偏右一点的是孙媳妇彭氏，其他的人雁行而立，左边起首是大儿媳妇樊氏，右行起首是二儿妇姚氏，樊氏之旁是重孙同恺和许氏外孙许引之，姚氏旁边是孙儿陛云和许氏第六外孙女，偎依在俞樾膝下的是两个曾孙女。他还专门写了一首诗来记其事。而他带来的这两张相片是在曲园时所照，一张是立像，是俞樾和曾孙僧宝的合影，俞樾身穿布衣，右手扶着藤杖，左手牵着小僧宝；另一张是坐像，俞樾坐在中间，孙子陛云及曾孙僧宝左右侍立，在这张照片中祖孙二人都穿着貂褂朝服，僧宝亦衣冠而立。俞樾曾把立像寄给了京师肃亲王和日本子爵长冈护美，他们也都曾经寄来过自己的照片。肃亲王善耆是陛云的座师，非常欣赏陛云的才华，对俞樾充满敬仰之意，此年春天曾亲自撰写了一副对联赠给俞樾："太史有书能著录，子云于世不邀名。"推崇俞樾淡泊名利，锐意著述。另外，还冲印了一些分赠给亲戚朋友。

在俞楼住了六天之后，俞樾便携孙子来到了右台仙馆，山馆本来地处幽僻，又多年未曾住人，所以潮湿多尘。在俞楼他除了去拜访巡抚刘景韩外，别人都是派人去表达敬意，并没有亲自前往。一方面因为当地官员多不相识，另一方面俞樾也的确不太喜欢这些繁文缛节。而来到山馆的第二天，他便兴致勃勃地进山寻访昔日僧友法相寺的亦飞和尚，还到了六通寺会见致中和尚。

这一天俞樾在右台仙馆中接待了一位奇特的客人：和尚灯裕。他原来是官场中人，本名王克家，是安徽通判，后来他的兄长介绍他来见杭州太守赵展如寻求更好的发展，没想到他一来杭州，马上便喜欢上这里的山水风物，于是便弃官不做，在西湖边出家为僧。灯裕精通内典，书法有六朝风韵，昔日俞樾在山馆小住时他们经常来往，俞樾很欣赏他潇洒出尘的风度气韵，这次相聚，宾主尽欢。

在山馆小住之时俞樾听到了一个令他难过的消息，刚刚获允和自己一起赴明年鹿鸣宴的湖南甲辰恩科的举人周乐竟然已在六月去世了，享年九十岁。随后又听说张丙炎也去世了。听到这些消息，俞樾心中充满了惆怅与悲凉，这样甲辰科同年便只剩下他一人了。而自己也是风烛残年之身，是不是能活到明年秋冬鹿鸣盛筵重开之日，俞樾心中没有把握，“问余能待明秋否，等是人间春梦婆”（《甲辰同年今年奏请重宴鹿鸣者余之外有江南张君丙炎，湖南周君乐，在杭州闻周君亡，有诗悼之，及至苏州又闻张君亡，未知尚有续奏者否，恐海内止余一人矣，为之翿然，又赋一律》）。但他也并不十分在意，因为他早已勘破生死，一切顺其自然而已。

在杭州的这段日子里，俞樾算是过得比较愉快，最让他觉得厌烦的是没完没了的笔墨应酬，于是寻常人的求书请字便让俞侃代写。俞侃是俞樾的重孙，书法笔意古朴拙致，肖似俞樾的书法风格，普通人难辨真伪。

暮冬时分，俞樾和陛云又回到了苏州春在堂，这时又从京城传来了一个不好的消息，徐琪因故而被削职为民。俞樾听到这个消息真是大吃一惊，因为徐琪自从庚辰年中进士之后，数十年间仕途一帆风顺，节节攀升，去年刚刚由庶子升阁学，俞樾还写诗表示祝贺："上苑高迁出谷莺，丝纶喜绍旧家声。廿年名在八科上（君庚辰翰林至戊戌已九科矣），九代封邀一品荣（君拟请三代一品诰封上接文僖文穆两公则九代一品）。"没想到世事无常，在人生的巅峰时刻一下子跌入了深深的谷底，只短短一年的时间竟然便受人弹劾，罢官闲居。听说弹劾的原因还是因为在广东为学政之时的所作所为不合礼仪规范。俞樾可以理解徐琪内心的感受，于是写下了《寄花农》一诗："闻君一谪下蓬莱，钟鼎旂常愿尽灰。春梦不堪重问讯，闲云惟望早归来。……大好湖山供笑傲，老夫犹幸得追陪。"拳拳关怀之意，溢于言表。但徐琪已经习惯了京城的生活，而且熟谙官场行为的潜规则，他对自己东山再起依旧充满了希望，后来的事实也证明果然如此。两年之后，光绪三十年（1904），慈禧太后七十岁大寿之时他特意送礼祝寿，于是复三品官衔。

热闹纷繁的一年终于结束了，俞樾没想到年终之时竟然还有一个小小的插曲。小年夜里忽然有一个素不相识的人登门求见，并拿出十三个洋钱请求购买一部《春在堂全书》。本来这件事也没什么可奇怪的，以前俞樾经常遇到这些登门求书之人，但这一次却让俞樾心生无限感慨，毕竟社会环境已经发生了很大的变化，秋天时在上海不是还有人说要废除经学，现在竟有人登门购书，可见民间喜好经学的人还不少呀。俞樾赋诗一首表达自己的感慨之意：“西株东昧满乾坤，吾道悠悠孰与论，经术文章总尘土，山厓屋壁付儿孙。……”愤激中传达出对学术命脉的忧虑。

这年夏初，日本文士金井之恭和蓄堂生结城琢等人仰慕俞樾文名，便把自己所作的汉诗寄送，请他评点指正。俞樾近年来与日本文士多有交往，所以对他们的文名也有耳闻，听说金井之恭善写大字，曾为文部省的官员大久保书写《神道碑》，每一字都有一尺见方，奇伟可观，无人能匹，所以赠诗中有“穹碑高百尺，焜耀海天东”（《寄题日本金洞仙史三岳庄用原韵》）之句，而蓄堂生结城琢的诗风雄浑厚重，与南宋永嘉四灵的凄清幽咽的诗风迥然不同。俞樾一向注重与外界的文化交流，在当时还有更深的心理潜因，就是希望经学与中国文化能够发扬光大，在国内经学末世之时竟然还有海外汉学流传，总算还带给他一点心灵的安慰。不久蒙古喀喇沁王贡桑诺尔布请求俞樾为自己写一个匾额：“夔庵”。俞樾心中窃喜，欣然提笔，一书而就。

虽然时世令人心生忧虑，但俞樾聊以自慰的是曾孙僧宝健康聪明，惹人怜爱，给他有些单调的老年生活带来了许多乐趣。光绪二十九年（1903）正月初八正好立春，这一天还是甲子日，五行属金，于二十八星宿中遇奎，民间称为甲子金奎，正是文明之兆。僧宝这时正好五虚岁，俞樾以为难得良辰，于是携曾孙上堂，命他开卷读书，并以诗记其事：“更兼金水相生妙，能否聪明比父强。记有而翁前事在，尚期无负旧书香。”去年冬天，在右台仙馆小住之时他收到的一封家书中竟然有僧宝的字迹，虽然也知道僧宝并不会写字，字应该是他的母亲或姐姐手把手地帮他握笔所写，但心中还是有难以抑制的喜悦。

春天里孙儿俞陛云赴京销假，又在朝廷第一次举行的经济特科考试中被取为第一等第八名，俞樾得到消息，不胜欣慰，赋诗志庆。经济特科考试是在科举制度之外的一种选拔人才制度，只在光绪二十九年（1903）举行过一次，其目的是破格选拔治国安邦人才，不考八股文，而代之以策论，参与考试的都是各部、院堂官及各省督、抚、学政保荐的“志虑忠纯、规模闳远、学问淹通、洞达中外时务”的人，早在光绪二十四年（1898）国内倡言变法的大背景下，贵州学政严修曾上书请设经济特科，但被慈禧太后驳回。后经庚子之乱，慈禧和光绪都感到时局危急，国家迫切需要实用之才，于是在全国范围之内举行了这次考试。在形式上与科举制度中的殿试基本相同，这一年共分两等取士二十七人，俞樾之孙俞陛云名列第一等第八名，这在当时也是一种很了不起的荣耀。由此也可以看出俞陛云并不仅仅是一味治经的守旧文士，而是思维活跃、对于现实问题有过深入思考的人。俞陛云这样的胸襟气度和学识都与其祖父俞樾的影响不无关系。

俞樾从来都不是一个思想守旧的人。这时他虽然已过耄耋之年，但依旧关心现实，胸怀天下，尤其对思想界的一些变化颇为敏感。虽然昔日上海某些人的废经之论曾使他愤慨异常，但他也清醒地意识到这样的时代经学式微已经是不可改变的历史趋势。对于文化界出现的一些新事物也接受得比较快，当时翻译过来的西方小说他几乎都读过，还把小说的一些情节写入诗中：“沉舰潜行海中地，飞球环绕月边天。儿童荒岛人三五，女子空山岁一千。”（《即事四首》）

而在教育制度和选拔人才这个问题上，他对现行的制度也有所不满。在以前的诗文书信中他曾数次表达这个意思。一方面认为现行的教育内容和科举对于个人的修养很有帮助，但科举考试以“四书”“五经”为内容却限制士人的自由创造精神。虽能进士及第，一举成名，但为政一方所需要的经世治用之才能却难以培养，只能在以后为官的日子里一步步摸索前进，不利于吏治清明和社会发展。在变革的时代教育自然也应该有所改变，所以当徐琪在广东学政任上加试一些有关现实的问题时他曾写信表示嘉许。当然他所主张的改革并不是废除原来的教育制度和科举制度，他所主张的是在这样的制度之内为适应现实做一些必要的改革，而这次经济特科的考试便是他所理解的一种改革。

但对当时社会上流行的有些新思想、新行为，俞樾并不能接受，这种不接受基本上是建立在不理解的基础之上的。比如，当时改革者最为提倡的“自由”，俞樾便认为极端地不可取，他认为中国历史上也曾有过自由的时代，那是三皇五帝过后大家为了各自的利益而互相为战的时候，后来礼乐兴起，人失去了自由，但也恢复了安宁的生活。他认为一味地强调自由必将会使天地陷于混乱之中："将使文明世，化为草昧时。"（《江叔海教习以所著学堂口义三篇见示率题其祛惑篇后》）而更令他不满的是在自由的大旗下所提倡的婚姻自由，在他看来青年男女不经过父母之命和媒妁之言而自由恋爱的婚姻与礼法时代之前的草野苟合没什么两样，由此而带来的直接恶果便是社会风气的败坏。

而对当时许多人到国外游历的风潮，俞樾在一种无可奈何的心情下表示接受。这时俞樾的亲属后辈中已有多人在国外做事，如王氏两个外孙念曾和念值都在朝鲜，后来重孙同奎也要留学西洋，学习化学。俞樾在临别赋诗中无奈地说道："一经世守又农桑，百有余年祖德长。吾道无端开别派，尔曹相率走重洋。"（《送从孙同奎游学西洋》）流露出对后代不能恪守祖业的遗憾。俞同奎出国后先到了印度，后来又到了英国，一直和俞樾保持密切的联系，告诉他在外面的见闻与感想，俞樾也因此对外面的世界有了更为感性的认识。但当同奎把自己在伦敦时所拍的照片寄来时，看到照片上的重孙已经西装革履，俞樾心中还是有一丝难过："身投异国真无奈，目睹横流大可惊。"（《从孙同奎自伦敦寄来小像已改服西国衣冠矣为之一叹》）其实，此时西方文化的影响在国内已经无处不在了，连自己年仅六岁的曾孙僧宝也天天背着"ABCD……"这样的字母歌了。在他的临终遗言中，对西学已经完全接受："吾家自南庄公以来，世守儒业，然至今日，国家既崇尚西学，则我子孙读书之外，自宜习西人语言文字，苟有能精通声、光、化、电之学者亦佳子弟也。”[1]

转眼间又到了桂花飘香的季节，俞樾重赴鹿鸣盛筵的日子快到了。浙江巡抚聂辑椝已发过正式的公文请乌程县教谕徐志芬持请柬登门拜访，请先生如期赴宴，但俞樾以老迈衰病为由婉言推辞了。于是地方政府便派人送来了两枝银花和一个银爵杯以示恭祝之意。重赴鹿鸣盛筵在地方上也是难得的盛事，德清二百年来都没有这样的荣耀，这一年暮春时分德清乡人请俞樾写了一个“重宴鹿鸣”的匾额，挂在家乡的明伦堂中表示庆祝。俞樾欣然提笔，写了二尺见方的四个大字寄送。虽然俞樾最终还是没到京城赴宴，但曲园先生重赴鹿鸣筵宴之事已成为苏州城里的一件盛事，当年的十二月，苏抚潘艺棠和吴中名士胡效山、任筱沅等赠先生匾额表示祝贺。

生活中也并非总是鲜花与阳光，也有思想激烈之人对俞樾提出批判。这年冬天，归安人邹嵚便从山西给俞樾写了一封信，痛斥他的议论著述足以使民众缺乏活力，使中国灭亡，将会误尽苍生，俞樾对这样的指责也只是一笑置之。

光绪三十年（1904）清明节的前一天，唐春卿学使到春在堂拜会曲园先生，宾主晤谈甚欢，临行之际，俞樾作揖而别，没想到一下子腰部剧痛，难以忍受，不仅不能行走，即使仰卧于床也疼痛难忍，家里人急忙去请医生治疗。自十几年前俞樾

① 俞润民，陈煦．德清俞氏：俞樾　俞陛云　俞平伯[M]．北京：中国人民大学出版社，1999：99.

便有这样腰腿疼痛的毛病，这些年来时发时愈，也没有特别在意，刚开始时大家以为这一次也会和以前一样逐渐好转。但没想到这次腰痛复发与以前大不一样，不仅疼痛的强度前所未有，而且持续的时间也很长，整个春夏都卧病于床，调理了好几个月也没有什么起色。偶尔也会在藤制的太师椅上小坐，再由人抬着出来晒晒太阳，呼吸一下外面的新鲜空气。

虽然卧病于床，但先生神志清明，常和苏抚潘艺棠，当地名士胡效山、任筱沅等诗歌酬唱。仲夏时分俞樾的腰痛病还是时时发作，于是病中开始研读元人杂剧，以消遣时日。这段时间虽不再有著述之意，但有所得时便随手记下，有时也会订正其中的一些明显错误。

光绪三十一年（1905）春天，俞樾的二儿子和二儿媳妇正好满六十岁花甲双寿，俞樾心中也很高兴。按姑苏一带的风俗，这样的年份要择日祝寿，于是在三月十三日，俞樾在春在堂里大摆宴席，苏州当地的名流士族都来祝贺："杯盘聊遣兴，冠盖竟倾城。"

这年春天，俞樾的身体还算不错，闲居在春在堂里，以赋诗自遣，闲暇时教曾孙僧宝读书写字。这年正月二十五日，俞樾命小僧宝和弟弟庆宝正式入塾读书。俞樾觉得欣慰的是，小僧宝自幼喜欢读书，《三字经》《千字文》《龙文鞭影》等启蒙读物已经能够朗朗上口，字也认识了不少，聪慧的资质甚至超过了父亲。

夏天，上海书商组织编写《中国名人照像集》，介绍百余名有杰出贡献的当代各界人士，俞樾位列其中。

现在俞樾已经没有继续著述之意，于是便把自己的所有作品汇为一辑，总名《春在堂全书》，共计五百余卷，印行天下。

这时日本驻苏州的领事是白须直寓，他在几年前还在上海做使馆翻译之时便和俞樾相识，不仅赋诗致意，还经常馈赠日本的土特产品，如卫生饴（一种点心）、樱花等。后来升任日本驻苏州的领事，两人来往更为密切，白须直寓母亲七十大寿时俞樾还写了《日本白须温卿母七十寿诗》表示祝贺："矍铄精神健，期颐岁月长。"白须母亲见诗后非常高兴，寄书信表示感谢，并寄来自家园里所产的几枚橘子。俞樾《春在堂全书》五百余卷出版后，白须温卿马上购置了两部，一部送朝廷收藏，一部送日本文库。

白须直寓购买《春在堂全书》后的第四天，出乎俞樾意料的是另一个素不相识的日本儒官岛田彦桢登门拜访，原来他是奉日本国文部大臣久保公之命来俞樾这里索求俞樾旧日各种著作的手稿本。俞樾不禁感叹日本对于传统文化的尊重和保护意识，如果手稿能收藏在日本文部省或许真的可以流传下去，但俞樾自己一向不重视稿本的收藏保留，除了早年的"两平议"稿本被埋在了右台山的书冢之中外，别的手稿都是随写随刊，并无意保留。但盛情难却，于是令孙儿陛云在书房中四处找寻，终于找到了杂文、诗编、尺牍和随笔的手稿本各一卷送给岛田彦桢，让他带到日本。同时，俞樾又印制了六套全集，寄送给时刻关心自己的日本朋友们。

俞樾对日本汉学的影响是不可估量的。第二年，即光绪三十二年（1906），日本人樱井儿山把《春在堂全书》分类编目印行，这样学者检索便易，可以各取所需，有重点地阅读，于是曲园学说在日本更为流行。俞樾听说后曾寄诗道谢。

这年夏天，日本学者小柳司气太编辑了俞樾的生平事迹，分“曲园世系”“曲园出处”“曲园著述”“曲园与日本文学”“曲园与曾（国藩）李（鸿章）二公”“曲园杂事”六章，以简洁传神的笔触描述了先生的生活和学术著作及成就。其中第三章提倡西学和中学应该互相参稽，特别推崇俞樾在经学创新方面所取得的成就，认为俞樾是中国经学殿后的“巨镇”，也是传统经学向西学过渡的关键人物，同时详细介绍曲园学术思想对于日本的影响。这部分内容宋澄之曾译成中文，俞樾亲自过目，不禁感慨万分，赋长诗一首表达自己惭愧叹息之意。

对于这样的情形，俞樾有一种发自内心的喜悦。既然以著述为业，就希望这些著作能够藏于名山，流传后世。他一直很热衷建造书冢，在杭州时已在俞楼、右台山建书冢藏书，但这两年这些地方都有雨水渗透的现象，俞樾担心书在其中也会受到影响。正在这时，学生毛子云写信给俞樾说自己打算在南高峰向阳的山坡之下开凿山洞以作书冢，埋藏《春在堂全书》，俞樾欣然应允。几乎同时，诸暨县令张子厚（也是曲园弟子）在诸暨的宝掌山上也开凿了书冢，专门制作了栗木书柜，不仅收藏俞樾的《春在堂全书》，而且还有他祖父的《四书评本》、父亲的《印雪轩诗钞》、舅舅姚平泉的《瓶山草堂集》、孙女庆曾的《绣墨轩遗诗》，令俞樾感动不已。

这年九月，江苏巡抚陈夔龙登门拜访，探视俞樾的病情。陈夔龙和俞樾还有姻亲关系，他的夫人是俞樾二女婿许子原的妹妹。陈夔龙当时正在组织人力修葺寒山寺，这次来还有另外一个目的，那便是想请俞樾写《枫桥夜泊》诗碑。此诗碑历史上共有两块，一块是北宋翰林学士、郇国公王珪（1019—1085）所书，但早已不知流落何方；另一块是明代著名书画家文徵明（1470—1559）所书，可惜至光绪年间能辨认出的也只十余字了。俞樾也是当朝一代书法大师，所以陈夔龙想请俞樾来写这样一块碑文。

虽然病体难支，俞樾还是欣然领命。因为他在读书时便对张继的这首诗产生过疑问，觉得诗歌第二句中的“江枫渔火”几个字与意不谐，正好读到南宋龚明之的《中吴纪闻》中引用此诗时用的是“江村渔火”，感觉原文似乎应该如此，方与意境相谐，宋人的典籍应该不是空穴来风。但在正式书写诗碑之时俞樾还是按原诗的样子写成了“江枫渔火”，并在碑阴处注明了这个小考证，且作诗一首以为总结：“郇公旧墨久无存，待诏残碑不可扪。幸有《中吴纪闻》在，千金一字是江村。”由这件小事中也可见曲园先生治学之严谨。这块诗碑在抗日战争时期险些被日寇掠走，后因民众机智勇敢的保护才没有流失海外，现在依旧保存在苏州寒山寺中。

这年春夏之间，俞樾忽然两脚浮肿，难以走路，健康状况每况愈下，俞樾心中明白，大限之期可能快要来到了。于红尘俗世，他的确没有什么可以留恋的了，但对于脉脉亲情向来最为看重。夏天，已经出任苏州太守的二女婿许子原竟然登门辞行，原来他的妹夫陈夔龙马上要调任江苏巡抚，按国家法律规定，近亲需要回避，所以他被调任赣州太守，马上赴任。俞樾心中生出无限留恋之意，他对自己的身体状况还是有感觉的，老迈而别，可能再也没有相见之期了，于是写了一首送别长诗，历叙数十年依依情事。

夏天过去了，俞樾的身体状况也越来越糟糕了，夏末时分他请了苏州当地有名的画家画了一幅肖像，以备身后在影堂之用。虽然他也照过几次相，但觉得照片难以持久，还是最古老的绘画方式让人放心。绘制之时又反复叮嘱画师要尽可能客观地展现他的面貌，不要故意美化。

本以为自己会这样平静地离开这个世界，俞樾没想在临终之前还要经受一次生活的磨砺。这年秋天，他的次曾孙、年仅四岁的庆宝竟然得病不愈，不幸夭折。小庆宝聪明乖巧，深得俞樾喜爱。两年前孙媳妇许氏还曾生过一个男孩，但仅过百日便夭折了。俞樾欲哭无泪，不禁自怨自艾："以我八旬犹未死，致儿四岁便云亡。"

这时俞樾听到了好友陈鹿笙方伯（布政使、籓台）去世的消息，享年八十岁，也算是高寿而了无遗憾，后来听他的亲戚说起陈鹿笙去世时的情景，又觉得非常奇异。本来已经瞑目断气，子孙们也已经哭拜完毕，他忽然睁开了眼睛，从床上坐起来，要来纸笔，写下一首绝句："行年八十似浮沤，万斛尘缘死便休。但愿海波风渐息，家声不坠作清流。”写完之后投笔就枕，这才悠然长逝。俞樾对老友这种来去分明的情景有些惊奇，他希望自己也能如他一样来去分明。

虽然几个月来一直缠绵于病榻，但俞樾对周围的世界还是非常关心。这年秋末，浙江西部一直淫雨绵绵，水患严重，俞樾于是强支病体，写字数幅，最后卖得七百大洋，分寄湖州和德清各地，请族中人代为买米赈灾。

这两年来朝廷、民间关于君主立宪的问题议论沸沸扬扬，在重重压力之下，朝廷终于在此年（光绪三十二年）下半年颁发了预备立宪的诏书，但是诏书中没有注明立宪的具体时间，于是张謇和邹孝标等人在上海成立了立宪公会，各地也纷纷成立机构研究宪政，现在已无从得知俞樾听到这些消息时的心理感受，但他心中对时势所趋而引起的社会大变动却很清楚。

早在前一年春天，朝廷颁发了废除科举制度的诏书，同时在诏书中强调要广开新式学堂，这时俞樾已经清醒地预感到将要发生天翻地覆的大变化了。他对于政治没什么兴趣，对于科举制度固有的弊端也深有体会，他所担心的是科举制度废除后经学的命运，毕竟科举考试以经学为基础，而新式学堂中是没有经学的一席之地的。忧叹之中作《诂经精舍歌》表达自己的哀悼之意：“难将一掬忧时泪，重洒先师许郑前。”在他临去世前一个月，他听到了一个令人振奋的消息，皇帝下诏以上祀之礼来祭祀孔子。俞樾不禁欣喜交加，他似乎又看到了经学的希望。在一味贬抑儒家经术的时代氛围之下，这个诏书似乎是上层统治者重视儒学的一个信号。起码俞樾在当时是这样理解的，所以心胸为之开阔，有“从前私虑今全释，始信斯文万古存”之语。

入冬以来，俞樾的身体一天天地衰弱下去了，但神志清明。俞樾自知大限将至，临终依旧赋诗多首，有《别家人》《别诸亲友》《别门下诸君子》《别曲园》《别俞楼》《别所读书》《别文房四友》《别此世》《别俞樾》诸诗，另外还有《临终自喜》七律四首和《临终自恨》绝句一篇，情事历历，一一交代明晰。《临终自喜》七律之四代表了他对自己一生的回顾：

萧然从此出红尘，在我真无未了因。
三教何须共牵曳，九幽当可免沉沦。
生前自定名山业，死后仍完净土身。
不学鸠摩出神咒，临终诗笔尚如神。

这年十二月二十三日（1907年2月5日），俞樾终于了无牵挂地离开了这个世界，享年八十六岁。

消息传出，朝野为之震动，以为顿失儒宗，经学命脉岌岌可危。江苏巡抚陈夔龙胪举了先生一生的学术功业和所有著述入奏朝廷，于是光绪皇帝下令修史之时在儒林传中为俞樾留下一席之地，以旌其学。江阴的缪荃孙为俞樾做了行状，现在收录在《艺风堂文集续集》之中。昔日的弟子章炳麟听到消息后也为先生作传，推崇先生的人品与学问，收录于《章氏丛书》第一部中。而民国初年徐世昌所著《清儒学案》中也多采辑先生之学术。

昔日同窗好友孙衣言之子孙诒让作的《哀世丈俞曲园》挽联，最能概括先生一生的成就：

一代硕师，名当在嘉定、高邮而上，方冀耄期集庆，齐算乔松，何因梦兆嗟叱，读两平议遗书，朴学销沉同堕泪；

卅年私淑，愧末列赵商、张逸之班，况复父执凋零，半悲宿草，今又神归化鹤，拈三大帙手墨，余生孤露更吞声。

结　语　俞樾的生平思想及学术成就

走过八十六年的人生风雨后，俞樾安详地闭上了双眼。作为晚清的经学大师，他天资卓著，成就巨大，在经学、文学、哲学和教育等方面都有自己独到的见解和认识。

俞樾的一生大致可分为几个阶段：初时沿着封建时代读书人惯常的道路前进，读书并参加科举考试，入县学成为秀才，又至省城参加乡试，中举后又曾两次入京师应考，终于一举成名天下知，开始了历时八年的仕宦生涯。如果不是八年后一场出人意料的仕途变故，科班出身的他一定会沿着这条路终老一生，如同当时的大部分士人一样。然而天有不测风云，“罢免”一事发生，他的人生轨迹彻底改变。

这时他进入到人生的第二个时期，这是一个思想迷惘、生活动荡的时期。三十多年来所受的教育与训练都是为仕宦生涯而准备的，而现在这条路忽然毫无征兆地被彻底堵塞了。以后的路该怎么走？生性超脱旷达的俞樾心中也不禁充满了低沉无望的情绪。在懵懂之中来到了苏州，安定不到两年后又因避战乱开始了人生中最为艰难的一段日子。接下来的几年时间颠沛流离，辗转于苏州、上虞、上海和天津各地，声名未著，坐吃山空，经常要靠借贷为生。正是在物质极端匮乏的状态下他形成了“立言”以传世的人生理想，使他名满天下的《群经平议》和《诸子平议》便是作于此时期。

同治四年（1865），俞樾回到了苏州，这一年他四十五岁。先是在苏州紫阳书院任山长，两年后掌教于杭州诂经精舍，但家还是安在了苏州，从此开始了三十一年往返于苏杭之间的人生历程。苏杭两地的山水灵气浸润了俞樾的心灵与思想，他以极其旺盛的精力投入到教学与著述之中，培养了一大批学有所成的人才，奠定了作为“中国经学殿后之巨镇”的地位。七十八岁辞去诂经精舍山长一职后一直闲居在苏州春在堂，优游林泉，赋诗酬唱，思想澄澈。

俞樾一生大部分时间在传经与著述中度过，他为人光明坦荡，旷达超脱，文笔之间绝少躁进不平之态，多流露出满足自适的悠然之情。在《五十初度偶成》中有“颓唐无分到公卿，聊复安排身后名。海外流传两平议，人间游戏一宾萌。……回首乌巾山色好，拟营寿藏傍先茔。”学者的恬淡自足跃然纸上。这样的平和心态与他的人生信念有莫大的关系。

在《春在堂随笔》卷三中，俞樾曾说道：“余舅氏姚平泉先生，温良乐易，君子人也。尝自谓，以出世之心，行入世之事。斯言余终身诵之。”俞樾一生行藏出行之迹，无不体现了“以出世之心，行入世之事”之意。

终其一生，俞樾都在“行入世之事”，他最重要的人生追求是著书立说以留名青史，最大的人生乐趣在于著述能够得以刊刻并广为流传，最高的人生理想是经学命脉能够绵延相继、历久不衰。“拼命著述”或许对别人来讲是一种苦差事，但对他而言却乐在其中，因为这几乎已经成为他最重要的人生寄托，也是其生存价值和人生意义。相对而言，在生活中的其他方面，他更多地存有“出世之心”，现实中的功名利禄无复挂怀。具体而言，其人生思想主要体现在以下几个方面。

1.旷达超脱、随缘自适的思想底色

俞樾在少年之时所作的《骫骳子》一卷中虽然多悠谬之谈、滑稽之论，但这里虚构的几件关于骫骳子的小事却可以体现他旷达超脱、随缘自适的思想。有一件事记尧禅让于许由，许由不受，又让于巢父。巢父也极力推辞，于是便让位于骫骳子，于是“骫骳子受之，立为天子。三月而返之尧，归而见巢父”。这时巢父却拒绝与他再做朋友，曰：“乡者，吾与子友也。今子受尧之天下，非吾友也。请与子绝。”于是骫骳子笑着说：“子何视天下之重而视吾之轻也？夫吾视天下之去留，犹蚊虻之过眼也。是故立为天子，而吾不以为荣；返为匹夫，而吾不以为高。今子以辞天下为高，将无以受天下为荣邪？”在这里骫骳子有着超脱旷达的胸怀和气度，他随缘自适，受天子之位和辞掉天下之主，一切都是自然而然的，但又都无挂怀于心。这样的境界也是俞樾所希望能够达到的理想境界。

对俞樾来讲，现实功名的汲汲以求从来没有成为他最高的人生理想，早年的科举应试只是他作为一个文人的惯性生活，其间他也曾有过思考与否定。比如道光二十三年（1843）他还没有在乡试中中举，秋天到玉山县汪春生知县署中做塾师，在钱塘江上乘船西行，富春江两岸清幽险峻的风景给他留下了深刻的印象，面对山中美景，俞樾不禁悠然神往，生出对现实人世、纷扰俗务的厌倦之意，或许在这个时候，当他说出“题诗并与山灵约，它年筑屋名云巢”（《七里泷》）之时便有了超脱出世之想。虽然这个愿望不能立刻实现，但终其一生，他的归隐之意总是时时浮现在心中。

此后俞樾仕途顺利，沿着当时文人所羡慕的人生之路中举、中进士、翰林院任职、出为河南学政等路走着，即使在最为顺遂荣耀的人生时刻，俞樾心中似乎也从未中断过归隐田园、适性逍遥的梦想。初为翰林之时，他和兄长一起借住在圆通观中，附近有一片公墓，他经常和兄长散步时路过这里，面对累累破冢、白骨纵横之景，俞樾不禁会思考人生的价值和意义，这思考又常常带给他一种虚无的感觉。直面生命本身之时，滚滚红尘中的功名利禄都失去了存在的意义，那么真正的意义又在哪里呢？即使是在一生中最为安稳幸福、仕途也最充满希望的时候，他依旧在诗文中表达对这种生活之路的厌倦：“他日乡山如许买，全家同享故园春。”（《仲冬四日移寓南柳巷》）念念不忘的依旧是隐居于乡间田园。

这种旷达和超脱并不仅仅体现在对世俗功名能够淡然处之，即使是对生死的大问题，他也能一一勘破。在七十大寿之时作了一首诗分寄门生朋友，中有“逆旅已知身是寄，畸人本与世相违”（《余今年七十矣，犬马之齿，不足言寿，预赋一律敬告同人》）之语，在这样的心境之下他仿张船山作了四首《观我诗》，谈到了自己对于生死问题的基本看法，在这里他对于道教的尸解和佛教的生死轮回都持怀疑态度，他所关心并服膺的依旧是道家生死观“气聚则生，气散则死”的了无挂碍。他还在想象中设计了生与死的问答之语表达自己对生死不同于流俗的观点：人之生本来便是偶然的现象，而死只是复归于元气之中，生于世有种种难以忘怀去除的负累，而死则可以安心长眠，有南面王不易的大快乐。

后来俞樾又作了两首《人生天地间二首答坐客》来进一步阐明自己的死生观，“人生天地间，与逆旅无异”“人生天地间，与戏场无异”。俞樾在《春在堂随笔》卷六中曾记述了一件事：“曩在京师，许文恪招饮于其养园。花木翳然，屋宇幽雅，颇擅园林胜事。文恪云：‘冉地山侍郎尝病吾以杨木为屋，恐不耐久。吾曰：君视此屋，可支几年？冉曰：不过三十年耳。吾曰：然则君视许滇生尚可几年邪？冉亦大笑。’余谓公此论，真达人之见也。未及数年，公归道山，屋固未圮而已易主矣。”人生于世，如同逆旅过客一般，随着茫茫大化迁流，既然生年不多，又何必“常怀千岁忧”呢？悟到这一点，人生中还有什么是值得永恒追求的呢？

正因为有这样旷达超脱的思想背景，俞樾在生活中无论顺境或逆境都能泰然处之。中州罢归后其心中也有过痛楚和迷惘，但并没有为重返官场做任何努力，他更相信随缘自适，他为自己重新确立了人生的目标，并为之终身孜孜以求。其实从这个角度而言，俞樾并没有真正做到旷达与超脱，现实的功名利禄甚至生死羁绊他都能够一笑置之，但身名都湮灭在浩瀚的历史长河中却是他无法忍受的，于是立言以传世成为他中州罢归后的执着追求。

2. 立言以传世的人生追求

“太上有立德，其次有立功，其次有立言。虽久不废，此之谓不朽”，既然立功已不可企及，那么立言以藏之名山，传于后世，就成为他的人生目标。在以后的人生道路上，他时时以这个目标激励自己，也时时因为这个目标的一步步实现而充满现实中的成就感。

流寓天津之时俞樾完成了《群经平议》的撰写，因为当时尚无名，他为谋求刊刻不得不四处奔波，请人资助，后来刊刻的过程长达三四年之久，而且中间一波三折，这一时期俞樾的心中常常充满了无可奈何的焦虑之感。在写给二女儿绣孙的信中曾说自己经常念诵白居易的两句诗“生前富贵应无分，身后文章合有名”，可见他此时心态。当“两平议”先后刊刻流行，俞樾也因此名满天下之时，他对于这种授课讲学之余著书立说的生活非常满意，相信自己所过的是有价值有意义的生活。在写给曾国藩的信中他又想起曾国藩对他“花落春仍在”一诗的欣赏，同时表达了自己要著述立身以扬名后世的理想。

正是因为有这样的价值观念作立足点，俞樾才能够平交王侯、傲视权贵。在给同年好友曾璧光的信中他曾谈及他们庚戌进士的榜运，当时舆论界有“蜂腰鹤膝”之讥，认为他们的成就比不过前一科与后一科。俞樾却认为这些年来自己这一榜进士却有后来居上的趋势，信中列举曾璧光任贵州巡抚、王凯泰由翰林编修做了浙江臬台，虽谦称自己是笔耕糊口，但一一列举自己已经刻印出版的所有著述，明显带有以此相抗衡之意。对于自己目前所做的事、所选择的路充满了自豪感，觉得与在仕途上飞黄腾达的同年可以并驾齐驱，并无高下之别。

因此，他安于教学、著述的现状，不屑也不想再入仕途，所以没有接受朋友东山再起的建议，明确地表示现在所过的生活正是自己的理想生存状态。而著述以留名后世是终其后半生的精神支柱，这样便可理解他在以后的生活中为什么这么热衷于建立“书冢”以藏自己的所有著作。

早在建立书冢之前，俞樾有一次给时任黄岩九峰书院的山长孙伯欢写信，同时还附赠了《春在堂全书》两部，一部赠给孙伯欢，另一部则请孙伯欢留在九峰书院之中，借名山以希图不朽，由此可见其强烈的传世思想。后来诸生兴建俞楼之后，徐琪和汪鸣銮等人又在孤山之上凿山洞、建书冢，把俞樾当时所有的藏书都埋了进去，希冀能永存世间。后来俞樾的夫人去世后葬在了西湖边的右台山，俞樾在这里自营生圹，并在旁边特意建造了书冢一个，把自己的所有著作及后期的手稿都埋葬于其中。

若干年后，这两个书冢因为地势低洼，都不同程度地出现渗漏现象，俞樾心中有些焦虑。在他八十五岁那年，学生毛子云和张子厚分别为业师在杭州南高峰和诸暨的宝掌山上开凿山洞以作书冢，埋藏《春在堂全书》，俞樾欣然应允。因为对他而言，立言以传世是其永恒的人生追求。在他去世之后，曾随其在诂经精舍学习了七八年之久的章炳麟为业师写过一篇《俞先生传》，中有“老而神志不衰，然不能忘名位”之辞，或可概括其一生对身后之名的汲汲追求。

3.心系学术命脉的忧时济世胸怀

立言以传世既是俞樾最高的人生追求，经学的发达昌明便成为他发自内心的希冀。俞樾所生活的时代不仅是内忧外患、清政府走向衰败与灭亡的时期，也是中国传统的经学在西方文化的冲击之下走向不可避免的没落命运的时期。处于这样的社会文化背景之下，俞樾心系经学命运甚至中国传统文化的命运走向便带有了一种无可奈何的悲剧色彩。

早在咸丰时期，太平军便曾转战江南十余年，战乱平息之后，直接带来了“市廛寥落，郇聚凋残”的社会后果，文化上也一片荒芜。因为在战乱中人们没有时间也没有心情安心读书，这时可入县学读书的名额虽比以前还多，但能通过童生考试而入县学的人却少之又少，于是出现了“乃有未窥六甲已博一衿者”。这样带来的直接恶果是“文风日薄，士习日嚣”。俞樾认为把传承经学的希望寄托在这样的人身上，无异于缘木求鱼。

俞樾这一时期对人才和士风的忧虑与后来对经学命运的担忧相比更像是一抹轻愁。当社会局势一步步恶化、西学东渐的势头也越来越明显之时，传统经学也逐步走向了不可避免的衰败命运。而一向以道统自居的俞樾在这样的情势之下慨然而作《三叹息》，围绕经学衰微的主题，思考着儒学命脉的延续问题。

光绪二十四年（1898），朝廷饬令把各省大小书院都改设为学堂。俞樾知难而退，辞去诂经精舍的山长之职。面对时局，他的心中抑郁悲愤，却又无可奈何，更有掩抑不住的凄凉之意。俞樾不得不承认，经学的衰微已是大势所趋，未来的学术命脉似乎已岌岌可危，事实证明这并非杞人忧天。在俞樾八十一岁（1901年）时，当听说上海一批主张新学的人力主废经的消息，俞樾的心中霎时充满了难以抑制的凄凉之意，在《愤言》一诗中他表达了自己对现实的强烈不满："公然倡议废群经，异论高谈不可听。……昔抱三忧今竟验，坐看白日变幽冥。"

四年之后，在学院废弃、学堂流行的基础之上，朝廷终于颁发了废除科举的诏书。这也是俞樾意料之中的事。俞樾对科举制度固有的弊端本来深有体会，他所担心的是科举制度废除后经学的命运将会如何，毕竟科举的考试内容以经学为基础，而新式学堂中是没有经学的一席之地的。

身为一代经师，俞樾并不是一个一心读经、两耳不闻窗外事之人，他有敏锐的洞察力，对政治现实和社会局势有自己的看法和理解。最为可贵的是他有济世爱民之心，对于普通民众的苦难总是抱有一种真切的同情，在自己力所能及的范围之内提供一定的帮助。道光二十九年（1849），江浙两省发大水，太湖四周的农田淹没几万顷之多，许多农民流离失所，物价飞涨，当时他正在新安县做私塾老师，但一直密切关注局势的发展，揭示了“年荒谷价高，盗贼铤而走”的混乱现实，最初他还希望当政者能出面救民于水火之中，后来发现这些人只是大发灾难财，于是在《水灾叹》《赈灾行》《流民谣》《米贵歌》四首诗中对灾民寄寓了无限之同情。后来做河南学政之时路过黄河，看到堤坝破败首先想到的是两岸民众的生命安危。俞樾一生曾多次卖文赈灾，河南、河北、山西、浙江省内的湖州等地都曾接受过他的捐款。一直到他临终前几个月，听说家乡德清发生水灾后还寄款助赈。

俞樾不仅对这些小事亲力亲为，面对艰难时局，还在积极地思考现实中国的出路。然而，作为一介儒生，他所受的教育使他习惯于用儒家思想来解决一切现实问题。在面对以自给自足的小农经济为基础的封闭社会状态时，他的这些理论或许有解释的价值，但事实上他所生活的时代，无论是政治、经济或者文化都与以前的情形大为不同了，当时社会中西方的科学知识已经相当普遍，俞樾并没有意识到这些知识与传统文化是两个不同的知识体系，他在接受这些知识时采取的方法是把这些知识纳入自己原有的知识理论体系之中，圆凿方枘，于是他的某些思考和结论看起来便颇不合时宜了。如他看到现实政治制度中存在“政以贿赂成，柄为胥吏持”（《咏古三篇》）的黑暗现实，就认为根本原因是自秦始皇而始的郡县制，而解决这个问题的方法便是恢复封建制，这样天子便可以明堂安坐，而天下则垂拱而治了。而他的理想社会图景便是：“吾愿世之人，不雕又不琢，风俗洗浇漓，纪纲守严肃”（《七夕戏作》），官僚胥吏各司其职，士农工商各行其道。后来又提出超越国家与种族界限的“大合”思想，认为大同社会的到来，是“分久必合，合久必分”这一历史循环论的结果。

而对于列强的入侵，俞樾在《国朝柔远记序》中提出了“大九州说”的观点，大意是说古人早已说过，天下分为大九州，神州是大九州之一，黄帝以来，中国教化文明仅限于神州以内，后世的人已渐遗忘大九州之说。海外各大洲的发现，恰恰印证了先儒关于天下有大九州的说法。既然神农以上统治大九州的是中国圣人，天下大势，久合必分，久分必合，远夷纷纷前来中国，可见，中国势将出大圣人，以恢复神农氏时代天下大一统的旧观。站在这个角度可知，洋人自然会被中国的圣人之教所吸引与感化，所以中国人不需要学习西方。因此在洋夷面前我们不用改变传统中国文化中的任何现存的规范和原则，只需要按圣人之学去返其本，那么一切内外交困的问题便可以解决了。返其本便是《孟子·梁惠王》中所提到的“省刑罚，薄税敛”“天下仕者皆欲立于王之朝，耕者皆欲耕于王之野，商贾皆欲藏于王之市，行旅皆欲出于王之途，天下之欲疾其君者皆欲赴愬于王”。这样便可以不战而王，一统六合。

俞樾的这种思想在当时士大夫阶层中颇具代表性，观念与现实的背离竟然到了如此地步，不得不令人感叹彼时知识分子对时势巨变的无知。就个人而言，这样的思想可以保持个体精神的平衡，但就群体而言，则体现了思想上的顽固与守旧。

4. 强烈的宿命论意识

俞樾一生旷达超脱，但他对冥冥中不可知的命运却颇为相信。人各有命，所谓“万般皆是命，半点不由人”。比如在回顾自己一生时，他总是觉得自己虚名太盛。他相信这和自己的出生日期有关，虽然出生在十二月初二，但当时距小寒还有两天，据星命学家的理论还是十一月，而十一月为元枵月。《尔雅》注：元枵，虚也。他认为这可能是自己一生虚名无实的根本原因。因为相信命定，所以对占卜推算之术非常信服，在《春在堂随笔》中谈到太极数为人推算行年者时感叹“人生世间，事皆前定，精于数者，固能前知也”。《春在堂随笔》卷五中还谈到一件事，说有一个书生名陈子庄，曾受业于舅氏姚平泉先生。少时恃才自喜，芥视青紫。道光戊子岁，初应乡试，试毕与数友游西湖。适有请箕仙者，子庄率尔问：“今科中否?”盘中书曰：“尔甲子举人也。”戊子至甲子，相去尚遥，子庄意颇不然，大言曰：“仙人不灵。”盘中又书曰：“灵灵灵。”后来果然淹蹇科场，直到甲子科才被人荐举为官，使人不得不相信人生命定之说。

俞樾这种因缘前定的宿命之论来源于他的因果报应思想。他的因果报应之论继承了《周易》中“积善之家，必有余庆；积不善之家，必有余殃”的思想，与佛教中的“自作自受”式的报应之论不同。这两种报应之论最根本的区别是前者受报应的主体是家族子孙，而后者则是在六道中轮回的个体。俞樾具有传统的儒家思想，他最为看重的是立善留名和家族延续，他所理解的因果报应是报应在家族子孙身上的。他相信人生所做的一切都可能对子孙产生一定的影响，比如俞樾经常提到的一件事便是祖父俞廷镳的事情，祖父一改家族世代务农的家风，有志于学，但直到七十岁时才中了举人。这时的主考官考虑到七十岁的人参加科考，朝廷可能会恩赐举人，所以就游说他把这个举人的名额让给了年轻的读书人。俞廷镳答应了，没想到后来朝廷只是恩赏了副榜，而不是举人。主考官觉得非常过意不去，但俞廷镳却毫不为意，坦然豁达地说："留此以贻子孙，不更优乎?"俞樾相信自此后数十年间俞氏家族中先后有五人中举、三人中进士都是祖荫福报。

这种观念在一些咏史之作中也有反映，如《宾萌集》中有《晋文公论》，独出机杼，发人所未发："今观晋文与其臣所以取威定霸者皆阴谋也，有阴谋者必有阴祸，晋祚所以不永欤。"后又引勾践以阴谋灭吴，数十年后子孙亡于楚的事迹后说："故知天下之事得之光明乃可以久，得之暧昧终必失之。"如此等等。多行不义必自毙，这些恶果即使不报应在自己身上，也会报应在后世子孙的身上。

这样的思想使他固有的仁爱之心扩大到万物之上。有一次他在写给亲家王凯泰的信中谈到了他对于养蚕的看法，认为缫取其丝是极端残忍的，所以建议用棉花来代替蚕丝。这里固然体现了他万法平等、尊重生命的思想，但不可否认，也有强烈的惧怕因果报应之意。而且认为杭嘉湖一带在太平天国运动时受害最为酷烈，当也有杀生太多的报应。

这种仁爱之心发展为护生爱生之心，对于生活中一切有生命的草木虫鱼皆怀爱惜与尊重之心。俞樾经常谈到自己即使吃食瓜果时见到一只小虫也会放到草中，“明知未必能生，要使吾不见其死也”。有时在身上抓到一只虱子也会放生，有一次无意中捏死了一只飞到灯罩上的小虫子，心中不禁充满了愧疚之意。他们家中也曾养过一些小动物，如鹦鹉、小狗和小猫，这些小动物死去后，家人总是会把它们好好安葬。自夫人去世之后，俞樾便产生了断荤茹素之意，后来在家人的竭力劝说之下才勉强放弃。但此后只吃三净肉。晚年更是实践这样的思想，自奉至俭，淡泊乐志，甚至对俞楼中的老鼠也心存仁义。

这种宿命论思想还体现在俞樾相信举头三尺有神灵，即使是如自己一样的凡俗人等，只要凝神静心，向神灵祈求，神灵也会满足他的要求。这些毋庸置疑是他思想的局限性。事实上，以上思想侧面在俞樾身上是有机地融合在一起，互相联系、互为因果的。它们共同组成了俞樾的人生观、价值观、世界观。

俞樾一生著作等身，集结为《春在堂全集》，皇皇五百余卷，其中大部分内容是有关经学的，其次是文学艺术的。他为文为诗主张深入浅出，最为推崇白居易，诗歌如同其学术一样流传于各地，人言有白乐天诗风。当然，在已经定格的历史视野之中，人们最为看重的还是他在经学方面取得的成就。

总体而言，俞樾治经审谛，从高邮王氏父子的治学门径而入，尊崇东汉的许慎和郑玄，反对当时侈言时务、空谈心学的士林风气，代表作《群经平议》《诸子平议》《古书疑义举例》

基本上都属于古文经学的方向，但他在苏州曾师法清代今文经师宋翔凤。宋翔凤是清代今文经学的开创者庄存与的重外孙，有这样的学术渊源，所以俞樾“治《春秋》颇右公羊氏”，并不专一于古文经学，而是“学无常师，左右采获，深疾守家法、违实录者”。这一点与其座师曾国藩有相似之处，曾氏论经也主张“汉宋兼容”。

俞樾罢官之后侨寓苏州，开始研读高邮王氏父子的著作。王氏父子乃扬州学派的重要代表人物，在音韵、训诂方面成就斐然。王念孙的《读书杂志》、王引之的《经义述闻》和《经传释词》是三部对他影响最大的著作。《读书杂志》八十二卷，是王念孙晚年力作，校订古书讹误，疏解前人疑义，大都确凿不移，对校勘学的发展有很大的影响，最大的成就便是因声求义，借声音以通假借、求语源。而王引之的《经义述闻》不乏真知灼见，主要是训释《周易》《尚书》《毛诗》《周礼》《礼记》《大戴礼记》《左传》《国语》《公羊传》《尔雅》等书中的讹字、衍文、脱简、句读等疑难问题，纠正毛、郑、马、贾、服、杜之旧注，陆、孔、贾之旧疏，解决了自汉以来很多不易解决的问题，最大的价值在校勘与训诂，很多难读或前人误读的文句，经过他的广征博引、深入考辨而冰释，是读经的重要参考书。《经传释词》只有十卷，却是王引之一生心血的结晶之作。这是一本专释“经传”中的虚词的书，因声求义，暗含有音近义通之意。他的论证之法大致有用古注推衍、互文同训、异文互证、同文比例、据文意以揣摩这样几条。

俞樾学术研究在方法上受王氏父子影响极大，他主张“治经之道有三：正句读、审字义、通古文假借，……三者之中，通假借尤为重要”，于是仿《经义述闻》的体例历时五年而作成《群经平议》，随后撰述刻印了《诸子平议》和《古书疑义举例》。三部著作纠偏查错，考证精笃，奠定了俞氏在当时学界的地位。后人常常把他的三部书与王氏父子的《经义述闻》《读书杂志》和《经传释词》相提并论，认为《群经平议》继《经义述闻》而作，但成就不如《经义述闻》，《诸子平议》却足以与《读书杂志》相抗衡，而《古书疑义举例》条理毕贯，视《经传释词》变而愈上，成就已经超过了《经传释词》（这种观点在章炳麟的《俞先生传》中便曾言及，后来蔡冠洛在《清七百名人传》的《俞樾传》中也曾表示过同样的意思）。

客观而言，这种说法是精当正确的，但有些笼统，事实上这三部书中的前两部是俞樾的成名之作，虽然有明确的学术指导思想，但在体例和解释方法上依旧有不完备之处，而《古书疑义举例》却在科学性、系统性和严谨性方面都比“两平议”更胜一筹。

《群经平议》和《诸子平议》内容翔实，考证精笃，扎实的学术功底可见一斑。但就体例而言，“两平议”是以一部部著作为一个个论述单元，如《管子平议》六卷、《老子平议》一卷、《荀子平议》四卷等。而《古书疑义举例》分七卷，贯通经史，不以某部书为局限，而是以一个个论述主题关联而下，总共有八十八个主题，便于后学者阅读而检索。

另外，在写作目的方面，“两平议”的撰述据其自序是因为有感于经书、子书“文词深奥，义多古文假借，注家不能尽通，所以版本常有颠倒错乱，难读之虞”，于是对有疑问有争议的字词进行解释，但不很注重经书子书的大意通解，行文中也未谈及相关之意；而《古书疑义举例》的序言中就以两个浅显易懂的比喻说明“古书疑义所以日增”的道理，即说明了本书写作的目的是为了还原初始经书、子书通篇大意，所以在正文中不仅对字词予以详细解说，还经常提到释字正句读的根本目的是为了疏通文义，屡屡表明自己并非是为了正句读而正句读，而是为读通文义而作。

因为注重文章大义，所以他在疏解字词句意之时已经注意到了经书与子书行文的艺术性。如第五条是错综成文例，这里谈到了语言表达上的艺术性。“古人之文，有错综其辞以见文法之变者”，如《论语》中有“迅雷风烈”，《楚辞》中有“吉日兮辰良”，正常之表述应当为“迅雷烈风”和“吉日兮良辰”。《淮南子·主术篇》“夫疾风而波兴，木茂而鸟集”，上言疾风，下言木茂，亦错综其辞。说明这样做的目的是为了避免行文时板滞沉重，程式僵化，在更好地表述内容外尚能给人带来灵动的艺术美感。而第十五条为“古书行文不嫌疏略例”，第十六条为“古书行文不避繁复例”，当繁则繁，当简则简，繁简之间自有尺度，目的是为了让语言读起来富于变化而不至于索然无味也，可见他一方面注重疏解大义，同时也关注行文的艺术性和带给阅读者的美感。

而他对于前人的研究成果采取“和而不同”的态度，认为有道理者，则举例证之；不同意者，则明确指出。对于前人成说觉得有道理的又自然引用，如卷三之三十八条“叙论并行例”，《左传》僖公三十三年“秦伯素服郊次”一段中引王念孙的观点，对于他所说的“不替孟明”为作者叙述之语表示认同，而对于中间脱“曰”的看法表示异议，并举例证之。这是一种科学严谨的治学态度。在《群经平议》和《诸子平议》中皆是如此。

《古书疑义举例》问世之后不仅在内容方面解疑去惑，这种解读古书的方法也对后世产生有益的影响，后人相继有所增辑，以补原书之缺。如刘师培的《古书疑义举例补》、杨树达的《古书疑义举例续补》、姚维锐的《古书疑义举例增补》、马叙伦的《古书疑义举例校录》等，这几部著作是对俞樾的《古书疑义举例》在内容上的增补校录，其写作的基本思路自俞氏之著作沿革而来，他们的评价也基本代表了后人对是书的评价，连眼高于顶的当代学人李敖都曾说俞樾的这部《古书疑义举例》是“用前无古人的科学方法，使人们知道如何认识古书”。

自“两平议”和《古书疑义举例》问世之后，俞樾已经成为名满天下的大学者，他在教学之余闲居著述，后来有关经书方面的疏证释词之作有《艮宧易说》《易穷通变化论》《卦气值日考》《卦气续考》《书说》《生霸死霸考》《九族考》《诗说》《荀子诗说》《诗名物证古》《读韩诗外传》《士昏礼对席图》《礼记郑读考》《礼记异文笺》《郑康成驳正》《三礼考》《玉佩考》《左传古本分年考》《春秋岁星考》《七十二侯考》《论语郑义考》

《续论语》《骈枝儿笘录》《读汉碑》等，子书方面的相关著述有《读书余录》《读山海经》《读吴越春秋》《读越绝书》《孟子高氏学》《读文子》《读公孙龙子》《读鹖冠子》《读盐铁论》《读潜夫论》《读论衡》《读中论》《读抱朴子》《读文中子》《读楚辞》等，这些作品收录于他陆续出版的《第一楼丛书》《曲园杂纂》《俞楼杂纂》《茶香室经说》等中，析疑振滞，学随年增。

俞氏著述，内容涉及诸经，但他尤其精通《易》学，所著《易贯》专意发明圣人观象系辞之义；《玩易》五篇则自出新意，不拘泥先儒旧说，《艮宧易说》《卦气值日考》《卦气续考》《邵易补原》《易穷通变化论》等都足以自成一家之言。俞樾的经学成就不仅对中国学术发展有重要的影响，而且对日本和朝鲜也影响很大。

俞樾的著述除上述所提到者外，还有《宾萌集》《宾萌外集》《春在堂杂文》《春在堂诗编》《春在堂词录》《春在堂随笔》等。俞樾在《八十自悼》诗中曾对自己的学术成就有个评价："著书不仅两平议，观世曾怀三大忧。骊女姓名登十乱，孟皮俎豆到千秋。"他认为自己虽然以《诸子平议》和《群经平议》知名天下，但这两部书并不代表自己的最高成就，自己在《曲园杂纂》《俞楼杂纂》以及《茶香室丛钞》系列用力最勤，所考述也更为精审。除此之外，《宾萌集》中的议论文字也是他的得意之作，其晚年的学习兴趣转向了当时社会流行的弹词、小说、戏曲等俗文学，曾对元杂剧做过一些研究，如改《三侠五义》为《七侠五义》，还对骊山女（老母）的生平事迹做了详细考证。这些基本代表了他一生的学术成就。

总之，俞樾作为一位经学大师，继承了乾嘉学派的治学方法，遍注群经、诸子，在校勘、训诂古代典籍方面取得丰硕的成果，并形成了自己的治学风格和特点：实事求是、通经致用和会通融合。

治学的同时俞樾又曾主讲苏州紫阳、杭州诂经精舍、上海求志、德清清溪、归安龙湖等书院，尤其在杭州诂经精舍任山长达三十一年之久，以“通经致用”的理念教授精舍诸生，凡所造就，蔚为通才，晚清民国时期的著名学者如黄以周、朱一新、施补华、王诒寿、冯一梅、吴庆坻、吴承志、袁昶等皆出其门下。名满天下，享誉海内外。刚开始任诂经精舍山长之时还总理浙江书局，当时江南一带经过十余年的战火之后，典籍已经荡然无存，俞樾建议江、浙、扬、鄂四书局分刻“二十四史”，又于浙局精刻子书二十二种，海内称为“善本”，对于保存和弘扬传统文化起到了重要作用。由此可见，俞樾在学术发展史上的贡献一在于其学术研究，二在于其在学术传承方面的重要作用。

斗转星移，时序变迁，百余年后再次回顾俞樾的生平思想与学术成就时，我们看到了那个时代一位知识分子的心理与精神成长史，也看到作为清季淳儒，他在学术史上的重要地位。

大事年表

1821年（清道光元年）　1岁

十二月初二（1821年12月25日）生于浙江省德清县东门外乌巾山之阳的南埭村之鹊喜楼。父亲旅居京城，母亲产后三日大病，二十余天不离床褥，将满月时扶病亲自为儿制冠。

1824年（清道光四年）　4岁

因乡居不能读书，随母亲移居到仁和县临平镇史家埭，依外家生活，赁屋而居。

1826年（清道光六年）　6岁

母亲姚太夫人口授《论语》《孟子》《大学》《中庸》，九岁时学完“四书”。

1827年（清道光七年）　7岁

与舅舅姚平泉的女儿姚文玉订婚。

1830年（清道光十年）　10岁

开始在孙文靖公近族之砚贻楼跟随戴贻仲先生（祖母戴太夫人的侄孙）读书，前后共五年。

1835年（清道光十五年）　15岁

春天，父亲在常州汪君樵家任私塾老师，俞樾随父读书，始粗通经文大义。在此时作第一首正式诗歌《兰陵菊花歌》。冬天随父还临平镇，由史家埭迁于马家弄，赁孙氏屋而居。端木国瑚为此屋题名为“印雪轩”，其父的文集即以此为名。

1836年（清道光十六年）　16岁

童子试及第，入县学读书。

1837年（清道光十七年）　17岁

赴杭州应乡试，中副榜第十二名。

1839年（清道光十九年）　19岁

至湖州应恩科乡试未中。十月初八与舅氏之女表姐姚文玉结婚。

1840年（清道光二十年）　20岁

这年乡试因病未去，病中读《日知录》自遣，作《日知录小笺》一卷，后来收录到《曲园杂纂》中。

1841年（清道光二十一年）　21岁

临平镇人沈兰舫兄弟从其读书，先生初为人师。秋天听说海上有警，举家迁至德清故居避难。有《闻戒篇》四章。

1842年（清道光二十二年）　22岁

春天到武林蔡氏家馆任教，年入四万钱；九月长子绍莱出生。

1843年（清道光二十三年）　23岁

八月兄长俞林中举，十月先生到玉山县（今属江西省）汪春生知县署中代兄授馆。十二月营葬祖父南庄公于德清县东门外的乌巾山之阳。

1844年（清道光二十四年）　24岁

八月赴杭州参加甲辰恩科乡试，中第三十六名举人。同年李鸿章在安徽中举，二人有同年之谊。长女锦孙出生。秋天到新安汪村授馆。此后五年每年二月去新安，至十一月而返临平，往返途中寻幽访胜，赋诗颇多。在这里与孙莲叔和孙莲府兄弟二人情谊甚笃。孙莲叔曾为先生刊刻授馆文钞两卷、诗钞四卷，后收入《俞楼杂纂》，辑为佚文佚诗各一卷。

1845年（清道光二十五年）　25岁

正月与兄长俞林一起到京城应礼部会试，不中。南归途中畅游沿途名胜古迹，如明孝宗皇帝张皇后崇真宫、柳下惠墓等。秋天又回到新安县汪村设馆教书。

1846年（清道光二十六年）　26岁

正月，父亲病逝，秋天守制未能赴试。三月十四日次男祖仁出生。

1847年（清道光二十七年）　27岁

依旧在新安汪村授馆，家事由姚夫人操持，母亲由兄长侍养。

1848年（清道光二十八年）　28岁

依旧在新安授馆，兄长游广西郑祖琛巡抚幕。

1849年（清道光二十九年）　29岁

仍馆于新安汪村。次女绣孙出生。夏天江浙两省大水灾，物价腾贵，人民流离失所。

1850年（清道光三十年）　30岁

春天与兄长一起到京城赴试，途中有覆舟之险。榜发成新科进士。保和殿复试诗题是“淡烟疏雨落花天”，试诗中有“花落春仍在”之语，被阅卷官曾国藩所赏，于是置于第一，是受知于曾公之始。五月初三觐见咸丰皇帝，被钦定为翰林院庶吉士。

1851年（清咸丰元年）　31岁

春夏间依旧在新安汪村任教馆，七月辞归临平，临行前曾游新安附近的名胜古迹。

1852年（清咸丰二年）　32岁

春天入京城，门下士汪仪卿、李简庭随行。四月，散馆授翰林编修，和兄长俞林移居棉花胡同。俞林任实录馆誊录。姚太夫人率家眷抵京团聚，又移居南柳巷。咸丰临御门办事，奉派侍班。

1853年（清咸丰三年）　33岁

正月奉派拜谒慕陵。二月，咸丰临雍，奉派听讲《尚书》和《中庸》篇章。四月，请假送太夫人南还，仍居住在印雪轩中。本年兄长完成《宣宗实录》的缮写工作，以知县分发福建，于是携眷赴闽。

1854年（清咸丰四年）　34岁

清明回德清扫墓，游览北门外慈相寺。浙江巡抚黄寿臣推荐他任嵊县县学主讲，推辞未就。十一月入都销假。

1855年（清咸丰五年）　35岁

春天，奉派充任国史馆协修。姚太夫人已经赴闽，姚夫人携儿女辈到京城团聚。四月十三日参加了差放考试。八月初二简放河南学政，九月下旬携眷出都到开封上任。

1856年（清咸丰六年）　36岁

二月到怀庆府及洛中各地出棚试士。十一月疏请以郑公孙侨（子产）从祀文庙，以圣兄孟皮配享崇圣祠，诏下部议从之。十一月结识河南知府樊玉农，樊氏把次女许配给长子绍莱。

1857年（清咸丰七年）　37岁

秋天，乡试过后，御史曹泽参劾先生命题割裂经义，于是罢归。十一月移居开封挑经教胡同度岁。

1858年（清咸丰八年）　38岁

春天，携眷南归，避战乱而绕行山东，后来定居在苏州，在饮马桥赁石琢堂的独学庐而居。这是先生侨寓苏州之始。夏天始读高邮王念孙、王引之父子之书《读书杂志》《广雅疏证》《经义述闻》等，遂有治经之意。此时开始学习篆隶书法。秋天，在江苏巡抚赵德辙的推荐之下主讲苏州云间书院。十二月移居经史巷五柳园。

1859年（清咸丰九年）　39岁

三月，同年好友瑞安孙衣言出守安庆路过苏州，请先生为所著《逊学斋诗钞》十卷校勘写序。授课之余，重读经书，每有心得或订正前人诂释谬误的辄记录下来，积有千条后汇编成卷，在治经之余旁及诸子。《群经平议》和《诸子平议》的著述实始于此。冬天，刊行《日损益斋诗》十卷。谒宋于庭得闻武进（今属江苏常州市）庄氏之学。

1860 年（清咸丰十年） 40 岁

四月太平军攻打苏州城，先生携眷属出城，辗转于新市、绍兴和上虞等地避乱。

1861 年（清咸丰十一年） 41 岁

春天暂居于上虞，从上虞县令处借得半部《学海堂经解》研读。后来又到上虞乡间槎浦避乱，后又辗转到宁波、定海一带，岁末到上海，赁一小舟在黄浦江度过春节。

1862 年（清同治元年） 42 岁

二月，携眷属经海路到达天津。

1863 年（清同治二年） 43 岁

旅居天津，潜心著述，生计窘迫，时时告贷于人。

1864 年（清同治三年） 44 岁

春天，携次女绣孙入京师，遣嫁于杭州武林望族许子原。秋天，长子绍莱娶樊氏。冬天次子祖仁就婚于姚氏。《群经平议》三十五卷成书。包括《周易》二卷、《尚书》四卷、《周书》一卷、《毛诗》四卷、《周礼》二卷、《考工记世室重屋明堂考》一卷、《仪礼》二卷、《大戴礼记》二卷、《小戴礼记》四卷、《春秋公羊传》一卷、《穀梁传》一卷、《左氏传》三卷、《国语》二卷，《论语》二卷、《孟子》二卷、《尔雅》二卷。另一部著作《诸子平议》也成书大半。崇厚侍郎以通商大臣驻津，与先生旧识，推荐先生修《天津府志》。

1865年（清同治四年）　45岁

春天，天津张汝霖刊刻《群经平议》中的《考工记世室重屋明堂考》一卷行世。春天，次子祖仁在苏州大病，秋天举家南迁，返回苏州。途中在南京拜会李鸿章，二人订交，李鸿章推荐俞樾主讲苏州紫阳书院。

1866年（清同治五年）　46岁

二月，开始在苏州紫阳书院上课。应同年苏松太道应宝时的邀请主修《上海府志》。

1867年（清同治六年）　47岁

春天，《群经平议》在浙江巡抚蒋益澧的资助之下刊刻成书。正月至上海修志，修志之余完成了《诸子平议》中的《列子平议》两卷。五月到南京拜会曾国藩，曾国藩礼重先生，同游金陵诸名胜，还到玄武湖赏荷花。冬天偕夫人一起到德清金鹅山安葬了父亲。辞去苏州紫阳书院的教席，接受了浙江巡抚马新贻的邀请任杭州诂经精舍山长。

1868年（清同治七年）　48岁

正月至杭州诂经精舍，并兼管浙江书局。三月，长孙陛云出生，小名阿龙。四月陪同曾国藩游天平山。九月与姚夫人同至诂经精舍第一楼居住。十月，《春在堂诗编》六编八卷刊刻发行，浙江布政使杨昌浚作序推介，曲园诗名誉满江南。《古书疑义举例》七卷成书。建议江浙扬鄂四书局总刻“二十四史”，又在浙局主持精刻了《二十二子》，海内称为“善本”。

1869年（清同治八年） 49岁

兵部侍郎彭玉麟借住在诂经精舍第一楼，两人初识订交。撰成《湖楼笔谈》七卷。四月移居苏州马医科巷潘文恭旧宅。

1870年（清同治九年） 50岁

正月到福建省母姚太夫人，兄长当时任福防同知驻福州南台。秋天，浙江省乡试中诂经精舍学生中举者十九人，优贡三人，近年罕见，文名噪起。潘伟如等人资助刊刻《诸子平议》成书。有《管子》六卷、《晏子春秋》一卷，《老子》一卷、《墨子》三卷、《荀子》四卷、《列子》一卷、《诸子》三卷、《商子》一卷、《韩非子》一卷、《吕氏春秋》三卷、《董子春秋繁露》二卷、《贾子》二卷、《淮南内经》四卷、《扬子太玄经》一卷、《扬子法言》二卷，共计三十五卷。十二月长子绍莱为山东大名府同知。

1871年（清同治十年） 51岁

刊刻《第一楼丛书》三十卷行世。刊刻《春在堂杂文》两卷行世。

1872年（清同治十一年） 52岁

正月，再次赴闽省亲，往返有诗五十余首，收入《春在堂诗编》中，《闽行日记》一卷，收入《曲园杂纂》中。刊刻祖父南庄公的《四书评本》。《太上感应篇缵义》二卷成书。曾国藩病逝。

1873年（清同治十二年） 53岁

三月，与浙江巡抚杨昌浚、彭玉麟畅游杭州风景名胜。四月，兄长俞林在福宁知府任上去世，赴闽安葬兄长并迎八十八岁的老母亲回到苏州。冬天护送兄嫂灵柩到德清原籍安葬。

1874年（清同治十三年）　54岁

春天，好友福建巡抚王凯泰入京述职，道经苏州时两人清谈竟日。秋天，买苏州马医科巷的潘文恭旧宅弃地，兴建春在堂，计划筑屋三十余间，又于新屋的西北角废地叠石凿池，建立曲园。冬天，四川学使张之洞请先生至蜀主讲尊经书院，先生以母亲年事已高为由谢绝。为盛旭人撰《留园记》。

1875年（清光绪元年）　55岁

四月十九日迁至“春在堂”新居。秋天，同年好友兼亲家王凯泰病逝于节署，先生写诗哀悼，并为其撰写神道碑。

1876年（清光绪二年）　56岁

夏天兼讲于上海求志书院，任经学和辞章学教授。秋天长子绍莱提补北运河同知，兄子祖绥中举。《曲园杂纂》五十卷成书并刊行于世。

1877年（清光绪三年）　57岁

好友苏州太守恩锡去世。

1878年（清光绪四年）　58岁

春天，母亲姚太夫人去世。四月，门下士徐琪等人为先生谋建俞楼于孤山之麓。刻《诂经精舍文集》四集。

1879年（清光绪五年）　59岁

三月，与夫人姚氏同至俞楼小住。聘彭玉麟长孙女彭见贞为孙媳妇。四月，夫人姚氏病逝于曲园。秋天，遵夫人遗嘱葬于西湖边的右台山麓。有纪念夫人的七言绝句一百首，名《百哀篇》，收入《俞楼杂纂》。《俞楼杂纂》五十卷刊行于世。《镇海县志》成，先生为作《序录》一卷。

1880年（清光绪六年）　60岁

在春在堂西南隅添小竹里馆。又在右台山买地建右台仙馆。夏天《右台仙馆笔记》十六卷成书。在山馆旁建书冢一座。冬天，孙儿陛云娶妇彭见贞。十月朔日居右台仙馆著述，《茶香室丛钞》《续钞》《三钞》共八十卷次第成书。《茶香室经说》十六卷也基本厘定。

1881年（清光绪七年）　61岁

八月，长子绍莱卒于天津。九月下旬与女儿绣孙、女婿许子原同游九溪十八涧。

1882年（清光绪八年）　62岁

日本人岸田国华搜集日本一百七十人的汉诗，寄请先生选定，第二年成书四十卷，补遗四卷。秋天编刻《诂经精舍文集》第五集完成。十二月，二女儿绣孙逝于杭州。

1883年（清光绪九年）　63岁

五月《茶香室丛钞》二十三卷付刻。曾孙女珉宝出生。

1884年（清光绪十年）　64岁

春天送长孙陛云至德清应童子试，县考第一，府考第二成秀才。夏天，日本大藏省官学生井上陈政从先生学于俞楼。《茶香室续钞》刊行。

1885年（清光绪十一年）　65岁

九月陛云中式第二名举人。十二月次曾孙女珉宝出生。编刻《诂经精舍文集》第六集成。

1886年（清光绪十二年）　66岁

送陛云至京城参加礼部会试，不中而归。路过天津时与李鸿章相聚。十月初六，诂经精舍第一楼大火。选刻的《诂经精舍文集》第四、五、六集书版均被焚毁。

1887年（清光绪十三年）　67岁

三月与家人同游越中。日本门人井上陈政学成归国。夏秋之时撰成《茶香室经说》十六卷。

1888年（清光绪十四年）　68岁

《茶香室三钞》二十九卷刻成。长孙女庆曾许嫁宗子戴。售书为河南直隶赈灾。

1889年（清光绪十五年）　69岁

春天，陛云参加会试不中。五月《曲园自述诗》一百九十首刊行。售书赈湖州水灾。

1890年（清光绪十六年）　70岁

章炳麟入诂经精舍学习。二月，彭玉麟尚书去世，以长诗哭之。冬天，长女婿王康侯病逝。

1891年（清光绪十七年）　71岁

十月刊《东海投桃集》，日本门人陈子德征集日本文士诗文贺先生七十寿辰。

1892年（清光绪十八年）　72岁

二月，刊刻彭玉麟奏稿八卷成。夏天《九九销夏录》十四卷成。秋天，刊行消闲之作《曲园四要》：《八卦叶子格》《三才中和牌谱》《胜游图》《西湖胜游图》。

1893年（清光绪十九年）　73岁

春天，撰述《茶香室四钞》。夏天，朝鲜文士池文光自平壤至杭州访先生。《诂经精舍文集》第七集刊刻。

1894年（清光绪二十年）　74岁

夏天，孙媳妇彭见贞病逝，年仅二十九岁。门下士曹小槎以西洋石印法印刷《春在堂全书》行世。

1895年（清光绪二十一年）　75岁

十一月为陛云聘许氏第二外孙女为继室。《马关条约》签订。

1896年（清光绪二十二年）　76岁

感念时局，西学日盛，经学式微，有《告西士》《咏古》《三叹息》数首长诗。章炳麟离开精舍到上海任职于《时务报》。

1897年（清光绪二十三年）　77岁

精舍主讲已满三十年。孙女庆曾暴卒于温州。同年徐树铭典试浙江，相见叙旧。

1898年（清光绪二十四年）　78岁

春天，长孙陛云以第三名探花及第。冬天，先生辞去诂经精舍讲席之位。

1899年（清光绪二十五年）　79岁

初夏，著《骊山传》《梓潼传》各一部。冬天，孙媳妇许氏外孙女生一子，取名僧宝，始有曾孙。十月诂经精舍设先生长生牌位，力辞。

1900年（清光绪二十六年）　80岁

夏天，得徐树铭侍郎讣讯。八月，作《八十自悼》诗十八首，感慨平生。八国联军入侵北京。

1901年（清光绪二十七年）　81岁

春天，章炳麟拜访先生，先生督敕甚厉。仲秋，长女锦孙来，父女二人在春在堂前赏桂闲谈。秋末，上海有废经之论，先生闻之悲忧不已。《辛丑条约》签订。

1902年（清光绪二十八年）　82岁

春天辞去归安龙湖书院和上海求志书院的讲席。五月，陛云简放四川副主考。六月，诏请先生于明年重赴鹿鸣宴并官复翰林编修原职。七月，长女锦孙病逝。冬天，携孙陛云重游杭州，撤去诂经精舍长生牌位。

1903年（清光绪二十九年）　83岁

蒙古喀喇沁王贡桑诺乐布求书“夔庵”二字。陛云获经济特科考试一等第八名。编定《春在堂杂文》六编三十七卷。不赴鹿鸣宴。《续曲园自述诗》止于此年。

1904年（清光绪三十年）　84岁

春天腰病大发，卧床不起。夏天研读元人杂剧以排遣病中时光。

1905年（清光绪三十一年）　85岁

秋天，印《春在堂全书》五百余卷。日本驻苏州领事白须温卿购两部回日本。朝廷诏令废除科举。

1906年（清光绪三十二年）　86岁

日本人樱井儿山将《春在堂全书》分类编目在日本印行。日本人小柳司气太编辑先生生平事迹，称许先生为中国经学殿后的巨镇。九月，江苏巡抚陈夔龙重修寒山寺，原碑已残破，请先生重写。秋末，售书赈湖州水灾。十二月二十三日（1907年2月5日）卒于苏州寓庐。

参考文献

［1］ 俞樾.春在堂全书［M］.清代光绪年间刻本.

［2］ 俞樾.俞曲园书札［M］.上海：大中书局，1931.

［3］ 俞樾.古书疑义举例［M］.北京：中华书局，1956.

［4］ 俞樾.春在堂杂文［M］//王云五.近代中国史料丛刊.台北：文海出版社，1969.

［5］ 俞樾.春在堂楹联录存［M］//王云五.近代中国史料丛刊.台北：文海出版社，1969.

［6］ 俞樾.诸子平议［M］.上海：上海书店出版社，1988.

［7］ 俞樾.九九销夏录［M］.北京：中华书局，1995.

［8］ 俞樾.春在堂随笔［M］.南京：江苏古籍出版社，2000.

［9］ 俞樾.茶香室丛钞［M］//续修四库全书编委会.续修四库全书.上海：上海古籍出版社，2002.

［10］ 俞樾.茶香室经说［M］//续修四库全书编委会.续修四库全书.上海：上海古籍出版社，2002.

［11］ 俞樾.右台仙馆笔记［M］.梁修，编.济南：齐鲁书社，

2004.
［12］俞樾.俞樾全集（全32册）［M］.杭州：浙江古籍出版社，2017.
［13］徐澄.俞曲园先生年谱［M］.苏州：江苏省立苏州图书馆，1940.
［14］中国史学会.中国近代史资料丛刊：义和团（第一、二、三、四册）［M］.上海：上海人民出版社，1957.
［15］曾昭旭.俞曲园学记［M］.台北：台湾中华书局，1971.
［16］缪荃孙.续碑传集［M］.台北：文海出版社，1974.
［17］赵尔巽，等.清史稿［M］.北京：中华书局，1977.
［18］阮元.十三经注疏［M］.北京：中华书局，1980.
［19］章太炎.民国章太炎先生炳麟自订年谱［M］//王云五.近代中国史料丛刊.台北：台湾商务印书馆，1980.
［20］钱实甫.清代职官年表［M］.北京：中华书局，1980.
［21］郑振模.清俞曲园先生樾年谱［M］//王云五.新编中国名人年谱集成.台北：台湾商务印书馆，1982.
［22］陈德芸.古今人物别名索引［M］.上海：上海书店出版社，1982.
［23］蔡冠洛.清代七百名人传［M］.北京：中国书店，1984.
［24］高拜石.古春风楼琐记［M］.台北：新生报出版部，1985.
［25］钱穆.中国近三百年学术史［M］.北京：中华书局，1986.
［26］刘子扬.清代地方官制考［M］.北京：紫禁城出版社（故宫出版社），1988.

［27］章太炎.太炎文录初编［M］.上海：上海书店出版社，1992.
［28］康有为.康南海自编年谱：外二种［M］.楼宇烈，编.北京：中华书局，1992.
［29］曾国藩.曾国藩全集［M］.长沙：岳麓书社，1994.
［30］赵所生，薛正兴.中国历代书院志［M］.南京：江苏教育出版社，1995.
［31］李新达.中国科举制度史［M］.台北：文津出版社，1995.
［32］朱维铮.求索真文明：晚清学术史论［M］.上海：古籍出版社，1997.
［33］梁启超.清代学术概论［M］.上海：上海古籍出版社，1998.
［34］陈谷嘉，邓洪波.中国书院资料史（中册）［M］.杭州：浙江教育出版社，1998.
［35］俞润民，陈煦.德清俞氏：俞樾　俞陛云　俞平伯［M］.北京：中国人民大学出版社，1999.
［36］房德邻.封疆大吏的沉浮［M］.北京：中国青年出版社，1999.
［37］汤志钧.近代经学与政治［M］.北京：中华书局，2000.
［38］杨廷福，杨同甫.清人室名别称字号索引［M］.上海：上海古籍出版社，2001.
［39］康有为.大同书［M］.北京：华夏出版社，2002.
［40］王炳照，徐勇.中国科举制度研究［M］.石家庄：河北人

民出版社，2002.
［41］彭玉麟.彭玉麟集（上中下）［M］.梁绍辉，编.长沙：岳麓书社，2003.
［42］许寿裳.许寿裳文集［M］.倪墨炎，陈九英，编.上海：百家出版社，2003.
［43］张舜徽.清代扬州学记［M］.扬州：广陵书社，2004.
［44］罗雄飞.俞樾的经学思想与经学研究风格［M］.成都：电子科技大学出版社，2014.

后　记

自2006年至今，时光倏忽而逝。

十五年前，机缘巧合之下我参与了浙江省文化工程项目，撰写了曲园先生的传记。彼时对先生了解不多，于是便从研读《春在堂全书》开始。先生留下皇皇巨著五百余卷，内容涉及广泛。那几年，课余和假期我都在做这件事，一点一点地积累下来，遂对先生的生平、经历、思想以及学术成就有所了解；对先生的工作、生活地点，如杭州诂经精舍、俞楼（小曲园）、苏州曲园、右台仙馆等渐次熟悉；对先生的社交网络、学术影响力也有了相对明晰的认知。在此基础上，我创作了《清季淳儒：俞樾传》，并于2006年12月由浙江人民出版社出版。

在初版后记中，我曾谈到自己完成书稿后的心情并没有想象中的喜悦与轻松，因为“自感对曲园先生的一生作了客观的描述，对他的心理活动和感情世界也有比较真实的把握。但章太炎先生曾以‘近世经师’来评价业师，而本书在曲园先生的经学著述和学术成就方面谈得不够充分；另外，先生曾任几个书院的山长，教书育人在他的生活中占据了重要地位，本书这部分内容也略显单薄”。当时反思原因，“一方面因受本书的体例与字数限制，难以进一步展开，另一方面也是本人学识与思想所限，没有做更深入的研究之故”。现在看来，依旧引以为憾。

十余年间，虽因种种缘故个人仅有零散小文随笔问世，但一直关注曲园先生的相关研究。2006年至今，学界已有近两百篇公开发表的学术论文及数本专著，内容涉及方方面面，以经学研究、文学研究、艺术研究以及书札交游考论为主。经学研究主要以《群经平议》《诸子平议》《古书疑义举例》为核心，探讨先生的经学思想、学术传承及在国内、国际的影响；文学研究既有以《右台仙馆笔记》等为核心的文言小说研究、以《三侠五义》为核心的通俗小说研究，亦有关于其诗学、词学、戏曲学之创作及观念研究；艺术研究以先生之书法、楹联及篆刻为主；书札交游考论可见先生的社交生活网络。

张欣先生的《花落春仍在——俞樾和他的弟子》（广东教育出版社，2006年版）和罗雄飞先生《俞樾的经学思想与经学研究风格》（电子科技大学出版社，2014年版）是其中重要的两部研究专著。前者探讨了曲园先生其“通经致用”的教育思想及师生交流、交往盛况；后者重在讨论先生的治学访求，且遍注群经、诸子，在校勘、训诂等方面取得的成就。

而《俞樾全集》（全32册）（浙江古籍出版社，2018年版）的出版可谓学界一大盛事。全书收书五十种、五百六十卷，以光绪末年刻印的《春在堂全书》为校注底本，囊括经史子集，是先生现存全部著述的结集，内容丰富、篇幅宏大，使后世研究者津梁得渡，省却翻检之劳。

“一马之奔，无一毛而不动；一舟之覆，无一物而不沉。”（庾信《拟连珠》）个人与时代紧密相连、息息相关。先生生活的晚清，正是政治、经济、文化大变动的时期。鸦片战争、太平天国运动、洋务运动、甲午战争、百日维新等一系列重大历史事件给社会带来了翻天覆地的变化，作为颇具时代敏感性且以学术文化传承为己任的知识分子，曲园先生虽有意识地自疏于政治，时代对其的影响却无所不在。这一现象也值得我们继续探讨。

感谢浙江人民出版社，使本书有再版的机会，并订正了初版中的一些错误；感谢相关编校人员，正是她们的勤勉细心和中肯的意见使本书呈现出新的面貌。

马晓坤

2021年7月于杭州